福克纳在弗吉尼亚大学做驻校作家

福克纳非虚构创作在他的作品中占有举足轻重的地位,正如小说家与批评家乔治·加雷特所言,这些作品是"像他写其他所有作品一样用心写的,是他毕生作品中的一个部分……是用他自己的风格与语言写成的,有意要与别的当代文论显得不同,而且绝不套用任何一个批评派别的套话、术语……"。

从(《福克纳随笔》)这本非小说性质的文集的每一篇,都可以窥见作为艺术家以及作为人的福克纳的某个方面。

——福克纳研究者　詹姆斯·B.梅里韦瑟

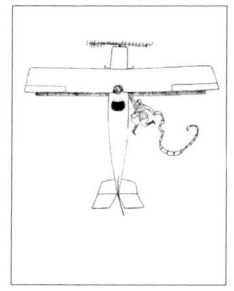

福克纳的插画作品

福克纳创作、绘图、制作的诗剧《牵线木偶》(1919)

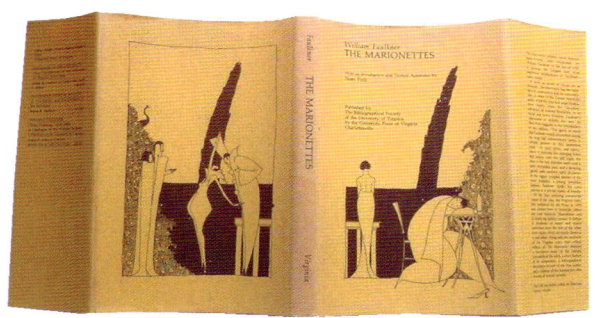

正式出版的《牵线木偶》封面

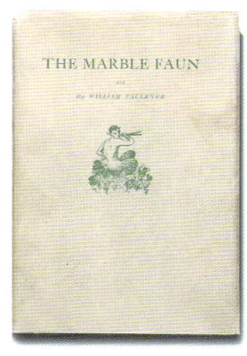

福克纳出版的第一部诗集
《大理石牧神》(1924)

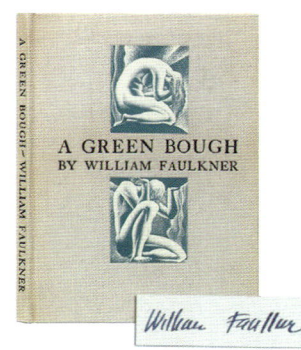

福克纳的诗集《绿枝》(1934)

福克纳的信件手迹

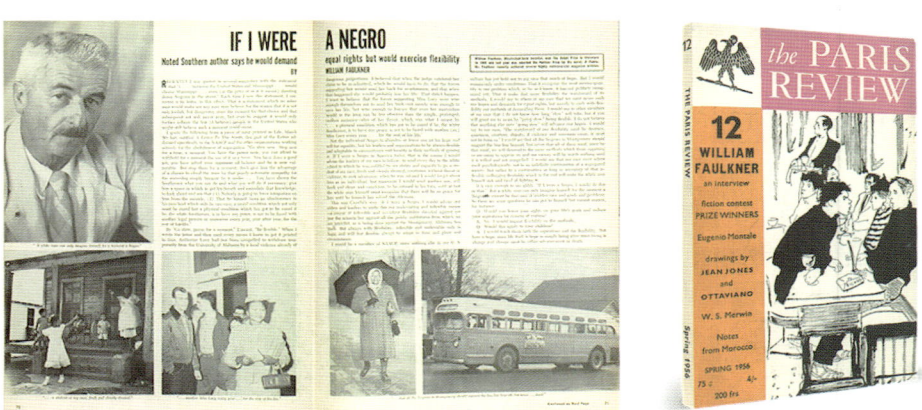

发表在《檀木》杂志上的文章《如果我是一个黑人》,后来福克纳将题目改为《致黑人种族领袖们的一封信》(1956)

《巴黎评论》刊载的《福克纳访谈》(1956)

福克纳随笔

福克纳作品

[美] 威廉·福克纳 著 李文俊 译

Essays, Speeches and Public Letters

北京燕山出版社
BEIJING YANSHAN PRESS

目录
CONTENTS

总　序 / 001

《福克纳随笔》初版

一　随笔

记舍伍德·安德森 / 003
密西西比 / 010
做客新英格兰印象 / 039
一个傻瓜在林克沙德 / 042
肯塔基：五月，星期六 / 045
论隐私权 / 054
日本印象 / 066
致日本青年 / 071
致北方一位编辑的信 / 074
论恐惧 / 079
致黑人种族领袖们的一封信 / 092
阿尔贝·加缪 / 097

二 演说词

在卡罗琳·巴尔大妈葬仪上的布道词 / 099
接受诺贝尔文学奖时的演说词 / 100
对密大附属高中毕业班所做的演讲 / 102
接受荣誉团勋章时的演说 / 104
在三角洲会议上的发言 / 105
对松林庄园初级大学毕业班所做的演讲 / 112
接受国家图书奖的小说奖时的答词 / 119
在南方历史协会上的讲话 / 122
接受雅典科学院银质奖章时的演说词 / 127
在美国艺术文学学院向约翰·多斯·帕索斯
  颁发小说金质奖章时的演说词 / 128
向弗吉尼亚大学的拉文、杰斐逊与ODK学会所做的演讲 / 129
向弗吉尼亚大学英语俱乐部所做的演讲 / 133
联合国教科文组织美国全国委员会所做的演讲 / 138
在接受小说金质奖章时对美国艺术文学学院所做的演讲 / 139

三 序言

《舍伍德·安德森与其他著名的克里奥尔人》前言 / 141
现代文库版《圣殿》序言 / 143
《福克纳读本》前言 / 145

四 书评

评埃里希·马里亚·雷马克的《归来》 / 148
评吉米·柯林斯的《试机飞行员》 / 151
评欧内斯特·海明威的《老人与海》 / 155

五 公开信

致《芝加哥论坛报》书评版编辑 / 156
致美国作家联盟主席 / 157

致孟菲斯《商业呼声报》编辑 / 158
"他生前的名字是皮特" / 159
致《奥克斯福鹰报》编辑 / 161
致孟菲斯《商业呼声报》编辑 / 162
致孟菲斯《商业呼声报》编辑 / 163
致美国艺术文学学院秘书 / 164
"致奥克斯福选民" / 165
致《奥克斯福鹰报》编辑 / 167
致《时代》周刊编辑 / 168
为威利·麦基一案对报界所做的声明 / 169
致《纽约时报》编辑 / 170
致孟菲斯《商业呼声报》编辑 / 172
致孟菲斯《商业呼声报》编辑 / 173
致《纽约时报》编辑 / 174
致孟菲斯《商业呼声报》编辑 / 175
致孟菲斯《商业呼声报》编辑 / 177
致孟菲斯《商业呼声报》编辑 / 178
关于埃米特·梯尔案件 / 179
致《生活》周刊编辑 / 180
致《报道者》编辑 / 181
致《时代》周刊编辑 / 182
致《时代》周刊编辑 / 183
致《纽约时报》编辑 / 184
致《时代》周刊编辑 / 184
致孟菲斯《商业呼声报》编辑 / 185
致《纽约时报》编辑 / 186
启　事 / 187
启　事 / 187
致《纽约时报》编辑 / 188

《福克纳随笔》增补版

一 散文
诗歌，旧作与初始之作：一个发展历程 / 191
论批评 / 195
舍伍德·安德森 / 198
文学与战争 / 205
那么现在该干什么了呢 / 207
关于《坟墓里的旗帜》的创作、编辑与删节 / 210
麦克·格里德的儿子 / 213
关于《寓言》的一点说明 / 218

二 演说词
在卡罗琳·巴尔大妈葬仪上的布道词 / 220
在文化自由大会上的讲话 / 221
在美国文学研讨会上的讲话 / 222
在接受安德烈·贝洛奖时的讲话 / 225
在市立剧场的讲话 / 226

三 序言
《喧哗与骚动》前言两篇 / 227
对《附录：一六九九年至一九四五年康普生一家》的前言式的说明 / 237

四 书评与剧评
评W.A.帕西的《在四月里有一次》 / 238
评康拉德·艾肯的《转弯与电影》 / 240
评埃德娜·圣·文森特·米莱的《独幕剧：返始咏叹调》 / 243
美国戏剧：尤金·奥尼尔 / 244
美国戏剧：抑制种种 / 247
评约瑟夫·赫格希默的《林达·康顿》《辛西雷娅》和《亮丽的披巾》 / 251

评约翰·考柏·波伊斯的《德克达姆》/ 253
评吉米·柯林斯的《试机飞行员》/ 257

五 公开信

致新奥尔良《新闻报》/ 262
致孟菲斯《商业呼声报》编辑 / 263
为詹姆斯·汉利《在黑暗中的人》所写的推荐语 / 268
为推荐促销事致克利夫顿·卡思伯特函 / 268
刊登于孟菲斯《商业呼声报》的分类广告 / 269
拉斐特县第二次世界大战阵亡者纪念碑铭文 / 270
致孟菲斯《商业呼声报》编辑 / 270
为格雷厄姆·格林《恋情的终结》所写的推荐语 / 273
一九五七年九月十五日致孟菲斯《商业呼声报》编辑信函的草稿 / 273
遗嘱管理人告示 / 275

总　序

李文俊

威廉·福克纳一八九七年出生于美国南方密西西比州北部尤宁县的一个小镇，五岁时随父母迁居到距离此地不远的奥克斯福镇。此后，福克纳基本上没有离开这个家，他算得上是美国南方的一个土生子。他的祖先在当地立过战功，修建过铁路，开设过银行，还写过小说。因此，虽然到福克纳父亲这一代，家道中落，但他仍被视为"世家子弟"。他身边流传着许多家族的故事，他也一直面临着如何对待历史包袱并从中摆脱出来的问题。

福克纳上学不很正规，只读完十一年级，后来又在密西西比大学当了一年的"特殊学生"，但他从小读了家藏的许多英美与欧洲的古典文学作品，后来又认真读过十九世纪末的诗歌与二十世纪初的现代派作品。第一次世界大战时，福克纳参加过空军学校，但未来得及正式作战。后来当过小工、售货员、邮务所所长与好莱坞的电影脚本编写人。晚年被弗吉尼亚大学聘为驻校作家。除此之外，他绝大部分的时间都用在小说写作上。他一共写了十九部长篇小说与一百二十多篇短篇小说，大多数作品的故事都发生在他虚构的密西西比州的约克纳帕塔法县。因此，这些作品被称为"约克纳帕塔法世系"。每一部小说既是一个独立的故事，又是整个"世系"的一个组成部分。其中，最重要的作品是《喧哗与骚动》(1929)、《我弥留之际》(1930)、《八月之光》(1932)、《押沙龙，押沙龙！》(1936)、《村子》(1940)、《去吧，摩西》(1942)等。

一九五〇年，福克纳获得该年颁发的一九四九年度的诺贝尔文学奖。在获奖演说中，福克纳表达了对人类光明前途的信心，并认为作家的职责在于写出"人类……能够蓬勃发展。……人有灵魂，有能够怜悯、牺牲和耐劳的精神"。作家的"特殊光荣就是振奋人心，提醒人们记住勇气、荣誉、希望、自豪、同情、怜悯之心和牺牲精神，这些是人类昔日的荣耀。为此，人类将永垂不朽"。

一九六二年六月，福克纳在家乡骑马时堕下受伤，不久后因心脏病发作逝世。

时间过得飞快，威廉·福克纳去世倏忽间五十多年已经过去。如今再回首二十世纪的美国文坛，曾红极一时、大名鼎鼎的小说家，大都身后寂寞，至今尚能跻身世界文坛大师行列的，还真是不多，似乎只有福克纳仍时不时为人提起。人们发现，福克纳的作品非但不显得陈旧落伍，反倒常给人一种历久弥新的感觉。当然，他的文笔不一定合乎今天美国普通读者的口味，但是却不断受到文学史专家、批评家与小说作家的关注。目前，福克纳与莎士比亚是在美国被研究得最多的两位作家。他的作品也一直是许多美国与外国小说家学习的榜样。譬如诺贝尔文学奖得主、哥伦比亚的加西亚·马尔克斯，即在获奖演说中向福克纳表示了敬意，认为他是"自己的导师"。我国的莫言也说："福克纳和加西亚·马尔克斯给了我重要启发。"

我多年从事福克纳作品的介绍与翻译工作，曾根据自己的认识，不揣浅陋，在所编写的一本书的前言里试图做一总结。我这样写道：

倘若全面综览二十世纪世界文学，可以认为，他的作品，既有现实主义具象的逼真性，也不缺乏现代主义的想象力、穿透力与悲观主义，甚至还保留有西方十九世纪浪漫主义文学中对英雄人物与理想形象的崇敬、景仰之情。一方面，他的作品百科全书式地反映了美国南方近现代的历史与现实，揭示历史对现实的深刻影响；另一方面，又在总体精神上刻画出西方"现代人"的困惑与苦恼，对他们的异化感、孤立感表示出深切的关怀。此外，他也尽可能地在作品里塑造道德高尚的人物形象。在这方面又显露出尊崇浪漫主义的倾向。在小说艺术上他更是多有创新，使现代小说艺术能在美利坚土地上发扬光大。在语言艺术上，他也显示出风格多样、挥洒自如的大师风范。若要试图用一句话来概括他总的思想倾向，笔者认为，归根结底，他是可以毫不迟疑地被归入到拥护宽容创新、主张人与人之间享有平等权利、赞成全人类相互理解与合作这样的一股人文主义大潮流中去的。

在我国加入国际版权协定组织前，从二十世纪三十年代起就出现有心人对福克纳做了介绍。正式译介则应该从二十世纪八十年代开始算起。当时，在陶洁与本人的策划下，曾出版了一套福克纳作品选集，收入了陶洁等人与我翻译的八部作品。后来又出版了福克纳的《八月之光》与《威廉·福克纳短篇小说集》，再后来也出过福氏的《野棕榈》及本人译的福氏随笔集。这样的努力对我国文学创作界与读书界了解福氏的文学成就无疑起了积极作用。当然，这一项工作还需继续做下去。好在二〇一二年后福克纳原作已无版权问题。我见到有《村子》的译本。

最近，我高兴地得知，北京燕山出版社决定在今后数年内出版一套多卷本的福克纳作品，除收入过去的一些较有质量的译本外，还拟约译一些尚未翻译出版过的重要福著。对于这样的好事本人自当积极支持。我本人已进入耄耋之年且又有病,能把过去的译作复审一遍已非易事。所以在得知年轻有为的译者愿意参加这项工作后,真是感到有说不出的欣慰。近年来,译界的老前辈逐渐谢世,亟须有人接班。看到"新松"逐渐成长,我自认不属那些"应须斩万竿"的"恶竹"①,因此大可欣喜地退居一边,做些力所能及较为轻松的小事。在此,我预祝这一套书的完满竣工,并能受到读书界的欢迎。

---

① 典出杜甫《登楼将赴成都草堂途中有作先寄严郑公五首》。

《福克纳随笔》初版

福克纳去世后,有关他的研究专著和论文大量出现,他成为被研究最多的美国现代作家。

随着研究的深入,福克纳小说之外的创作——散文、随笔、讲演、书信、评论等,作为福克纳创作的重要组成部分和反映他思想、情趣、生活的一手资料,受到研究者和读者越来越多的关注与重视。一些研究者开始收集整理他散见于报纸、杂志和出版社留存书信、手稿等处的非虚构文字,予以集结出版。其中以一九六六年詹姆斯·梅里韦瑟编选、兰登书屋出版的《福克纳随笔》为著。

兰登书屋版《福克纳随笔》,收入的大多是福克纳创作后期的文字,分随笔、演说词、序言、书评、公开信五类编列,共计收入六十三篇作品。本部分据此初版本编排。

一　随笔

记舍伍德·安德森[①]

那是在新奥尔良,有好几个月,我们总是边走边聊,不然就是安德森聊,我听。有一天,我发现他坐在杰克逊广场的一张长凳上,独自发笑。我的印象是他这样已经有好一阵了,就一个人坐在长凳上暗自发笑。这不是我们经常碰头的地方。我们根本没有这样的地方。他住在广场北边,我们事先并没有特别约好,我中午吃过一些东西之后,知道他准也吃完午饭了,我就朝广场的方向走去,如果没有见到他已经在散步或是坐在广场某处,我就干脆在能看见他家门口的街沿石上坐下来,一直等到他穿着他那身鲜艳的、一半像赛马骑手一半像穷艺术家穿的衣服,从家里走出来。

这一次他已经坐在长凳上暗自笑开了。他立刻告诉我这是怎么一回事:一个梦,昨天晚上他做了一个梦,梦见自己牵了一匹马在乡间路上走了许多里路,他想用这匹马换来一个夜晚的睡眠——并不是光换能睡一个夜晚的一张床,而是睡眠本身;现在有我在听了,他就从这里编开了,添枝又加叶,把它编成一件艺术品,用他写所有的作品

[①] 最初发表时,福克纳将标题定为《舍伍德·安德森:一份评价》。——原注

时的那种啰唆得（这个故事似乎有点把握不定，实则不然：它是在探索，在寻求）几乎折磨人的耐心与谦卑在编，我在听可是连一个字都不相信：根本不相信那是人睡着的时候做的一个梦。因为我知道得很清楚。我知道那是他凭空想出来的，他编造的；大部分或至少有一些是我在那儿看着他听着他的时候现编的。他不知道为什么自己非得要说，至少是需要去说那是一个梦，为什么非得把梦和睡眠扯上关系不可，但是我知道。这是因为他已经把他的整个一生都写成了一件逸事或者说一个寓言：那匹马（起先是匹赛马，可是现在又变成了一匹干活的马，有犁，有车，有鞍，身强力壮，却缺少有文字记录的家谱）代表着那片广袤、富饶、强有力而又柔顺的密西西比河谷，代表着他自己的美国，而穿着扎眼的蓝色赛马衬衫、打着有朱红斑点的温莎领巾的他，正在以幽默、耐心和谦恭的姿态，不过主要还是耐心和谦恭的姿态，建议以此来换得他自己实现那个写出纯粹、完美、坚实、源源不绝的作品与成就的梦想，而他的《俄亥俄州的瓦恩斯堡镇》和《鸡蛋的胜利》正是这样的征兆和象征。

　　他自己是永远也不会说这样的话，用语言来这样表达的。他甚至可能永远也认识不到这一点，要是我打算向他点明，他肯定会加以否认，态度说不定还很激烈。但这并不足以说明这个看法可能是不正确的，也不足以说明不管这看法本身正确与否，他的不信是有道理的。事实上，正不正确，他信还是不信，这都关系不大。他肯定会加以否认，其出发点恰好是他性格中的大悲剧。他希望别人取笑他，嘲弄他。他希望在地位、成就、机智以及别的任何方面都无法与他比肩的人能使他显得愚蠢可笑。

　　这就是为什么对他所写的每一篇东西他都如此孜孜矻矻、不厌其烦和不知疲倦地下功夫的原因。这好像是他在对自己说："这至少是、将是、必定是无懈可击的。"仿佛他写作甚至都不是出于那种耗费精力、永不休止、难以餍足的对荣誉的渴望（为了这样的荣誉，任何一个正常的艺术家都不惜消灭自己年迈的母亲），而是为了对他来说是更加重要、更加迫切的东西：甚至还不是为了不值一提的真理，而是为了完美，为了无与伦比的完美。他没有麦尔维尔的力度与冲劲，麦尔维尔是他的祖父；也没有马克·吐温对生活的旺盛的幽默感，马克·吐温是他的父亲；他也没有他的兄长德莱塞对种种细微差别的粗暴的蔑视。他的特点是追求精确，在有限的词汇范围之内力图选用最恰当的词句，他内心对简朴有一种近乎盲目的崇拜，他要把词与句都像挤牛奶一样挤得干干净净，总是力图要穿透到思想的最深的核心里去。他在这上面费了那么大的力气，到最后他的作品里剩下的只有风格了——风格成了一种目的而不是手段。接下去他很快又相信，只要他竭力使这种风格纯粹、不走样、不变化与不受污染，它所包含的内涵就必定是第一流的——无法不是第一流的，他自己因而也必定是第一流的。

在他一生中的这个时期，他无论如何得相信这一点。他的母亲曾是一个契约女奴，他的父亲是一个临时工；这样的背景使他明白，他所得到的安全与物质上成功的总和是，也必然是生活的答案与目的。可是他在中年以后放弃了这一切，舍弃与抛弃了这一切，他当时的年龄比做出献身艺术与写作的决定时的大多数人的年龄都要大得多。可是当他做出这样的决定时，他发现自己不过是一个只有一两部作品的人。他必须相信：只要他努力使自己的风格纯而又纯，那么这种风格的内涵也必定是纯而又纯、最为优秀的。这就是他必须要捍卫自己风格的原因。这就是他因为海明威写了《春潮》而感到不快与愤怒的原因，也是他对我稍感不满的原因，之所以程度稍轻是因为我的错误不是写了一整本书而是仅仅出版了一本自己印刷、自己发行的小书，在我们这个新奥尔良的小圈子之外不会有多少人能看到或听说过这本书，这是一本斯普拉特林的漫画集，书名我们叫作《舍伍德·安德森与其他著名的克里奥尔人》,我给这本书写了一篇序言,用的是安德森的初级读本式的风格。我们俩——我指的是海明威与我——谁也不可能损害、嘲弄他的作品本身。可是我们使得他的风格显得可笑;那是在他写完《邪恶的笑声》之后,他已经到了应该搁笔的阶段,他却在不惜一切代价地保卫自己的那种风格,因为时至今日,他内心也必定已经知道,除了这件东西之外,他别的什么也没有了。

这是一种纯而又纯的精确,或者说是一种精而又精的纯粹,随你怎么说都行。在对待人民的态度上,他是一个滥情主义者,在如何看待他们的问题上往往不正确。他相信人民,但是好像仅仅在理论上如此。他对他们已经做了最坏的打算,虽则每一次他还要重新准备感到失望,准备受到伤害,好像这样的事以前没有发生过似的,好像他能真正相信可以相处的人唯有他自己笔底下创造出来的那些人物,是他自己探索地做着的梦里的虚构品与象征物。在他的作品里,他有时是一个滥情主义者(莎士比亚有时候也是如此),可他从来不是一个掺假的人。他从来不语焉不详,从来不庸俗化,从来不走捷径;从来都是怀着一种谦卑,甚至是一种宗教般虔诚的态度来对待写作,以一种几乎让人怜悯的至诚、忍耐、甘愿臣服和自我牺牲的态度来对待写作。他仇视下笔千言;如果人家写得很快,他认为里面准保掺假。他有一次告诉我:"你有太多的才能。你可以轻而易举地写出东西来;而且用各种不同的方式。如果你不小心,你会什么也写不成的。"在那些下午,我们总是一起在旧城区散步,我听,他讲,对我或是对别人——我们在街上、码头上任何地方遇到的任何人,或是晚上坐在什么地方共对一瓶酒,他在我的小小配合之下幻想出牵着马的睡不着的人那一类稀奇古怪的角色。其中的一个据他说是安德鲁·杰克逊的后裔,查尔梅特战役之后就留在了路易斯安那州的沼泽地带,再也不是半马半鳄鱼,现在成了半人半羊后来又成了一半是鲨鱼,它——我的意思是整个故事——

到头来变得那么古怪又是（至少我们是这样想的）那么有趣，我们决定把它写下来，用相互通信的方式，就仿佛是一支动物考察队的两个暂时分开的队员。我把他写的第一封信的回信交给他。他读了之后说：

"你自己满意吗？"

我说："怎么啦？"

"你对这封回信满意不满意？"

"为什么不满意？"我说，"这封信里没说的我可以放在下一封信里说。"这时候我明白他心里相当不高兴了：他变得态度生硬、严峻，几乎都要发火了。他说：

"要么把它扔掉，咱们不进行下去了，要么把它拿回去重写。"我接过了信。我足足写了三天才重新交给他。他再次读了，读得很慢，像他素常的那样，这以后他说："现在你满意了吗？"

"不满意，先生，"我说，"不过我也不知道怎么才能写得更好了。"

"那咱们就让它通过吧。"他说，把信放进他的兜里，他的声音重新变得温暖、圆润、洪亮而带有笑意，准备再一次相信别人，再一次受到伤害。

我从他那里学到的比从这件事里学到的要多，至于我有没有也一直遵照着他其他的教导实行，那是另一回事。我学到的是：作为一个作家，你首先必须做你自己，做你生下来就是那样的人；也就是说，做一个美国人和一个作家，你无须必得去口是心非地歌颂任何一种传统的美国形象，像安德森自己与德莱塞所独有的让人心疼的印第安纳、俄亥俄或爱荷华州的老玉米或是桑德堡的畜栏以及马克·吐温的青蛙。你只需记住你原来是怎么样的一个人。"你必须要有一个地方作为起点；然后你就可以开始学着写，"他告诉我。"是什么地方关系不大，只要你能记住它也不为这个地方感到羞愧就行了。因为，有一个地方作为起点是极其重要的。你是一个乡下小伙子；你所知道的一切也就是你开始自己事业的密西西比州的那一小块地方。不过这也可以了。它也是美国；把它抽出来，虽然它那么小，那么不为人知，你可以牵一发而动全身，就像拿掉一块砖整面墙会坍塌一样。"

"有水泥和灰胶的墙可不会坍塌。"我说。

"是的，不过美国还没有抹上水泥与灰胶呢。人们还在建造美国。正因如此，一个血管里有墨水的人不仅仍然能而且有时还必须在美国内部不断地走来走去，不断地走来走去边倾听边观察边学习。正因如此，像你我这样的没有学问、没有学历的土老帽不仅有机会写，而且还必须写。美国所要求的一切就是观察它、倾听它、理解它，如果你做得到的话。不过理解也还不是重要的：重要的是相信美国，即使你并不理解它，接着试着叙说美国，把它写下来。文章绝不会一下子就很精彩，不过总还有下一次呢；墨水和纸张总不会缺，也总有你想理解和要告诉别人的东西。这一次说不定也还是不完全对头，不过它也有下一次嘛。因为到了明天美国将变成截然不同的另一样东西，一样更丰富更新颖、值得你去观察、倾听并试图理解的东西，即使是你不能理解、无法相信的东西。"

要相信，要相信纯的价值，要更多地相信。不仅相信价值，而且要相信忠诚与完整的必要性；为艺术选中并甘愿忠于艺术的人是幸运的，因为艺术的报酬是不会落到邮差头上去的。安德森把这些道理推向极端。这在表面上当然是不可能的。我的意思是，在往后的年月里，当他也许终于承认剩下的只有风格时，他写作时是那么努力，那么费劲，那么不惜牺牲自己，他有时候竟显得比原来的自我更高一些，更大一些。他热情、慷慨、善良、开朗，喜欢开怀大笑，不乖戾也不妒嫉，只有追求完美时才是例外，这种对完美的追求，他相信任何一个对自己的行当有兴趣的人都是必须具备的；他随时愿意慷慨地帮助别人，只要他相信这个人是怀着他自己的那种谦卑与崇敬心情来从事这门行当的。在新奥尔良的那些日子里，我逐渐明白世界上真的有人是愿意整个上午都关在屋子里的——关在屋子里努力工作。到了下午安德森会出现,于是我们就在市里走来走去,边走边聊。到了晚上我们又会再次见面,这回是共对一个酒瓶了,现在才是他倾心而谈的时刻;在任何一个阴凉的庭院里,只要那儿杯瓶碰撞发出叮当声,棕榈树在微风中沙沙作响,那里就是这样一个小世界。第二天上午他又把自己关起来了——在写作呢;于是我对自己说:"要是当一个小说家只需花这样的代价,那么这种生活对我来说也是合适的。"

于是我开始写一本小说:《士兵的报酬》。我认识安德森太太在先,后来才认识安德森。我有一段时间没看见他们了,有一天我在街上遇到了安德森太太。她问起这一向怎么没见到我。我说我正在写一部小说呢。她问我要不要给舍伍德看看。我回答了,我记不清原话是怎么说的了,反正意思是如果他想看我也没有意见。她让我写完了把稿子交给她,我照着做了,那是在大约两个月之后。过了几天,她捎话叫我去。她说:"舍伍德说他想跟你做一笔交易。他说如果他可以不看的话,他愿意跟里弗赖特(霍雷司·里弗赖特:当时他自己的出版者)说一声,让他接受出版。"

"成!"我说,事情的全部经过就是这样。里弗赖特出版了这本书,这以后的几年里我只见过安德森一次,因为那个不愉快的漫画事件也就发生在这先后,好几年他都不愿见我,一直到有一天下午在纽约的一次鸡尾酒会上;可是那又碰上了他比他写过的任何作品都要显得高显得大的时刻。这时候我记起了《俄亥俄州的瓦恩斯堡镇》《鸡蛋的胜利》还有《马与人》里的某些篇章,我知道我在看着、注视着的是一个巨人,他所在的世界上居住着的大部分——绝大部分——人都是侏儒,虽然他只做出过两次或是三次与巨人身份相称的举动。

(原载《大西洋》,一九五三年六月号;本文据福克纳打字稿。)

密西西比

密西西比发源于田纳西州孟菲斯一家酒店①的大堂，朝南伸展，直抵墨西哥湾。它一路上为一些小镇所点缀，那里游荡着马匹与骡子的幽灵，早年间，这些骡马总是给拴在县法院四周那一个个拴马桩上的；而且几乎可以说，这条河只有那两个方向，也就是北和南，因为就在没多少年之前，你都无法走水路朝东朝西行进，只能靠徒步或是骑那些骡马；即使是那孩子的少年时期，要去距离三十英里的东边或是西边毗邻的县城，都是非得朝三个方向，顺着不同的三条铁路，坐上九十英里的火车，方能到达。

最初，那儿是一片荒野——往西，沿着那条大河，是一片片淤积的沼泽地，由一条条黑黢黢、几乎纹丝不动的臭水沟镶边，这里密不通风，长满了芦苇、藤蔓、柏树、梣树、橡树与橡胶树；往东，是阿巴拉契亚山脉逐渐消失处，是野牛在那里啃啮青草的阔叶林山脊与大草原；往南，是长有松树的贫瘠土地，那里还有挂满苔藓的栎树和面积更大、地更少水更多的沼泽，处处潜伏着鳄鱼与水蛇，日后，路易斯安那州将在这里开始形成。

在这里，最初出现的是携带着简陋器具匍匐前进的先民，他们垒起了土墩然后就消失湮没了，只留下了土墩。在这些土墩里，接踵而来有史可稽的阿耳冈昆族裔会留下他们战士、酋长、婴儿和猎杀的熊

---

① 据卡尔文·S. 布朗（Calvin S. Brown）的 *A Glossary of Faulkner's South* 一书称，这家酒店指的是 Peabody Hotel，这是孟菲斯市最豪华的一家旅馆。密西西比河自然并非起源于此处。福克纳这样说可能与他起念写这篇文章于该处有关。

的头颅，瓦罐的碎片和斧头、箭镞，偶尔还会有一只沉甸甸的西班牙银马刺。那时，成群麇鹿不加警觉地如烟雾般飘忽而至，在矮树丛里和溪谷的底部，则有熊、狼、美洲豹以及各种小一些的动物——浣熊、负鼠、河狸、水貂和沼鼠（不是麝鼠，是沼鼠）；二十世纪初，这些兽类仍在那儿出没，有些地方仍未开发，当时，那男孩自己也就是在这地方开始打猎的。但是，除了偶尔在某张白人或黑人的脸上可以寻见印第安人的一些血统之外，奇克索人、乔克托人、纳齐兹人和亚祖人都如先民一样迁走了，现在和男孩一起匍匐前进的是沙多里斯、德·斯班和康普生家的后裔，这几个家族曾经指挥过马纳萨斯、夏普斯堡、夏洛、奇克莫加这几个团，匍匐前进的人中还有麦卡斯林、艾威尔、霍尔斯顿与霍根贝克家的后裔，这几个家庭的父辈祖辈曾经充当过那几个团的兵员，匍匐的人里偶尔也会有个把姓斯诺普斯的，因为到二十世纪初，斯诺普斯家的人已经是无处不在了：不光是站立于开设在湫隘街巷主要由黑人光顾的小铺的柜台后面，而且也坐在银行董事长办公桌、食品批发公司经理办公桌的后面，身居浸礼会教堂的执事席中，他们买下许多所摇摇欲坠的乔治式住宅，把它们分隔成一个个可以单独出租的套间，而在自己弥留之际，又立遗嘱将加出来的披屋与洗礼盆捐献给教会，好让大家记得他们，不过这也许纯粹是出于恐惧。

　　他们也参加打猎。他们也进驻打猎营地，在那里，德·斯班、康普生、麦卡斯林和艾威尔家的人按门第的高低次序当头儿，他们射杀母鹿，既不管法律，也不管头儿说这样干是要不得的，他们射杀母鹿甚至都不是因为需要鹿肉，他们把肉扔下，由森林里的食尸禽兽来享用，他们之所以屠杀，只是因为母鹿躯体大、会移动，是桩稀罕物件，与湫隘街巷的小铺及那里的蝇头小利相比，是更早时代的产品；男孩如今已长大成人，论资排辈当上了营地的头儿，现如今他得操心，不是为猎物越来越少、地盘越来越小的原始森林，而是为姓斯诺普斯的那伙人，他们正在把留下的不多的东西毁灭殆尽。

他们选举比尔波家的人并且不遗余力地为姓瓦达曼的人拉票，在这两人下台后又推举他们的儿子上台；他们的出发点是对黑人的刻骨仇恨、恐惧以及经济上的冲突对抗，那些黑人紧挨着他们的地块种着不大的田地，因为黑人记得自己根本未曾获得自由，因此能够珍惜已经得到的那些，去斗争以保留住不多的那一些，并且教会自己如何凭借不多的东西去获得较多的东西——花不多的钱，吃不多的食物，用较少较差的生产工具来种植较多的棉花；一直要到姓斯诺普斯的逃离农田进入湫隘街巷上开设的小铺，他才能不再与黑人在耕作上较劲，在小铺里，他可以不再紧挨着黑人生活，却可以依赖他们为生，靠了以次充好，抬高价格，把劣质的肉、粮食、糖蜜卖给黑人，黑人反正是连价码上的数字都认不得的。

最初，那个过时的人，明天他还要遭到已经过时的人的剥夺：那个原始的阿耳冈昆人——也许是奇克索人、乔克托人、纳齐兹人和帕斯卡戈拉人——他从密西西比河旁高高的悬崖绝壁上往下俯望，盯着一艘载有三个法国人的奇珀瓦独木舟——这印第安人几乎来不及旋过身子看背后有一千个西班牙人从大西洋那边横穿大陆而来，他还余下一点时间有幸看到各种外族人交替进进退退，速度快得像魔术师手中那些转瞬即逝的纸牌：法兰西人待了一秒钟，接着西班牙人待了大约有两秒钟，然后法兰西人又待了两秒钟，接着又轮到西班牙人了，然后又是法兰西人了，他们在这里还没来得及吸进最后的半口气，盎格鲁-撒克逊人又来了，他们是要在这儿待下去死活也不走的了：那个高高的汉子，高声吟诵新教经文，散发出浓浓的威士忌酒气，一只手里捏着《圣经》和酒壶，另一只手里，让人想象不到的是，竟握着一把印第安战斧，他吵吵闹闹，脾气暴躁，对女人倒是百依百顺，还主张一夫多妻：可以说是个结过婚却不屈不挠保持着独身的男人，他只知行进,却不明白目的地在哪里,让他那腆着大肚子的老婆、丈母娘的大半个家庭紧随在他的身后,进入连车辙都没有的荒野,让他的孩子在树丫支着的来复枪后面呱呱坠地,在他们再次出发之前又让老婆怀上另一个,与此同时,还把他永不枯竭的其他种子下在三百英里黑黢黢的腹地里——也同样是既不贪婪,又无热情与预谋——他砍倒一棵需要二百年才能长成的树,仅仅为了把一只熊撵下来或是往帽子里盛满野蜂蜜。

  他活了下来,即使在他自己也成了过时人物之后,在弗吉尼亚与卡罗来纳种植园主的小些的儿子们①前来取代了他之后。他们是赶着大车来的,车中满载着黑奴与靛蓝种子,走的倒仍然是他当年用印第安战斧(他也没有其他工具可用)砍伐出来的道路。接着,有人给了某位纳齐兹巫医一颗墨西哥棉花种子(没准里面已经潜伏有棉虫了,因为这害虫跟斯诺普斯家族一样,也是把南方整片土地全都占领了的),从而改变了密西西比的面貌。奴隶们现在很快把处女地清理出来——那里当时(一八五〇年)仍然出没着默雷尔、梅森、黑尔和哈普两兄弟②的幽灵呢——使它变成能生财致富的种植园,而那个已经过时、被取代的人,对这片土地所打的主意,仅仅是打几头熊和鹿,弄些蜂蜜甜甜嘴巴而已。可是他仍然留了下来,仍然好歹活着;甚至一直到那男孩进入中年,他仍然待在那个地方,住在不断缩小的原始森林边缘处的一所原木、木板或铁皮搭成的小屋里,完全是靠了种植园主的容忍,有时甚至是慷慨大度,才能赖在这儿,对于他们来说,尽管他桀骜不驯并维持着某种程度的尊严与独立性,实际上也只是个会阿谀奉承的无赖而已,如今熊与美洲豹已基本上绝迹,他打的便是浣熊和沼鼠了,他仍然是暴殄天物,仍然会放倒一棵有二百年历史的老树,虽然如今

---

① 按照当时的习俗,产业由长子继承。小些的儿子得离开老家另打天下。

② 这几个是当时在这一带横行不法的歹徒。

树上只有一只浣熊或是一只松鼠了。

时间到来时，他参加进去，不是进马纳萨斯和夏洛团，而是加盟非正规的帮派团伙里去，这些帮派团伙并不忠于任何人与任何目标，之所以纠集在一起仅仅是为了一件事、一个目的，那就是从联邦纠察线那里盗窃马匹；他们还是抓空当干这件事的，主要的时间还是用在袭击（或打算袭击）种植园上，那些房子就属于他原来靠了几句阿谀奉承的花言巧语得以投靠的种植园主，而且以后他还是会去投靠的，倘若战争结束，假如老爷会从他在夏普斯堡或是契克莫加的少校、上校或是别的任何什么军职上退役回来的话；他打算袭击种植园，那就是说，在少校或是上校的妻子、姑妈姨妈、丈母娘（她们把银器埋藏在果园里，庄园还留下了几个上了年纪的黑奴）阻止了他并把他赶走之前，必要时这些女眷甚至会朝他开枪，用的是离家的丈夫、侄子、外甥或是女婿所留下的猎枪或是决斗时用的手枪——这些女人，她们才是不屈不挠、没有被征服、从来没有投降的，她们不让人把北军的流弹从走廊柱子、壁炉架或是窗框里挖出来，也正是南方的女人，在七十年之后，在看电影《乱世佳人》时，一听到谢尔曼①的名字，便会站起来退出影院；她们仍然是不可妥协、怒气难消的，仍然对这事说个没完，其实打过仗输掉了的疲惫不堪、心灰意懒的男人早就连叫她们闭嘴都懒得说了。即使到了那男孩的时代，早在他记得别人大谈圣诞老公公之前，他自己就已经对维克斯堡、科林斯如数家珍，也知道第一次马纳萨斯战役中他祖父所在的团驻扎在何处了。

在那些日子里（一九〇一、一九〇二、一九〇三和一九〇四年），圣诞老公公只在圣诞节那天才出现，可不像现如今，在一年的其余日子里孩子们都能玩他们找得到的、想得到的或是做得到的一切，虽然

---

① 谢尔曼（William Tecumseh Sherrnan，1820—1891），美国内战时北方将领。

他们也跟今天，跟一九五一、一九五二、一九五三、一九五四年一样玩，仍然是模仿显示在他们面前，让他们听到、看到或是最受震动的那些事，只是规模缩小了许多而已。我们笔下的这个孩子的时代背景和实际情况正是这样的：那些不屈不挠、永不言败的老太太在三十五和四十年之后仍然抱成团，还有为数不多的几个干家务活的老黑奴，也是女的，她们像白人老太太一样，拒绝、坚决不愿放弃旧的生活方式，不愿忘记古老的痛苦。那孩子自己就记得她们当中的一个：卡罗琳，解放那么多年了却仍然不肯离去。她也始终不愿意在星期六收下她一周的全部工资，这家人始终也弄不懂她干嘛非得这样不可，唯一的解释只能是：她仅仅是乐于让全家人经常记得，她可是他们的债主，她迫使孩子的祖父接着是孩子的父亲最后是轮到孩子自己，不仅得当她的银行家而且还需为她管账，不知怎么搞的八十九这个数字进入了她的脑子，虽然这个数字也会起变化，有时候多些，有时候少些，有时候一连好几个星期她自己又会成了欠债的一方，但这样的情况倒是始终不会改变的：说不定什么时候，大抵是家里大部分人聚在一起吃饭的时候，会有个小孩，白皮肤的或者是黑皮肤的，跑来带上这样的口信："大妈说让你别忘了还欠着她八十九块钱呢。"

即使在那时，对于那个孩子来说，这黑妇人好像已经比上帝还要老了，她管他的祖父叫"上校"，但是对孩子的父亲、叔叔、姑姑，则除了他们的教名之外，别的什么都不叫，即使他们自己也都已经当了爷爷和奶奶：卡罗琳自己也当了祖奶奶，下面的子孙有二十个之多（此外大概还有十个她也记不得了，或是先她而死了），其中之一也是个男孩，到底是曾孙或者仅仅是孙子连她自己都弄不清了，那是和我们的这个白人男孩在同一星期出生的，起了同样的名字（用的是白人孩子祖父的名字），都吃同一对黑色乳房的奶，睡在一起，吃在一起，玩也在一起，玩的游戏要算是那个白人孩子当时所知道的最最重要的事情了,因为在四岁、五岁和六岁时,他的世界仍然是一个女性的世界,他记忆中就没听说过还有别的方面的事情:用几个空卷轴、一些残渣碎片和小树枝,再挖出个小沟,里面灌上些井水权当是那条大河,一次又一次地玩微缩的战争游戏,打那几场无法挽回的战役——夏洛战役、维克斯堡战役以及布赖司十字路口战役,那个路口离孩子(两个孩子)出生地不远,那孩子因为自己是白人,便硬要当邦联军的将军——彭伯顿、约翰斯顿或是福雷斯特——反正他当两回,黑孩子当一回,要是三回还轮不上的话,黑孩子就压根儿不跟他玩儿了。

说的不是那个高个子男人的事,他仍然当他的猎人,当他的森林之子;也不是那个奴隶的事,因为他现在是自由人了;而是说那颗墨西哥棉籽,是某个人给了纳齐兹巫医的,它现在快快地为自己清理好土地,犁开地面,那上面覆盖着东部大草原的牛草和中部丘陵地带沟底河床的荆棘与芦苇,并且把那条大河,也就是老人河边上三角地带整片整片的淤积土变成干地:人类筑起尽可能长的堤坝,时间尽可能长地把大河挡开以播种和收获庄稼:不过人类在旧的河床里把它阻拦一英尺,它就会在新的领域里开拓出另外的一英尺:于是装载了打成包的棉花运往孟菲斯或新奥尔良的汽轮便仿佛是径直朝天上爬去似的。

另外也还有小一些的轮船在小一些的河流里爬行,它们沿着塔拉哈奇河直抵杰弗生北边的怀利渡口。不过从那个地段以及东边一些的地段运棉花并不能得到经济回报,从那里运更便捷的走法是继续往东去到通比格比,然后往南去到莫比尔,然后走陆路用骡车拉到孟菲斯;怀利渡口的一处悬崖绝壁上有一处驿站——一座乱七八糟的小客栈、一家铁匠铺和几间东倒西歪的小木屋——正好在从杰弗生出发或是继续行进的一辆或一队装了棉花的大车必须要停下来过夜的那个地方。或许连小客栈都算不上,不如说是个兽窟,里面的居民白天无影无踪,他们隐匿在河床的荆棘矮树丛里,只是在晚间出来,而且也只是在打尖的赶棉花大车的车夫毫无戒心地坐在炉火前时,他们才短暂地出现在客栈的厨房里,于是车夫、大车、骡子和棉花便会统统不见:尸体没准给扔进了河里,大车一把火烧了,骡子几天或是几星期后在孟菲斯一处牲口市场给卖掉,而身份不明的棉花则已经走在去利物浦棉纺厂的路上了。

与此同时,在杰弗生十六英里之外,有一个前斯诺普斯时期的人,其实是高个子男人里的一个,事实上就如巨人一般:这是个虔诚的未获神职的浸礼会牧师,但他热衷的不是梦寐以求要进入天国乐园,甚至也不主张有什么统一圣职的做法,更反对用大写的"O"①字来标明了,他只主张简简单单地让公民的安全得到保障。每一个人都警告他别上那儿去,因为他不仅仅是什么都不能完成,他试着去做时还很可能丢掉自己的性命。可是他却去了,单身一人,不宣讲福音也不提上帝甚至都不说道德的事,而光是挑选那里个头最大,最凶狠,一看就知道是最为歹毒的人,对这人说:"我要跟你打架。要是你打败了我,你可以把我身上的钱全都取走。要是我打败了你,那我可要给你洗礼,让你入教。"接下去便把那人打败,揍得体无完肤,让他改邪归正,变得老老实实,然后再挑战下一个个头最大、最为凶狠的人,接着又收拾再下一个;下星期天来到时他已经把河边整个无法无天的地区收编进教会了,从此棉花大车可以靠人力船只摆渡过怀利河,安全通过并毫无阻挡地直达孟菲斯了,一直到铁路通行,火车开来从大车上载走一包包的棉花。

那是七十年代的事。黑人现在是自耕农与政治上的实体了;有一个黑人,连自己的名字都不会签,却在杰弗生当上了联邦警察局局长。后来,他成为镇上正宗的私酒贩子(密西西比州和缅因州一起,是最

---

① 代表"order"一词,"圣职"之意。

早从事这一高贵试验的地方里的一个），而且也恢复了——他从来就未真正割断过——对老主人的忠诚，并且从一棵巨大的老树那里取到了自己做生意时用的姓——马尔伯雷（桑树），那棵树矗立在哈伯瑟姆大夫的药店的后面，在树根之间那些包厢般的一个个地洞里，他藏匿他商业上的瓶装货物。

很快，他（那个黑人）在经济竞争中甚至会领先斯诺普斯家族，这个家族即将把成群的族人打进三K党——不是内战混乱、无望的结束阶段那个老的、原始的组织，以当时无望的时代背景来衡量，那至少是个有自己无望目的的诚实、严肃的组织，而是一个二十年代沿用了老名称的后来出现的卑劣组织，它与老组织的共同点也就是那个名称了。此时，地方上出现了用很少的钱修铁路的事，引进的是一八六六年当过"毡包客"①的一个人，此时他已然是规规矩矩的公民了；他的子孙日后将用一种柔软的、不发辅音的黑人腔调说话，就跟父母从约翰·史密斯上尉的时代起便生活在波托马克河与俄亥俄河以南的那些孩子一样，这些孩子总是要吹嘘自己的南方遗产。在杰弗生，便有那样的一个人，他姓雷蒙德。他找来了资金，而沙多里斯上校则用这笔资金修起支路，和从孟菲斯到大西洋的主路连通了起来，从而使本地的棉田走向欧洲——这是一条窄轨，跟玩具似的，有三辆小机车头，也跟玩具似的，以沙多里斯的三个女儿的名字命名，每个机车头的油罐上有一块银牌，分别刻着三位小姐的教名。那些标准规格的货车在枢纽站上像玩具似的被千斤顶顶起，然后落放到窄轨上，此时，小火车头被它拉的货遮盖住，让人看不见，因此，一辆辆货车是以这样的程序出现的，在它们为之服务的棉田里被一股傲慢的羽毛状的黑烟和一声傲慢的汽笛发出的尖叫，拉扯着往前行进——那个雷蒙德，在一

---

① carpetbagger，拎毡制手提包的投机家，指美国内战后重建时期到南方去投机的北方人。

场不可避免的争吵之后,终于开枪把沙多里斯打死在杰弗生的一条街道上,他之所以做出这样极端的事,大家相信,是因为傲慢与不宽容,也正是因为这同样的傲慢与不宽容,才使沙多里斯上校那个团的官兵在第二次马纳萨斯和夏普斯堡之役后的秋季选举时把沙多里斯从上校的职务上拉了下来。

因此,现在陆地上有了铁路;原来得坐马车去大河码头乘轮船并按老习俗去新奥尔良度蜜月的新婚夫妻,如今便可以搭乘火车上几乎任何地方去了。而且很快这儿也有了普尔曼式卧车了,一路从芝加哥和那些北方城市开过来,那里有的是钞票现金,使富有的北方人能舒舒服服地南下,而且是认真地开发起这片土地来了:用他们北方佬的金元在南方松木林地带开设了巨大的伐木场与工厂,也使五十年来都没有任何变化的由小村落组成的小镇一夜之间发达起来,在一片星星点点般布满树桩的荒瘠土地上膨胀成大都市,这里本来会一直荒下去的,除非当地人出于简单的经济垂死挣扎,自己学会了种植松树,一如在其他地区人们已经学会了种植玉米、棉花一样。

在三角洲上也出现了北方人开的伐木场:现在是二十年代中期,在三角洲,棉花业还有伐木业都很蓬勃。但最为蓬勃的还是金钱本身:金钱滋生出一种穴居人,而他又繁衍出一对双胞胎的穴居人:欠债与破产,这三者如此迅速地让金钱在这片土地上大逞淫威,现在的问题变成了如何在它旋风般使你窒息之前赶快将其摆脱掉。直到出现某种几乎像是自我保卫的手段,不仅是为了有地方可以花钱,而且还为了把单纯要花掉的钱所衍生出的钱可以赌掉,在七八个较大一些的三角洲地区的镇子里形成了一支棒球联队,很快,它就同样四处远征——而且也大获成功——对投球手、游击手和费劲的外场手来说都是如此,就像那两个主力联队一样,那个男孩,现在已经是个青年了,与这个联队以及一家北方人开的大伐木公司关系都很熟,不仅是凑巧跟这两者都熟,而是因为跟一家熟了自会促使他跟另一家也熟悉起来。

此时,那个年轻人的心态与世界上大多数别的年轻人的心态是一样的——这些年轻人在一九一七年四月正好是二十一岁光景——虽然间或他向自己承认他也许用那天自己十九岁这件事作为借口,认为自己应该做自己喜欢做的事,他正越来越清楚,这还将永远成为他真正的正业,那就是:当一名流浪汉,一个与世无争、一无所有的漂泊者。反正,他已经足够成熟,能和一个律师交上朋友了,早先,这律师住的镇上,一家伐木公司正好想消消停停地宣布破产,这位律师被委派为破产事宜的仲裁人:这人的家庭和那年轻人的家庭素来相稔,他比年轻人稍大几岁,可是却喜欢上了这年轻人,于是便邀请年轻人搭乘自己的车子出游。他正式的身份是充当译员,因为他略通法语而那家快要倒闭的公司恰好与欧洲有些关系。但是从来没见他干过什么翻译工作,因为这名随员并未被派去过欧洲,他去的倒是孟菲斯一家酒店的某一层楼,在那里的所有人——包括那位翻译——都有特权可以签个字便免费取得食品、戏票甚至是私酿的酒(当时田纳西州正值禁酒季),只要那些小厮有本事弄得来,当然不是从几英里外刚过密西西比州界处那几处挤在一起的外表十分老成持重的房子里弄来,那里的轮盘、骰子和二十一点都是要玩就有得玩的。

接着,塞尔斯·韦尔斯先生也突然参加进来了,并且把棒球联盟也随之带了进来。那个年轻人始终不知道韦尔斯先生跟破产有什么关系(如果有的话),他也不真正费心去琢磨,更不用说去关心与打听了,不仅是因为他已经对业余爱好——他知道这是他真正的爱好——培养了一种noblesse oblige①的观念,这作为理由已经算得上是很充分的了,而且还因为韦尔斯先生本人在三角洲已经成为一个传奇了。他是个庄

---

① 法文,贵人行事理当高尚。

园主,这庄园不以英亩而是以英里来计量,而且被认为是棒球联盟里的一个球队的独一无二的老板,至少是绝大多数球员,肯定包括接手、偷垒的游击手和点三四〇打击的外场手的老板,据说这个外场手还是从芝加哥兽崽队里挖来或是抢来的呢,这个韦尔斯先生一星期七天照例不变的打扮是:两三天都不剪的胡子、一双糊满泥浆的高筒靴以及一件灯芯绒外套,流传的那个故事或是传奇里说,一天深夜,他就以这副打扮进了圣路易的一家时髦酒店,要开一个由穿晚礼服的侍者伺候的房间,那侍者一见那把胡子、那双沾满泥浆的靴子,不过主要还是看到了那张脸,便说酒店已经全部客满:一听这话韦尔斯先生便问买下这家酒店得多少钱,对方非常傲慢地告诉他,得多少多少万,于是——那故事是这么说的——他从灯芯绒后屁股兜里掏出一叠千元大钞,足够买下开价一个半酒店的,接着便吩咐那侍者十分钟之内把楼里的每一个房间都给他出清。

这自然是启示录般离奇的故事,不过下面这件事倒是那个年轻人亲眼目睹的:韦尔斯先生和他某天中午在孟菲斯的酒店里正懒洋洋地吃着早餐,突然间韦尔斯先生记起他私人的打球俱乐部那天下午三点钟就要在六十英里之外的一个小城里进行一场至关重要的球赛,他打电话给火车站,要求三十分钟里准备好一次特别列车,包括一辆机车和一个守车。列车大约三时抵达科厄霍马,那儿离球场还有一英里的路:有个老兄(那个钟点火车站前是不会有出租车的,而且那会儿全密西西比州哪儿都没几辆出租车)坐在一辆脏兮兮但总算还完整的凯迪拉克的驾驶盘后面,韦尔斯先生开口了:

"这玩意儿要卖多少钱?"

"什么?"车子里的那人问道。

"你的汽车,"韦尔斯先生说。

"十二又五十。"

"行啊。"韦尔斯先生说着便去拉车门。

"我的意思是一千二百五十元。"那人说。

"行啊,"韦尔斯先生说,接下去的话是对那年轻人说的,"跳进去。"

"是拦路抢劫吧,先生。"那人说。

"车子我已经买下了。"韦尔斯先生说,自己也爬上了车子。"去球场公园,"他说,"要快。"

年轻人此后再也没有见到那辆凯迪拉克,虽然在接下去的几个星期里,当联队三角旗赛进行得越来越激烈时,他对那机车与守车倒是变得很熟悉了,韦尔斯先生经常调用孟菲斯调车场的这辆特别列车,就像二十五年前住在城里的一个百万富翁头一点随时拦下一辆两匹马拉的出租马车一样,因此在那年轻人看来,他们不定什么时候就要再次朝三角洲另一场棒球比赛冲去,回孟菲斯去消停消停的念头暂时就作罢了。

"我什么时候也该有点发言权的吧。"有一回他说。

"那你就发言吧,"韦尔斯先生说,"就说说这混账的棉花市场明天会有什么走势,这样我们俩都可以不再紧着去追赶这个没一点、没有一点点希望的业余球队了。"

棉籽与伐木场横扫着三角洲其余的地方,把残余的原始森林更深、更深地朝南边挤压,一直挤到大河与丘陵的 V 字形地带。当那个如今十六七岁的年轻人,初次被允许参加日后他按辈分将成为首领的那个狩猎队时,坐骡子拉的大车去鹿、熊和火鸡满地跑的猎场,走上一天或一个夜晚也就到了。可是现在他们坐汽车去:他们得走上一百英里接着是二百英里,往南再往南,而原始森林已经退缩到亚祖河与那条大河(亦即老人河)的交汇处了。

老人河:也包括所有给它提供水源的被河堤拦起的小支流,它们和大河一起,只要老爷子犯了脾气,便将那些堤坝全然置之不理,它们差不多每一代都涓滴不弃地收集水源，从蒙大拿一直到宾夕法尼亚，让滔滔洪流冲入它的受害者那可怜巴巴、毫无希望的人工内脏，水一点儿一点儿升高，速度倒不算很快：只是很坚决，毫无妥协的余地，留出足够多的时间让人测量它的浪峰有多高并且往下游打电报，甚至还能准确预报几乎是具体到哪一天洪水会冲进屋子，把钢琴冲出去，把墙上挂的照片、图画统统冲掉，甚至把房子本身也都冲走，如果它跟地面不是联系得非常紧密的话。

既无情又是不慌不忙地，洪水泛过一条条给它供水的小支流，把水往它们的河道里挤压进去，以致一连好多天，小河里的水会倒流，往上游涌去：一直要抵达杰弗生还要过去的韦利渡口。小河也筑有堤坝，但偏僻处住的都是单干户：是那个高个子男人的后裔或遗孤之类的人物，现在以务农为生了，还有就是姓斯诺普斯的那些人，他们比个体户还要个人主义：他们是斯诺普斯族人，因此当大河边上那些占地千亩的庄园主团结得像一个人似的和他们的黑人佃户和雇工在用沙包和机器对付灌涌与豁口时，这里的一二百亩大小农场的主人是一手挟着只沙袋一手持枪巡视他的河段堤岸的，免得住在他上游的那个乡邻会炸毁他的河堤以保全自己（在上游）的那个农场。

大河把水往上挤涌，与此同时，白人和黑人轮班肩并肩地在泥和雨里苦苦奋斗，为他们助战的有汽车车前灯光、汽油火把、小桶小桶的威士忌以及在刷干净并煮过消毒的五十加仑的汽油桶里煮沸的咖啡；河水拍溅着，试探性地、几乎是没有恶意地、仅仅是坚定不移地（他可不着急哟）在那些惊恐万状的沙包的下面和中间拍打着，最后还是从上面翻越而过，仿佛他唯一的目的仅仅是让人类再次得到一个机会去证明，不是向它而是向人类证明，人的身体能在多么大的程度上忍受、坚持与苦熬；这以后，让人证明了这一点之后，便做出这几个星期以来任何时间里只要想做它都能做到的事情：像蜕皮时的有气无力的蛇那样，既不匆忙也不特别邪恶与愤怒地把一两英里长的防洪堤、咖啡桶、威士忌罐、火把一下子全扫个精光，然后，有一小会儿，在棉田休耕地之间闪着沉闷的光，直到田地消失，同时消失的是大路、小巷，最后是一个又一个的城镇本身。

消失了，进入到一大片苍苍茫茫无声无息的黄色广袤之中，从那里只伸出来一些树顶、电线杆和人类居所的首级，像是肮脏镜面上出于神秘莫测、无法揣摩的设计而呈现的谜一般的物件；还有几座先民垒的土墩，上面，在散乱的鹿皮鞋之间，熊、马、鹿、骡、野火鸡、牛以及家养的鸡都在相互休战的状态中耐心地等待着；至于防洪堤本身，那里，在恋老婆的男人般黏成一团的漂浮物当中，小孩继续出生，老人照常死去，不是因为生活在露天里，而是简单、正常的时间次序与生死规律，仿佛说到底，人和他的命运还是要比河流更强，即使河流曾经剥夺过他，他毕竟是在变化中所不可改变与征服的呀。

这以后，对这一点也做过证之后，它——那条老人河——要后撤了，可不是退却：是归于平息，告别陆地，慢慢地也是坚定地，让支流和沼泽退回到它们古老的引以为豪、满怀希望的脏腑中去，不过是那么的慢那么的徐缓，仿佛不是洪水后退而是平坦的陆地自身在上升，它整个平面成片地重新爬回到阳光与空气中来：在电话杆与轧棉机厂房、房舍、店铺的墙壁一个恒定的高度上留下一条黄褐色的印记。这条线像是某只大手一笔划成的，只是当中有些间断而已，土地本身因淤积物而增高了一英寸，肥沃的泥土也深了一英寸，在五月灼热阳光的炙晒下干得龟裂：但是这情景不会维持多久，因为几乎紧接着犁头来了，犁地与下种已经迟了两个月，不过这也不打紧：棉花到八月仍然会再一次长得像人一般高，到摘棉桃时自会更白更密，仿佛那条老人河说了这样的话："我想怎么做，什么时候想做，便那样做。不过我可是为了我的所作所为出了价的。"

自然啦,还有那些小船。它们把影子投落在那片黄黄的稀湿土地上,甚至还在它上面移动:渔夫和猎人用的小筏子、管理防洪堤协会的美国工程师学会的汽艇以及一艘吃水浅的汽船,荒唐地在棉田之间来来往往,它的船员可不是河工而是一个知晓水底下何处有围栏的农民,桅顶瞭望处则是个手持钢钳的机械师,他见到电话线就把它们剪断,以便船能从烟囱群之间穿过去:其实也算不得是荒唐,因为这种船在大河上本来就很像是一所房子,现在来到这里跟所穿过的周围那些没有底部的房子也没有什么区别,有时它还要让轮机把马力开到最大一档以便超过别的房子,那模样活像急于要追上飞逃的母野鸭的一只公野鸭。

不过光这样是不够的,眼看就不够了;老人河这一回来真格的了。于是此刻从海湾①好几个港口调来了捕虾的拖网船、娱乐用的游艇和海岸警卫队的小艇,这些船的底部过去只认得咸水与咸潮河口,船还是由原先的海上水手来掌管,但怎么走还得请教知悉水底下哪儿是路哪儿有围栏的人,原因很简单:这些人一辈子都在顺着这些标志或是以它们为终点赶骡拉犁,这些船航行在马、骡、鹿、牛和羊的胀肿的尸体之间,从树木和轧棉厂房、棉花仓库、漂浮的小屋、房舍的二层楼窗户与办公室楼房之间,去捞取老人河上很有耐心的漂浮物,那就是黑人与白人的尸体了;接着——这些习惯与咸水打交道的人,对他们来说,陆地或者是毫无特色、不长树木的盐碱沼泽地,或者是蛇与鳄鱼出没的湿地,都因长满了喇叭藤与西班牙苔藓而无法穿透;这些人之中,有一些甚至都从未见过支撑他们所住的房子的木桩所敲进去的土地——这些人仍然留了下来,即使这里已经不再需要他们了,仿佛要等着看从水里冒出来的到底是怎样的一片土地,他们所拯救的人——男人和女人,黑人与白人,黑人甚至比白人还多,十比一恐怕还不止——

---

① 指墨西哥海湾。

赖以生存的经济活动就是在这片土地上面进行的；赶紧看看这片土地，再晚骡子和犁头可就要改变它的面目直至洪水退却的边线了，然后便回到大河上去，否则那些拖网船、巡逻船和小艇也会跟废弃的鸡舍、牛棚与茅房一起，变成歪歪扭扭、没法再用的垃圾的；回到老人河上去，这条河已经再次缩回到它往常的堤岸里去了，在打瞌睡，甚至还显得很清白无辜，仿佛改变了，至少是在某个短暂时期里改变了毗邻地区全部面貌的不是它而是别的什么东西似的。

他们此刻是在朝回家的途中行进，经过了一些河边城镇，有一些在南密西西比是一片西班牙统属的蛮荒之地时很有点儿名气：像格林维尔、维克斯堡、纳齐兹以及大小海湾（现今已经消失不见，连遗址亦都采用了别的名字），那地方曾使梅森和哈珀兄弟里的至少一个威名赫赫，而雷尔①也曾以此地为据点发动他那场流产的黑奴起义，企图把白人从这片土地上清除干净，剩下他一个当皇帝，那片土地已经沉落在防洪堤之外，如今你已经无法说清原先水开始于何处陆地止步在什么地方了：只知道这片草木葱茏茂盛、阳光灿烂的热带草原再也承受不了你的体重了。一条条河流如今不再往西，而是往南流淌了，不再是黄色或褐色的，而是黑色的了，穿越好大的一片黄色盐碱沼泽地，从那里乘着一股吹向海洋的微风，一团团蚊子像云雾一般飞来，在发痒与感觉疼痛的苦恼心态里，你似乎觉得确实能见到蚊群隐隐约约怀有越过陆地去与潮水然后是无法消解的盐分相遇的愿望：倒还不是真想飞向墨西哥海湾但至少是要去列岛——船、号角与小森林的列岛——长长屏障后面的那片海峡，拖网船、巡逻船等等此刻都已回去，待在灯塔、运河标志与船坞之间，在晒网和维修机器，准备去捕鱼。

我们所说的那个人从他年轻时起也记得那件事：在几艘小船里好

---

① 这里提到的几个人都是曾活跃在纳齐兹小道上的不法之徒。

端端地被风刮了整整一个夏天,因为他们家已有好几代是在密西西比北部腹地出生与长大的,在他遇到此次风暴之前他根本不知风暴边缘为何物。第二年夏天他又回来了,因为他发现他喜欢有这么多的水,这一次他是作为一个拖网船的渔民而来的,他记得:前甲板上安放着一只烧得通红的煤炉,上面架着只四加仑大的铁锅,里面煮的是揪去脑袋的虾,汤里洒进去一把把盐与黑胡椒,里面从来没有空过,也从来不洗,光是不断地往里面添虾,因此你便成天随便吃,就像是在吃花生米似的;他还记得:破晓前的那一刻,眼看就要让强烈得几乎像能听到的爆炸声似的近亚热带的黄红色的白天所打破,但暂时还会黑暗上一瞬间,此时,那条幽黑的船偷偷地潜入虾群出没的地区,船尾磷光般不出一声地转动着,活像乱哄哄的一团昏昏欲睡的萤火虫,那少年脸朝下躺在船头上朝黑黢黢的水里望去,只见受惊吓的虾飞快地如逐渐隐退的扇一般往四下射出去,划出了小火箭般的轨迹。

他对屏障般的列岛也有了些认识;作为五个半内行水手中的一个,他驾了艘大单桅帆船参加出海比赛,他不仅学会了怎样让船壳不脱离它的龙骨往前行驶,而且也弄明白了怎样让船从一个地方去往另一个地方,再把它带回来:于是,作为一个老水手,他如今住在新奥尔良,当了一条机动小艇的拿工资的船长,船是属于一个私酒贩子的(当时是二十年代),船员包括一名黑人厨子兼甲板工装卸工,以及那个私酒贩子的弟弟:那是个二十一二岁的瘦瘦的意大利人,有一双猫一样的黄眼睛,穿一件丝衬衫,衣服有点儿鼓出来,因为胳肢窝底下挂了把手枪,口径太小干不了什么大事也就够杀尽他们哥儿几个的,即使船长或是厨师在万一可能出事时梦想过反抗或是讨厌惹出什么麻烦事儿,他们也只会把枪从皮套里抽出,尽快地藏起来(也并非真的隐藏起来:仅仅是扔到机器底下油污的积水里,即使皮特很快就发现枪在何处,那也会很安全,因为他是怎么也不愿意把手和胳膊伸到油污的水里去的，而只会躺到舱位上去生闷气）；把小艇开过庞恰特雷恩湖，沿着利戈莱兹河直达墨西哥海湾与海峡，然后停下，一点灯光都没有，直到海岸巡逻队的汽艇（它几乎总是按规定时间来的；那些大兵的工作也未免太平淡了，甚至于，相对地说，是太没有干头了）趾高气扬地朝东飞快驶去，是去莫比尔参加舞会的，哥几个总是倾向于这样认为。接着，哥几个仗着指南针的点拨来到岛上（它只比沙嘴大上一点点，上面有一行松树，那模样真是惨不忍睹，在岛外缘真正的海湾强风的呼啸抽打下，树的枝条时时刻刻都在不断地挥动），在这里，加勒比的纵帆船会埋下一箱箱绿玻璃瓶装的酒精，而住在新奥尔良的私酒贩子的母亲则会更换包装，贴上标签，将其转变成苏格兰威士忌、波旁威士忌或是杜松子酒。岛上还有几头野牛，那倒是他们不得不防的，那黑人负责挖掘，皮特还在生闷气，绝对拒绝帮忙，因为他有那把枪，而船长则时刻注意着牛的进攻（他们可不敢冒险点灯），每上三四回货，总有一回得挨牛的进攻——那些枯瘦凶狠、看不真切的形体会突然向他们冲来，事前丝毫没有警告，他们转身就在噩梦般的沙滩上乱跑，一蹿身跳进了小艇，接着让船与岸边平行行驶，那几只牲畜则亦步亦趋，追随在后面，直到他们敲钟让它们知道船已走远，然后让黑人再次回到岸上去搬剩下的箱子。接着他们就再次停航，一动不动，直到汽艇回来往西开去，仍然是横冲直撞不可一世，舞会这时显然已经结束了。

　　那儿也是密西西比，虽然与孩子从小所熟悉的不是一回事；这儿的人是天主教徒，他们的西班牙、法兰西血统还可以从他们的名字与脸庞上显现出来。但是影响不算深，如果你不把大海与小船计算在内的话；一片弯弯的海滩，一行细细的绵延不绝的房产与公寓旅馆，那是来自芝加哥的百万富翁所拥有与居住的，与这些大房子背靠背的是一行稀稀拉拉的建筑，这可是廉租住宅了，里面住的是黑人但也有白人，他们驾驶小船或是在鱼品加工厂里干活。

接下去开始接触到的便是年轻人熟悉的那个密西西比了：在败落中的城市边缘住着一些人，这是年轻人很熟悉的，因为在他的家乡也有这样的人：是高个子男子这类人的子孙，至少是精神上的后裔，他们不在工厂里干活，不种地，甚至连卡车般大的菜地都不种，他们不依靠土地而是依靠那上面生长的东西为生：当捕鱼的向导和专业的捕鱼个体户，当设陷阱逮麝鼠和鳄鱼的猎户，还偷猎麋鹿；如今土地升高了，再次成了干地而不是一半是水的沼泽，这里不久将像花毯似的布满长叶松树，有了北方来的资本，它们会转化成存进俄亥俄、印第安纳和伊利诺伊银行里的钞票。虽然并非全都如此。有一部分会把本地的村舍和集镇变为城市，甚至还会一夜之间在平地上造出些崭新的城市，起的是密西西比的名字，但那格局可是俄亥俄、印第安纳和伊利诺伊的，因为它们比密西西比的集镇规模要大，今天还升起并屹立在缔造了它们的高大松树之间，到了明天（是那么的快，那么迅速，那么的似箭如梭），与周围的矮壮的老树一比，它们便成为高耸云天的纪念碑了。因为这儿的土地生产了一种庄稼：此处的土壤太细太软，种棉花并不真的合适；后来人们发现这里可以栽种别处的土地不宜栽种的作物：番茄、草莓和制糖的甘蔗，不是北边和西边的县份里的那种高粱，在真正种甘蔗的地带，人们是把这种高粱称作猪食的，而是真正的甜甘蔗，人们把这种庄稼提炼成家用糖浆。

在密西西比人看来是大集镇，而我们则管它们叫城市：哈蒂斯堡、劳雷尔、默里迪恩和坎顿；还有些城镇名字起得与俄亥俄关系更加远了：科西阿斯科，这名称是从一位波兰将军那里来的，此人认为希望自由的人都应该得到自由，还有个地方竟起名叫埃及，因为在老太太们仍然不肯认输的上一次的那场战争中闹饥荒的岁月里，别处都没有粮食唯独这地方有，还有个地方竟叫费拉德尔菲亚，在这里，尼肖巴（这里的县仍然沿用这个名字）族印第安人没有迁走，道理很简单，他们认为他们不在乎与别的民族一起和平共处,不管别人的肤色或是政治信仰如何。下面说的便是丘陵地带了:有个县叫琼斯县,这里有个老纽特·奈特,是本地的大地主、第一公民或曰固定居民,你爱怎么叫都悉听尊便,他在一八六二年脱离了邦联,在美国的疆界内竟然建立起第三个共和国,直到一支邦联军队在他那个破败不堪的木头堡垒首都里将他剿灭;还有沙利文谷:一个长而狭窄的幽谷,在这里几个有北爱尔兰与苏格兰高原姓氏的家族按照旧时卡洛登①战役前的那种方式彼此明争暗斗,不过也是按卡洛登战役之前的方式,一遇任何外来者便立即联合起来共同御敌:按照有关缉私官员搜索非法威士忌蒸馏器的传说,他们把抓到的犯人关在一个马厩里,让他们像一对拉犁的骡子那样干活。没有一个黑人会让自己天黑后仍然留在沙利文山谷里的。事实上,这一带黑人极少:这是一条延伸到我们那个年轻人自己家乡的狭长地带,是个偏僻的处所,黑人极少经过,要走也是匆匆穿过而且只有在大白天才肯出行。

这片土地并不宽阔,因为再往东马上就是草原地区了,那里的河水都流入亚拉巴马和莫比尔湾,此处有古老、紧凑、各户人家相互通婚的市镇与庄园大宅,房子有柱子和门廊,是按弗吉尼亚和卡罗来纳那种传统的乔治王朝样式盖的,与纳齐兹受西班牙、法兰西影响的房屋迥然不同。这些市镇起的名字是哥伦布、阿伯丁、西点和舒克拉克,这里很重视对鹌鹑射击的训练,也培养出了优秀的叼鸟猎犬——还有马匹,当然还有猎人;"跳舞的兔子"②也是出在这儿的,在这里签订了乔克托人与美国之间的条约,该条约剥夺了土著对密西西比的统治权;这些市镇之一里住着年轻人的一个亲戚,如今已不在人间,但愿他能

---

① Culloden,一七四六年此地发生了一次战役,在这次战役中詹姆斯党人的军队惨败于英格兰军队之手。

② Dancing Rabbit,一位印第安酋长的名字。

安息:这可是个坚持到底、不可救药的单身汉,是跳高替洋舞①的班头和冥顽不灵的外出就餐者,因为不论何时但凡还缺一位单身男客,女主人首先想到的总是非他莫属。

不过他也真是位人中之人,不止如此:他还是年轻人中的顶尖人物呢,他与本地的单身汉、婚姻上的变节分子(年岁仍然不算太老,对婚姻牢笼还能抗上一阵)一起玩牌,一起拼酒;他外出散步时不仅穿上鞋罩,拎上手杖,戴上黄皮手套与一顶洪堡礼帽,而且还摆出一副愤世嫉俗、绝不信神的架势,直到有一天他不得不最终还是祈祷能救自己一命:一天晚上,用过晚餐后他与一帮旅行商人一起坐在吉尔默酒店前便道的椅子上,等着看那天晚上是否会有什么(万一真有的话)热闹出现,这时有两个年轻的单身汉开了辆T型福特车经过,他们停下邀他一起越过州界上亚拉巴马山区弄一加仑私酿威士忌来。他们还真的去了也弄到手了。不过他们要找的那个蒸馏器并不在山区,因为那地方并非山区:而是阿巴拉契亚山脊的残余尾部。可是由于T型车的引擎非得开得很大才能让车头灯亮起来,对于上山这倒是两全其美、相得益彰的一件事,特别是在他们不得不用了好一阵子低速排挡之后。作为前汽车时代的一员,他从来没有想到回来时会有什么两样,直到他们弄到那加仑酒喝了一口调转车头往山下走时,他才反应过来。也许是威士忌的关系,他说的时候这样插了一句:那辆小汽车在一层淡淡的、比两只萤火虫发出的光大不了多少的光亮的后面越来越快地往前冲,绕过一个又一个凸出的巉岩,车速愈快,遇见的巉岩也愈多,而且还愈加尖利,愈加凸出,一直到车子几乎以九十度拐过弯路,面对一堵直立的峭壁,而另一侧则是几百英尺深的空荡荡的夜空,这时,他也只好祈祷了;他说:"上帝啊,您很清楚,我都有四十多年没打扰

---

① cotillion,十八世纪一种流行于法国的轻快舞蹈。

过您老人家了,只要您平平安安把我送回哥伦布市,我保证下一回再也不惊动您老人家了。"

如今,那个年轻人,他现在已是中年人了,至少是正在走向中年,他也回到了家乡,在那里,那些改变了他少年时沼泽与森林的人现在又在改变土地本身的面貌了;他记忆中的密不通风的河床上的莽林与肥沃的农田如今成了一片二十五英里长的人工湖泊:有一个可控制的浇灌装置,是为大土堤坝下面的棉田服务的,湖面上每年都会有几艘马达安在船尾外的渔船来此游弋,最后竟还驶来了一条帆船。在从家里前往镇子的路上,那个进入中年的人(如今是个职业小说家了:他是想继续当他年轻时想做的流浪汉与无业游民的,可是时光与成就还有动脉的硬化打败了他)会从一位当医生的朋友家的后院穿过,这朋友的儿子在哈佛大学念书。有一天,那个大学生拦住他,请他进去,让他看一艘二十五英尺长单桅帆船尚未完成的外壳,并且说:"等我把船做成了,比尔先生,我可要请你帮我一起驾驶它的呀。"这以后,每回他走过,大学生都会重复地说:"记住了,比尔先生,等它一下水,我就会要你帮我开船的呀。"对于这样的请求,那正进入中年的人总是这样说:"行啊,亚瑟。通知我一声就成。"

接着有一天他从邮局出来,有个声音叫住他,声音发自一辆出租汽车,在密西西比州的小市镇里,哪个不愿受拘束又想开车的年轻人如果想拥有一辆汽车,那就必定是一辆出租汽车了,他授予自己一辆出租汽车,就像拿破仑授予自己大皇帝的称号一样;和司机一起坐在车子里的还有个年轻人,其父亲不久前在西部某处失踪,因为他当董事长的那家银行倒闭了,车子里那第四个年轻人则是个到处都不缺的那类人:本城的小丑和滑稽演员,他的幽默倒不带恶意而且经常是机智与妙趣横生的。"它下水了呢,比尔先生,"那个大学生说,"你现在准备好能上船了吗?"他准备好了,那艘单桅帆船也准备好了;大学生是用他母亲的缝纫机把一张张帆缝拼起来的;他们费了不少劲儿把船弄到湖上去,把索具什么的都装好拉紧,突然之间,那个正进入中年的人觉得自己的一部分不再在船上,而是在大约十英尺之外,在看着他所看到的那些:一个哈佛大学生、一个出租汽车司机、一个逃亡银行家的儿子、一个小地方的小丑,还有一个正进入中年的小说家,他们驾驶一艘家制的小船航行在密西西比北部小山之间的一个人工湖上,他想:这种事倒是不会在你一生中遇到两次的呀。

又回家了,回到他的故土;他是这里出生的而他的骨殖也将在这儿的泥土里沉睡;爱这里即使同时也恨这里的某个部分:爱河边的莽林和四周的群山,在这里,当他还很小时便已坐在马背上父亲的身后,跟着系了铃铛的猎狗去追逐乱窜的野猫、狐狸、浣熊或是任何别的猎物,在这里,当他已成年,别人放心地交给他一支枪后,他便单独去打猎,此时泥泞的湖底每年都逐渐升高,因为积淀了又一层的啤酒罐、瓶盖和丢失的软木塞———大堆杂物,在林子里生活的两个星期,住宿野营,吃粗粝的食物,胡乱睡上一阵,人和马和猎狗生活在人和马和猎狗当中,不是去猎杀野兽而是去追赶它们,接触一下便放它们走,从来不会贪得无厌——如今得越走越远了,得超过那片低地、那个平坦的三角洲,因此那列足足有一英里长的火车似乎在这片土地上一气儿就会越过两三个起了印第安名字的小村落,火车在田野上奔驰,几英里以外都看得清清楚楚,田野上种的是棉花,二月里抵押出去,三月里种下,九月里收获,十月里申请农场借贷以便还清二月的抵押金,这样明年才能有资格再作抵押,那个年轻人年纪够大,可以放心地把枪交给他了,他便参加了一年一度对老班的朝拜:那是只老龄的大熊,一只脚被兽夹夹伤因此替自己获得了一个外号、一个头衔,好像它是个大活人似的,它威名赫赫,因为流传着许多故事,说它如何捣毁陷阱与捕兽夹,杀死过多少条猎犬,身上中过多少发子弹,最后,它终于被少年的父亲所雇的马夫领班布恩·霍根贝克杀死,为了救一条心爱的猎犬,这个马夫领班不顾一切地冲上去,用猎刀将大熊送上了归途。

可是,他最最痛恨的还是不宽容与不公正:是对黑人的私刑处死,不是因为他们犯了什么罪而是因为他们皮肤黑(他们在这里的人数正变得越来越少,很快就会一个都没有了,可是罪行已经犯下再也无法取消,因为今后再也没有可以补偿的对象了);是那种不平等:他们当时所上的可怜的学校,如果他们还有几所的话;他们不得不住的小屋,除非他们愿意露宿野外;他们可以崇拜白人的上帝只是不能在白人的教堂里;在白人的法院里交税可是却不能在里面投票也不能为它投票;按白人的钟点干活还必须得按白人的计算方法领工资(乔·汤姆斯上尉是三角洲的一个种植园主,虽然不是大种植园主中的一个,他在某年的一次歉收之后从银行里领出一千个银元,把他的佃户一个一个地叫进他的餐厅,餐桌的灯下散乱地摊放着那笔钱里的二百元,他说:"哎,吉姆,这些就是咱们今年的所得了。"于是那黑人说:"好上帝呀,乔上尉,这些钱都是我的吗?"于是汤姆斯上尉说:"不,不,只有一半归你。另外的一半是我的,你不记得了吗?");我们能够在送往华盛顿某些参议员、众议员的含有偏见的报告里主张在不比杰弗生大的地方建造五座不同教派的教堂,可是却划不出一平方英尺的地方来让儿童玩耍并让老人坐着看他们玩耍。

可是他爱这个地方,这个地方是他的,他记得:试图并且必须待在床上直到破晓的第一丝亮光带来圣诞节以及别的几乎与圣诞节同样美好的日子;三点钟被人叫醒在灯光底下用早餐为的是驾四轮马车进城上车站去孟菲斯待上三四天,在那里他可以看到各种各样的汽车,而在一九一〇年那阵子,当时他十二岁,他看到约翰·莫伊桑[①]将一架

---

① 约翰·莫伊桑(John Moisant,1868—1910),美国早期的飞行表演家。

装了自行车轱辘、没有副翼（你得扭曲整个翼尖使飞机斜飞或是保持平飞）的布莱略特单翼飞机降落在孟菲斯跑道的内场上。那以后他就永远地知道总有一天自己也必须得单独驾机飞行；还记得：他的第一个心上人，才八岁，长得胖乎乎的，一头蜜色头发，端庄大方，名字叫玛丽，他们俩紧紧挨着坐在厨房的台阶上吃冰激凌；还有另一个心上人，这回的名字是明尼了，是个老山民的孙女儿，他长大后就是从这老山民手里买私酿威士忌的，他十七岁时进城找到一份工作，是在药房苏打水柜台后面卖东西，瞅着她么么童贞、那么天真、那么不自觉地把可口可乐糖浆往举起的玻璃杯里倒，她把大拇指勾进缸子的把手，那只举平的上臂以一个不停顿的动作将缸子前后晃动，姿势跟他见到她祖父一千次从一只缸子里往外倒威士忌时的动作是一模一样的。

即使有时也恨这个地方，因为尽管有那么些有二百银元的乔·汤姆斯和那么些将睡袍套在脑袋上①的斯诺普斯，这里还有这样的事儿呢：他记得纳特，一八六五年出生于后院的一所小木屋，那还是这人的曾祖父正进入中年时候的事儿，纳特活得比他们家三代人都要长久，他不仅因为那么多年、那么经常和这三代人一起说话、走路，以致在说话、走路上都与他们相像，而且他还有两只大箱子，里面装满了那三代人穿过的衣裳——不仅有带铜纽扣的蓝呢子礼服和高顶礼帽，那会儿他是曾祖父和祖父的马车夫，而且还有曾祖父自己穿过的黑布料外套，祖父时代流行的燕尾服，以及父亲时代的短外套，那中年人还记得，这些衣服都是度着那几个人的背部裁制的，此外还有八十年的风气嬗变所遗留下来的各种帽子：因此，在懒洋洋地朝书房窗外上下打量时，那个中年人能看见那个背部、那种步姿、那件外套和那顶帽子在步下车道朝大路走去，此时，他的心里就堵得发慌甚至翻江倒海起来。他

---

① 这是三K党的通常装扮。

（纳特）如今已八十四岁了，这几年里头脑开始稍稍有点不清楚了，不仅会把这中年人叫成"老爷"，而且有时还会叫成"默雷老爷"，这可是对中年人父亲的称呼呀，有时还叫"上校"，大约一星期有那么一回，从厨房走进客厅时，或是已经在客厅时，他会说："这儿正是我打算躺一会儿的地方，就在这里，我可以面向那扇窗户。我也希望今天天气晴朗，阳光就可以照进来晒在我的身上。而且我还希望你能宣讲那段布道词。我要你给我倒一丁点儿威士忌，你自己也躺下，然后宣讲你最为得意的那段布道词。"

还有卡罗琳呢，这也是那中年人从阶级制度那里继承下来的，无人知悉她到底有一百零几岁，不过她可不糊涂：她什么都没有忘记，仍旧叫这中年人为"妹咪"，这可是五十多年前他那几个弟弟对"威廉"发不准音时对他的称呼；他的小女儿，也就是四、五、六岁的样子吧，会跑到屋子里来说："爸爸，大妈要我告诉你别忘了你还欠着她八十九块钱呢。"

"我不会忘记的，"中年人会说，"你们都在忙什么呢？"

"在拼一条被面呢，"女儿回答说。她们确实是在干这个活儿。她的小屋现如今已经通了电了，可是她不愿用电，坚持要点她一直很熟悉的煤油灯。她也不用眼镜，只是在用作装饰品时把它架在脑门前面一块洁白无瑕的包头布上——其实她现在已经没有头发了。她也不需要眼镜。不论冬夏，炉灶里都用草木灰煨着小火，里面烤着甜薯，炉子的一边，一把小型摇椅里坐着那个五岁大的白人小姑娘，那个比她个子大不了多少的黑人老太太坐在另外那把摇椅里面，她们之间放着一只篮子，里面是颜色鲜艳的碎布头布条，在那样微弱的光线下那个中年人不戴眼镜是连自己的名字都看不清楚的，而那一老一小两个却凭着微光不厌其烦一针针一线线地把灿烂的星星、方块与菱形拼缀成别致的花样，以便叠起来夹在香柏木薄片里收进大箱子。

接着七月四日来到了，早餐后厨房门就关上好让厨子与男仆打理出一顿丰盛的野餐来，在酷热的小晌午，黑老太和白人小女孩到菜园里去采集青西红柿，蘸上盐吃，那天下午，在后院的桑树底下，把大半只十五磅重的冰西瓜吃掉的也正是这一老一小，就在那天晚上，卡罗琳第一次中风。那本该是她最后的一次，医生是这么判断的。可是天亮时她竟然好起来了，那天上午，她生下的那一代开始来到，从她自己的七十、八十多岁的儿女，一直到他们的曾孙、曾曾孙——中年人从来都没见到过那些脸，人多得小屋里再也挤不进了：于是妇人与小姑娘睡室内的地板，男人和小男孩则在房前空地上睡，卡罗琳时不时会变得清醒并且在床上坐起来：她什么都没有忘记：她是祖奶奶，君临一切，不仅如此，她还变得专横跋扈起来：深夜十点甚至十一点了，那个中年人已经脱掉衣服躺在床上看书了，一点儿不错，他又听到穿袜子或是连袜子都不穿的光脚慢慢、轻轻地登上后扶梯；紧接着一张陌生的黑脸——绝对不是一两晚之前或是两三晚之前那同一张——会从门口探进来看着他，于是那文静、彬彬有礼却绝不是卑躬屈膝的声音会说："她要冰激凌呢。"于是他只好起来，穿上衣服，开车往村子里驶去；他甚至会直直地穿过村子，虽然他很清楚那里的店铺全都打烊了，他前天晚上来的时候就是那样的：他一直在主干道公路上开了三十英里接着又前前后后到处搜索这才找到一个还在营业的快餐店或是热狗摊子，买到一夸脱的冰激凌。

不过，这次中风还不是致命的那一次；不久以后，她又站起来了，甚至，她不理那个男佣下的不让她接近汽车的"死命令"，居然和他的母亲，亦即那中年人的母亲，一起坐车直奔市镇，一边滔滔不绝，中年人捉摸必定会是这样，讲那些陈年旧事，他的父亲、他自己以及三个弟弟旧时的事情，有两个弟弟娶了媳妇，那两个弟妹加在一起都未曾超过二百磅，却和五个男人挤在一幢房子里吵吵闹闹：不过没准她们并不觉得自己在吵吵闹闹，因为女人跟男人不一样，她们学会了仗着那种感情主义简单地生活着。不过，好像卡罗琳自己知道，夏天的那次中风，就好像是子夜或中午敲响之前，那座老祖父钟内里的那阵漱嗓子似的声音，因为她再也没有去动那张没有拼完的被面。很快，被面也不见了，没有人知道它在哪里，天气转凉，白昼越来越短时，她开始越来越长久地待在屋子里，不是她的小木屋而是大房子，坐在厨房的一个角落里，那原来是厨子和男佣待的地方，接着又在中年人的妻子做针线活儿的那个房间里，一直待到全家人聚在一起用晚餐，男佣把她的摇椅搬进来让她坐在这儿，看着大家吃晚饭；接着突然之间（这时眼看圣诞节就要到了），她非得在做晚饭的时候就要坐在客厅里，直到晚饭做好，谁也不明白干嘛要这样，直到她终于通过中年人的妻子告诉大家："海斯特尔小姐，在那帮黑小子把我埋进土的时候，我可要你让我有一顶新帽子戴，一条新围裙围的呀。"那就是她的告别演说词了；圣诞节过后两天，又一次中风，这回可是真的了；两天之后，她戴了新帽子，围了新围裙，这些她自己可看不到了，躺在客厅里，而那个中年人果真摆好样子念起布道词即悼词来了，希望轮到他自己大限来到时，世界上会有某个人感激地提起他曾经写过这篇悼文，这篇文章完全是为她而作的，她曾经是，如他自己从孩提时起的那样，生活在忠诚、挚爱与正直的氛围与尺度之内。

　　深深地爱着这里虽然他也无法不恨这里的某些东西，因为他现在知道你不是因为什么而爱的；你是无法不爱；不是因为那里有美好的东西，而是因为尽管有不美好的东西你也无法不爱。

（原载《假日》，一九五四年四月号；本文据福克纳打字稿。）

做客新英格兰印象

给我留下印象的倒不是这片土地,而是这里的人——男人、女人,他们都那么有个性,他们把个性的完整与个人的隐私权看得那么高,那么珍贵,就如同他们看待个人的自由一般;他们把那些看得那么高,因此自然而然地认为所有别的男人、女人也都是"个人",也是这样对待他们,做法很简单,那就怀着绝对、全然的尊敬与礼貌,让他们去自行其是。

不妨举个例子。一天下午(那是在十月,正值新英格兰美妙无比的印第安小阳春),马尔科姆·考利①和我驾车行驶在康涅狄格和马萨诸塞州西部偏僻的路上。我们迷失方向了。我们所处的地方,照密西西比人的说法应该是山区了,但是新英格兰人却称之为丘陵地带;路况还未开始变坏:仅仅是更崎岖、人迹更少了,而且除了继续向上,进入山谷,再不通往别处。最后,就在我们马上要掉头往回走时,我们发现了一所房屋、一只邮箱以及两个人,是农民或者说是穿着农民衣服的人——镶边羊毛翻出来的外套,带耳罩的帽子——他们站在邮箱旁边,静静地观察着我们,我们驱车上前,停了下来,他们显得彬彬有礼。

"下午好。"考利说。

"下午好。"两个人中的一个说。

---

① 马尔科姆·考利(Malcolm Cowley,1898—1989),美国文学批评家。

"这条路穿过这座山吗?"考利问。

"是的。"那人说,仍然是彬彬有礼的。

"谢谢你。"考利说,接着便开车继续往前。那两个人仍然是静静地看着我们——大约走了五十码,考利突然刹住车,说了句"等等",接着便重新朝两个人仍在那里看着我们的邮箱那儿倒回去。"我能开着这辆车翻过去吗?"考利说。

"不能的,"还是那个人说。"我想你们是不能的。"于是我们掉转车头从原路开回去。

我想说的意思是这样的。在西部,加利福尼亚人只是在出于"爱好"的借口下才会承认自己是农民的,他真正热爱的事业与职业是销售汽车,他会向我们保证,我们的这辆车绝对不可能翻过山口,但是他不仅有一辆能爬山路的车子,而且那还是落基山脉以西能翻过山口的唯一一辆车;倘若在中部各州与东部呢,人家就会告诉我们如何从山脚下绕过去,路标都是些不起眼的土路路岔啦,远处几所房屋啦,那儿西北烟囱上插着的一根避雷针啦,还有那个小溪渡口啦,如果你仔细辨认必定能看出四十年前桥梁倒塌的残迹。这些路标是连天使长也没法记清的;若是在我自己的老家南方,还不等考利合拢嘴巴重新启动汽车,就会有两个密西西比人揽下我们的事,说(其中的一个说,而另外的那个必定已经爬进车子了):"嗨,没有任何问题,这位吉姆会陪你们去的,我呢,会打电话给山那边的外甥,让他驾辆卡车到你们开不动的地方去等你们;卡车能让你们顺利通过,他还可以带上个新的曲轴箱,没准你们需要替换呢。"

可新英格兰人却并不是这样,他尊重你的保留隐私与自由意志的权利,说话时只回答你所询问的,别的话连一句也不多说。如果你想试试能否驾着你的车通过，那是你的事，无须他来问你为何要这样做。如果你想毁掉自己的车，用一个夜晚徒步朝着离自己最近的有亮光的窗子或是受惊扰的看家狗走去，那也是你自己的事，因为车子是你的，腿也是你的，如果你想知道这辆车能不能翻山，你必须得问这件事。因为，他是自由与有个性的，如此的性格并不是土地贫瘠多石所造成的——这里土地贫瘠，冬季艰苦漫长——照说这会影响他的命运，不过恰恰相反：他出于自愿有意地选择了那样严峻的土地与气候，因为他知道自己足够壮实，能够应付这一切；他是由悠久的传统培育成长的，这传统将他从古老、破败的欧洲送出来，使他可以得到自由；它教会他相信，没有什么过硬的理由，证明生活必须是舒适、柔和与易于控制的，有个性，有隐私权，这才是至关重要的，倘若一个人无法适应任何地方的任何环境，那么他从一开始起最好别来侍弄泥土。

他屹立于那片环境之上，环境曾折磨过他，但是失败了，使得他不仅战胜了环境而且还成了它的主人。自然，他常常离开故土，但他也将故土带在身边。你会发现他在中西部，你会发现他在伯班克、格伦代尔和圣莫尼卡，戴着太阳眼镜、穿着草编拖鞋、衬衫尾巴拖在裤子外面。可是撩开夏威夷睡衣挠他几下，你就会发现那片贫瘠的土地、那些岩石、漫长的雪季以及那个压根儿未被逐出故乡的人，因为他是作为胜利者离开故乡的，那股精神是跟随着他的逐渐凉下来、慢下来的血液而离开的，如今他仅仅是将他来到的那片神秘的、占星学家的、拜火者的和爱生吃胡萝卜的人的不真实的土地，权当晚年的一种消遣而已。

（原载《新英格兰进程》第二期，密歇根州迪尔伯恩，一九五四年；本文据福克纳一份未校改的打字稿。）

一个傻瓜在林克沙德[①]

空荡荡的冰显得很疲惫,虽然它不应该是这样的。人们告诉我,冰是十分钟前一场篮球比赛结束后刚刚铺上的,冰球赛完,十分钟内冰又将重新运走以腾出地方好让别的比赛进行。可是冰显得不在期待什么,却是很听天由命,就仿佛是圣诞节橱窗里那些用小镜片装成的冰块,还不是在微型枞树、驯鹿和舒适的亮着灯光的小房舍给安上去之前,而是在它们全都拆下来搬走之后。

接下来这里便为动作与速度所充塞了。对于从未观赏过这种比赛的那个傻瓜来说,它显得不和谐与不连贯,它怪异而又自相矛盾,那劲头有如一些没有重量的甲虫在几潭死水上疯狂乱窜。接着它又打散了,通过一种儿童玩具万花筒的旋转格式,化成一个几乎算得上是美丽的花样,一个图案,仿佛有个极有天分的舞蹈设计师在训练一组很听话、很有耐心、工作很努力的舞者——编织出一个花样,一个图案,打算告诉他什么,对他说些一秒钟前曾是非常迫切、重要与真实的话语,但随着动作与速度的加快它已在膨胀鼓起,并且开始分化瓦解。

此时他明白了要找到那个小圆盘似的冰球并且得时时追踪它。然后,一个个球员也区分得开来了。他们不会以足球队史前穴居人般一个个满头是汗、光着手的庞然大物的形态出现;相反,流畅、迅疾、潇洒,有如剑的猛然出击,又如电的划破长空——那个理查德,真带点儿蛇一般致命、诡异的激情与粼光闪闪的风姿呢,而那个杰弗里昂,

---

[①] 马克·吐温著有幽默游记《一个傻瓜在海外》,福克纳在此处显然是套用了马克·吐温的书名。

很像是个灵活、凶狠、早熟的孩子,也许别的什么都不会干,不过也无须他去干别的事;还有其他的队员——老将拉普雷德,一副深沉老到、挥洒自如的模样。不过他现在也还是有时间的,或者不如说是时间已经掌握了他,但余下的时间可不能那样轻率、随意、满不在乎地胡花了;剩下的已经不多,无法以之去换取新的激情和新的大获全胜了。

激动人心:男人迅速、猛烈地贴身搏斗,不是仅仅徒手格斗,而是武装以刀片形的冰刀和坚硬、快速、灵活的球杆,这种木棍用得不好是足以使人骨折的。他注意到观众中女士着实不少,一瞬间他想到了原因或许在此——在这里,会流动着真正的男人的血液,不是来自一记重拳的闷捶,而是来自武器的迅如风雷般的灵巧出击,它很像欧洲的长剑或是边民所用的手枪,只是尺码要小一些,而且有些地方鼓出来以适应激情与意志的发挥。但是想开去的那个瞬间真是很短,因为他,那个傻瓜,也并不喜欢这个想法。这种比赛存在的理由与意义是:以冰球为催化剂的那种速度与优美确实是让人激动。

他观看着比赛——冰上划出的一个个闪光的数字,那些做同心圆状往高处延伸的一排排座椅,它们被球迷俱乐部手写招牌划成不同的区域,座椅则一直消失在为屋顶罩住的那重浓浓的烟雾之中——屋顶挡住并罩住了所有的专注、紧张的观战,让它们聚集到下面瞬息万变的闪光冰面上去;直到速度、行动的副产品——它们的暴力行为——没有机会在上面空间处自我消耗殆尽,而仅仅在冰面上留下飞快变化着的闪光图样。于是他想起了,也许美国体育界正在发生着什么事情(假设这样一个定义:体育是某件你自己从事的活动,独自一人的或是集体性的,因为这件事很有趣),而那件事就是我们正往它和它们的上空置放的屋顶。溜冰、篮球、网球、径赛甚至是越野赛跑都已经移到室内进行了;足球和棒球则是在弧光灯下进行,很快也会变成不怕风雨与严寒的了。余下的还有这些:准确无误地把装有鱼饵的钩子甩到有鳟鱼的水面上去，趁猎狗将鸟群轰起时瞄准目标，把子弹端端正正地射入一只鹿甚至是更大的野兽的身体，因为你不伤它它也会伤你的。可是时间也不会太长：要不了多久这些也会在室内进行的，灯光打亮，在观众吐出散发不出去的烟雾的笼罩下，同心圆的一个个区域标明着狮子和鱼的名字，同样也标明持望远镜瞄准具猎枪或是四盎司钓竿的理查德、杰弗里昂的名字。

可是（重复一遍）时间不会太长，因为那个傻瓜也不太相信这一点。我们——美国人——喜欢观看比赛；我们喜欢替别人把激动、胜利或是成功的狂热情感发泄出来。不过我们也喜欢自己参加比赛：好发泄掉自己的胜利或是畏惧的感情，当自己确实策马来到一堵石墙跟前的时候，当驾驶着一艘挂满各种帆的单桅船的时候，或是考验当真来临，需要证明自己是能及时将枪上的两点与前面那只野牛连成一线的时候。球赛的观众中也必定有一些小男孩，他们火冒三丈，恼恨时光过得太慢，简直折磨人，渴望那一天快快来到，好让他们来当理查德、杰弗里昂或是拉普雷德——跟在乔·路易相片前模仿做拳击状的小黑孩一模一样，那傻瓜在自己密西西比家乡小镇上是亲眼见到过这么一个小孩的——还有那些挪威小男孩，他见到过他们，于七月里的一天在奥斯陆北面小山包没有积雪的山坡上模仿地做了霍尔曼科伦式的一跃。

只是他（那个傻瓜）确实不懂，一场职业冰球比赛，其目的无非是为双方的老板赚取可观、合理的利润，与我们的国歌又有什么相干。我们到底惧怕什么？是不是我们那么不相信我们的国民性格，那么惧怕关键时会对它把握不住，以致我们不仅不敢举行一次专业的体育比赛、一次美女表演或是一场地产拍卖，而且还必须以一次商业会所竞赛的形式来展示污水排放小姐，并且举行大可打个问号的土地出售活动，以提醒我们，不是得自荣誉与牺牲的自由，不是依靠恒久的戒备、不懈的荣誉心与需要时便再次甘愿牺牲才得以保持的自由，从一开始起便不值得拥有？或者，每逢十个、十二个、十八个或是二十二个年轻人为争得一只冰球、一只皮球而一本正经地开打时，或者仅仅是有位穿游泳衣的姑娘在灯光明亮的Ｔ形台上款款而行时，我们便对着自己把这首歌吼上一遍又一遍，我们是不是希望多次重复便能使歌词与曲调磨平与挖空，这样我们听到时就不会因为那个梦幻般的境界而心烦意乱了。在这个境界里，"荣誉"只是一个休止符号而"真理"仅仅是一个角度。情况是不是这样呢？

（原载《体育画报》，一九五五年一月二十四日；本文据福克纳打字稿。）

肯塔基：五月，星期六 [1]

赛前三日小记

三天之前

这片土地见到过布恩 [2]：这片蓝色的草地、处女地，从阿勒格尼山口——当时都还未命名呢——一浪紧似一浪地向西面延伸，众多的麋鹿与野牛徜徉在盐碱地和石灰石矿泉水附近，这种水日后将用来酿造上好的波旁威士忌；这里还有野人——有红皮肤的也有白皮肤的，白人也必须带点儿野性，这样才能挺住与生存下来，他们艰苦存活的痕

---

[1] 此文是福克纳应《体育画报》之约为该年的"肯塔基德尔比"而写的。"德尔比"原指英国的大马赛。"肯塔基大赛"创始于一八七五年，每年五月第一个星期六在肯塔基州路易斯维尔市丘吉尔丘陵草地举行。限用三龄马，赛程现为一点二五英里。

[2] 布恩（Daniel Boone, 1734—1820），美国边民，传奇式英雄。

迹遂得以留在荒野上——布恩斯堡啦、欧文斯镇啦、哈洛兵站和哈伯兵站啦；肯塔基：这可是块阴郁、血腥的地方呢。

这片土地也认识林肯，在这里，古老、久经风雨、结实的原木围栏圈起了圆山包翠绿、圣洁的步履，山头上耕耘的痕迹早已弥合不见，苍老的大树把浓荫泼洒在只有一个房间的古老小木屋上，在这里，那个小娃娃初次睁开眼睛见到阳光；如今，风声和鸟鸣依旧，娃娃初次面对大路时听到的其他声音却已阒寂无存，这条大路将把他引向名声显赫，引向从容赴义——除非你愿意想象那个人的声音仍然回响于某个地方，向他诞生地的景物诉说着什么，用的是明澈、无可比拟的散文，他曾用这样的散文提醒我们需履行什么职责与义务，如果我们希望国家仍然是统一的话。

这片土地也认识斯蒂芬·福斯特[①]以及他的歌里的砖砌大宅；如今它已经不是记忆中那片阴暗、血腥的土地，而已经是我那肯塔基的老家了。

两天之前

即使仅仅是从马厩前走过，你便已经会把马匹浓烈、静静的香味——擦剂、阿摩尼亚和干草的气味，传到自己身上了。还不等我们来到跑道跟前便已经听到马匹的声音——马蹄轻快而坚实的急急的叩击声，它刚在逐渐加强却又已经很快地变轻。此刻，在灰蒙蒙的拂晓微光中，我们能看出它们了，在遛它们的马童的驾驭下两三只地或是成群地轻跑着。接着，单单有一匹，它一下子感到很孤独，脾气上来了，开始全速奔跑，在御风而行了，骑手按快跑时该采取的姿势上身下伏，

---

① 斯蒂芬·福斯特（Stephen Foster，1826—1864），美国著名作曲家，《我的肯塔基老家》系其流传甚广的作品之一。

像个瘤子似的不甚牢靠，不是马匹身子的一部分，仅仅是（暂时地）附着于它——谁知道呢，也许两者，既包括人也包括马，都在做梦：马呢，梦想与希望至少在那一瞬间活像名马"旋风"或"荣光"，而那个小伙子呢，这一刻至少认为自己和骑手阿尔卡多或山德伯爵不相上下，没准已经依稀闻到置放在他膝前的那只胜利花环的香气了呢。

而我们自己呢，此刻也踩在了跑道上，不过还是小心谨慎地退回到栏杆边上，以躲开马匹：到此时，集结的已经不再是谈论着休假、起跑点与十分之一秒的那三五个人了，人已经有百十来个了，而且还有不断新来的，脖子倒都朝着一个方向扭去：马匹出来的那个口子。接着，仿佛那片灰蒙蒙、阴暗、有点潮滋滋的拂晓后的天空自身在我们的头顶上空说话。这回，遛马的是个黑人少年，他移动胯下的坐骑时全然不顾马术学校里教程上经过深思熟虑的那一套，就只是快快把马扭过来扳过去，让它离开跑道走出大路，他嚷叫道，不是冲着我们而是对着周围的世界："你们这会儿全都给我闪开，大马这就要出来了。"

现在，我们全都可以看到那匹马由一个马夫手持皮带牵引着走入出口处。马夫松开皮带，于是两匹马步下此刻空荡荡的出口处，朝此刻同样是空荡荡的跑道走去，等待与期盼着的人群的外圈升起了一阵叹息，一声吁叹，真切得几乎能让人听见。

此刻它从我们身边经过（照说是两匹，是两匹马与两个马夫，但我们眼中只见到一匹），不光是职业赛马行话里所指的"大马"的意思，而是它看上去确实很大，比我们知道它的实际情况还显得大，因此我们那天早上所见到的其他马匹与它一比，都成了小种马了。那匹马头小小的，几乎显得很温和，脚也小小的，挺利落的，骸骨节很细、很精致，看得出古老的阿拉伯马血统的痕迹，星期六要骑它的那个人（是阿尔卡罗本人）将像一只苍蝇、一只蟋蟀似的趴在它的肩隆上。它甚至都不是在走路,它是在闲逛呢。因为它是在朝四外东张西望。不是在看我们。人它见得太多了;多少次,人类阿谀奉承的叫好声在它嘚嘚蹄声的停歇后逐渐消隐,我们这些人又哪里能引起它注意呢。它也不是在看跑道,因为跑道它也见得多了,跑道从这个角度看(刚进非终点直道的那一段),通常都跟这一条一样,也是空荡荡的。它来看这条跑道,对它来说这是条陌生的跑道,就跟障碍赛马的参加者步行考察自己稍后会骑在马上比赛时要走的那条新路线一样。

它——他们——往前走,款款而行,终于消失在运动场另一边的大型计分牌后面;现在,望远镜也调试过了,秒表也拿出来用过了,但是接下去就什么事儿也没有了,此时有人喊了一句:"他们把它牵出来让它看过场地了。"我们才算是松了一口气。

因为我们此刻有在前面放哨的了:看台上零零落落的有那么几个人,他们看得见大门,能及时给我们发出警告。他们的确这样做了,尽管当我们看见马的时候,因为有那么大的一块计分牌挡着,马已经在大步快跑了,看上去像是一只身子稍稍前伛而变得肚子扁平的巨人的褐色鹰隼,贴着围栏的上端飞掠而过,在拐到俱乐部建筑后面时仍在飞奔;接下去像是出了件什么事;并没有稍稍减缓或是迟疑不前,虽然我们只是在事后才明白,它是看到了入口巷子深处的那扇大门,有一瞬间它在想,不是想"阿尔卡罗会不会要我们进那儿去呢?"而是想"我要不要在这儿拐弯呢?"在接下去的一秒钟里决定(决定的是两者之中的一个:或者是马,或者是人)不了,现在它又重新飞奔起来,扑向我们然后又掠过我们,仿佛出于它自己的意志似的要把犹豫不决所耽误的工夫,那一秒钟或是两三秒钟,完全挽回来,一个冲刺,一个前扑,那个动作既是长长的又有点做作,还稍稍有点笨拙;里面有股突然的爆发力;那动作不够精致,并不是缺乏风度,还没有忙到顾不上风度的地步,只是动作像个大个子猎人在忙于干活,它再一次出现，就贴着围栏的上端飞掠过去，仿佛是只正要消失的鹰隼，坚定不移，认准方向绝不偏离，目的并非是夺取兽肉而是为了追求速度与距离。

前一天

老亚伯①那些风吹日晒、油漆褪尽的栏杆桩如今成了百万富翁树立在肯塔基青翠、缓坡的小山包上尺画的一般直的栅栏的挡板；在井井有条、花园似的溪谷之间养着一些母马，它们的家谱年代悠久，一般人都想象不出也懒得去管，站在它们脚边的小马驹价值连城，比贫民窟里的小娃娃可要金贵得多了。昨天晚上下过雨，灰蒙蒙的空气仍然是潮滋滋的，充满着一种光质，透亮透亮的，仿佛飘浮在空中的每一颗小水珠仍然是光的分子，于是，原本就任何时刻都主宰着周围景色的那座塑像，现在更像是个发暗的太阳了，连空气本身都在由它管辖了，它又高又大，压在我们头上，到最后，它都像是金的了——一匹金色骏马的金色塑像，在那个爱它却比它没多活太久的黑人马夫心里，它的名字是"大红"，那就是"大红"的塑像了，以古时军功显赫的国王那种恬淡的傲气俯视着这片土地，在这里，它的子孙像小娃娃一样地嬉戏着，直到星期六下午那一刻，它们将在镁光灯的闪烁下披上红玫瑰编就的毯子；这个铜像不单单是"大红"自己的造型，而且也是一个谱系的象征，从最早的"阿里斯蒂德"，经过"旋风"、"弗里兹伯爵"，一直到"英勇的狐狸"和"荣光"：简直就是对马的神化与圣化呀。

那一天

因为此刻天已放晴，我们便移动、会合，朝着并穿过那个乔治王

---

① 指亚伯拉罕·林肯。他有一个外号，叫"劈开栏杆桩子的人"。

朝兼殖民时期样式的铺得很开的入口处，那个富丽堂皇的接待大厅，去启用这场盛典中我们这些助祭自己的办公室。

在过去，马是用来把人自己的身体、他的生活用具与商业上的生财用品从一处移动到另一处的。如今，它所移动的仅仅是人的银行账目的局部或是全部了，不是通过对马的赌博，便是通过试着对它的拥有与饲养。

因此，从某种意义上说，马不像人所驯服的其他动物——牛、羊、猪、鸡和狗（我没有将猫包括进去；人类从来也未曾驯服过猫）——在经济上它已经过时了。然而马仍然存在，而且说不定会继续如此，只要人类存在，它也会存在，一直到牛、羊、猪、鸡，以及控制与保护它们的狗都已消失，它还会存在。由于别的家畜家禽（包括看守它们的动物）仅仅是向人类提供食物，食物嘛，某一天科学也许会通过合成气体的方法向人类提供，从而消灭了它们所起的经济上的功能。但是，马向人类提供的却是满足感情本能需要的更深层次的东西。

除非人的本性起了变化，马是会一直存在下去的。因为掰着大拇指你几乎就可以算出来，只有为数不多的几种人，才在生活、记忆、经验与生理发泄等等方面，没有让马占上一席之地。无非就是这样的人吧，他们不喜欢在机会、技巧或是不可预料的有关问题上进行赌博。还有就是那样的人，他们不喜欢观看东西移动，那又大移动得又快的东西，不论那是什么东西。还有就是这样的人，他们不爱观看比人更活跃更强大的动物的表演，而且那又是在那么矮小猥琐的人的意志的控制之下进行的，做的又是人在视、听与速度上都太虚弱太无能，因此是完成不了的动作。

但是这些人里又不包括那些并不喜欢马的人——他们不愿意碰或

是挨近一匹马，他们从来未登上过马背也根本没有登的意思；但是为了一匹从未见到过的马他们可以赌上他们的那几件衬衫，他们的确这样做了，冒过险了并且输掉了那几件衬衫。

因此，有这样一些人，他们除了在中央公园的出租马车处以及小贩展示货物的马车之外，从未见到过一匹马，但他们会参加赌马。或者是：没有人是能看着马不断在眼前跑过去，自己手里又很方便正好有一只同注分彩计算器，却连一次都不赌的。但是也的确有人是会不赌的，甚至连一次都不赌。

因此，不仅仅是赌博用钱来证明你运气好或你所说的判断力正确，才把人们吸引到马赛上来的。原因要深刻得多。那可是一次升华，一次移情：人们怀着对速度、力量，对远远胜过自己所能的身体能力的崇拜心理，把自己对超常体力和胜利的渴念投放到某个代理者那里——棒球队、足球队或是拳击手那里。但是更多的情况下是投放到马赛里去，因为这里面并不存在拳击比赛的残酷性，也没有足球与棒球比赛的稀释特点——它们需要较长时间才能使胜利的兴奋高潮出现，而在赛马这里，这仅仅是几分钟的事，从来不超过两三分钟，而且在一个下午能重复六次、八次或者是十次呢。

下午四时二十九分

更何况还有这个呢：那支歌，那座砖楼房，这是与整个神化行动相配的一个部分：当铜管乐队宣布，所有星期六下午中的那个特定的星期六下午，所有可能的四点钟过后的那个特定的四点半，真的即将来到时，连斯蒂芬·福斯特也成了神化了的"马"的侍婢了。喧闹的和弦升起、充塞与消失在人头攒动的运动场和看台的上空，十匹马列队走向起跑线——在接下去的两分钟里，这十只动物不仅将作为象征而且将承担责任与充当判断是或非的明证，不仅要显示它们自己三年来的生活情况，而且要显示把它们带进这辉煌的两分钟，使其中之一脱颖而出而其他那些走向惨败的那一代又一代的选择、喂养与训练、关心，是否有当——带入到这个时刻，对于骑手来说也极端重要，会是他一生的顶峰，他出生至今不管用什么方法计算，也才二十一岁，刚走进人生的开端。这就是他为到达高峰而必须付出的代价了；也是他必须要参加的赌博。不过，又有哪一个二十一岁的青年人会为了如此大的获取而拒绝付出如此大的代价呢？

仅仅是稍稍超出两分钟：大门蹦开时响起了一种同时发出的金属撞击的声音。虽然你并不真正知道你所听到的是什么：到底是金属撞击声呢，还是众多马蹄初次跳跃同时发出的雷霆般的声音，或是万众所发出的惊呼声与欢叫声——不管那是什么，马匹的踩踏声此时还区分不出来，它有如一股褐色的浪头，上面点缀着碎片般的骑手鲜亮的丝绸衣服，沿着栏杆向我们卷来，一点点来近，直到我们开始能分清不同的个体，此刻大浪又化作单独的一匹匹马从我们身边一拥而过——那些马（包括骑手在内）倘若站住不动的话，大约是八英尺高十英尺长，现在却像有两倍那么长、不到一半那么厚实的一支支箭，从我们面前射过，在透视消失后重又聚集成一团，然后在朝非终点直道转过去时再次成为一匹匹单独的马，挤成一团，最后一次朝终点直道拥去，然后又成为单独一匹匹的马，单独的一匹，单独的一匹，啊，就是那一匹了：时间是：2：01：4／5分。

此刻，这匹马站在大型玫瑰花幕面的下面，闪光灯亮了又亮，电影胶卷在录下这永恒的时刻。这就是那伟大的时刻，这就是要攀登的高峰与顶尖了；从此时起，一切便都是退潮了。我们这些观看马赛的人见得多了：期待、生理心理上的压力，大得令人难以长期忍受；黄昏时刻来到了，不仅是白天的黄昏而且还是情感容受能力的黄昏；《军靴与马鞍》还会奏响两次，有所简化的灯光、动作程序还会随着马和骑手的动作再次展示。可是人与马将像是在梦中移动，是在做一次反高潮性质的演出；我们此刻必须把身子转开片刻了，哪怕仅仅是为了融入与习惯于我们见过与经历过的一切。虽然我们还未能从那个时刻里解脱出来。的确，这能成为一种途径，通过它我们能融化进并且忍受这个：嘈杂声与人的聊天声，在机场与车站上，我们要从那里分散回到等待中的我们从前的生活里去，在飞机、火车与客车里，这些交通工具将把我们带回到像旧帽子、旧外衣似的老一套、舒适的生活惯例中去：看门人、客车司机和小速记员，他们省吃俭用整整一年，说不定连圣诞节都过得很简单，为了能说一句"我去看过德比马赛了"，而那些体育版的编辑，一星期来说话、吃喝全离不开马，此时只想赶紧回家戴上双层睡帽倒到床上去，——所有的人都在说话，都有自己确凿有据、值得再三再四重复的意见：

"那是次意外事件。等着瞧下一次好了。"

"什么下一次？他们会起用哪一匹马？"

"要是让我来当骑手，情况就会大不一样了。"

"不，不，那个骑手骑法还是对的。是下了那场小阵雨使得跑道发黏，倒像是在加利福尼亚了。"

"没准那场雨还吓着它了呢，洛杉矶是不下雨的，对不对？没准它发现脚湿了，以为自己会下沉，所以赶紧一跳，好踏上干的地面，对不对？"

聊啊聊啊，聊个没完。因此这毕竟不是那一天。仅仅是第八十一届的德比赛马日而已。

（原载《体育画报》，一九五五年五月十六日。）

论隐私权
美国梦：它出了什么问题？

这曾经是美国的梦想：地球上存在着庇护个人的一处避难所，存在着这么一种状况，进入了这种状况他不仅可以逃避像重物似的压在他头上的那种专制势力经营已久、组织严密的等级制度，而且还可以摆脱那件重物，教会与国家的专制力量在那团重物里压制他、束缚他，使得他个性丧失殆尽，毫无活力。

这个梦想同时产生自不同的个人，他们如此分散、如此松散，因此互相没有关联，与旧世界那些古老国家里的那些梦想与希望难以匹比，那些国家的存在，不是建立在公民制而是在臣民制上，它们之所以能存在下去，仅仅是因为有这样的前提：子民的众多与驯服；前面所说的那些个人，那些男男女女，他们像是用同一个声音说："我们要建立一片新的国土，在这里人们可以认为，每一个个人——不是集体的人而是作为个人的人——在一个尊崇个人勇气、可尊敬的工作与共同负责的组织之中，具有对他个人尊严与自由的不可剥夺的权利。"

这不仅仅是一个观念，而且还是一种生存状态：一种活生生的人类生存状态，被设计好要与美国自身的诞生一起诞生，而且还打算与美利坚的空气乃至国名一起,要在同一时间内产生,在那一个时刻,那一个瞬间,美利坚将如同空气与光线那样,在一次同时发出的叹息中,覆盖整个世界。它这样做了,它成功了:光芒四处辐射,甚至也照亮了那些古老、疲惫、被遗弃、仍然在受奴役的国家,直到四面八方的人——他们连美利坚这个名字都仅仅只是听说过,对于它在什么地方,更是一无所知——能够起来响应,他们不仅有意愿而且也有了希望,而就在昨天,他们还不知道——至少是不敢记住——他们是有权拥有意愿与希望的。

在这样的一种生存状态里,每一个人不仅当不成国王,他甚至还不愿去当呢。他甚至都无须自找麻烦,想去当与国王地位相当的什么角色,因为此刻他已经摆脱了国王以及所有他们的那类角色了;不仅没有了那样的象征而且也没有了由傀儡象征所代表的古老的专制等级制度本身——朝廷、内阁、教会、学院——对于那个制度,他过去之所以有价值,不是因为作为个人,而是作为整体中的一分子,他的价值是在于他在自己全然不在意的总数中所占的永恒的比例,是他所属的没有意志、驯顺的集团的那种动物性的增长。

我们的祖先并未将那个梦想、那个希望、那个生存状态传给我们——他们的继承人与受让人,却是将我们——他们的继承人,去传给了那个梦想与那个希望。我们那时甚至都没有得到机会去接受或是拒绝那个梦想,因为在我们出生时,那个梦想已经拥有我们。那不是我们的遗产,因为我们倒是它的遗产,我们自身一代又一代,因梦想的理念,被传给了这个梦想。而且不仅是我们,祖辈们在美国出生长大的孩子,而且还有在古老的被抛弃的异域出生长大的人们,也感觉到了那股气息,那阵新鲜空气,听见了那个许诺,那个建议,知道有这样一件东西,那就是作为个人的希望。而那些古老的国家本身呢,那么古老,在对人的陈腐观念上早已定型,都已认定自己再也没有任何改变的希望,但它们也对人的新观念的新梦想做出祭献,送来纪念碑与别的礼物,以宣扬昭示那个不可分割的权利与希望:"这里有空间,可以容纳从世界各处来到此地的人,那些在个性上无所归属、受到压制与受到剥夺的人。"

那些做出过集体努力也曾承受过个体压力从而创造出这个理想的人,把这样的一件礼物无偿地留给了我们;我们——他们的后代——甚至都无需作出努力来得到它,显示出有资格获得它,我们自然而然就赢得了它。我们甚至都无须去给它浇水施肥。我们只需记住,既然它有生命,自然也会死亡,因此必须在紧急关头得到保护。我们中的一些人,也许还是数目占多数的人,都无法用定义来证明我们是理解它的确切内容的。不过我们也无须如此:正如无须给我们呼吸的空气下定义一样,对它,同样无此必要,也不用解释这个词的意思,这两者,单凭同时存在——呼吸着创造了美国的那种美国空气——便一起在美国存在的第一天产生与缔造了那个梦想,如同空气和运动在时光开始的第一天里创造出了温度和气候一样。

因为那个梦想是人的希望所在,"希望"一词,在这里是以其真正的意义而被运用的。那不仅仅是他心灵的盲目与无声的希望:那根本就是他的肺所吸进的空气,是他的光,他生命之所在与永不休止的代谢作用,正因如此我们确实是赋予了那个梦想以生命。我们并不是存活在那个梦想里:是我们使那个梦想本身得以生存,正如我们不单是生活在空气与气候之中,我们还使空气与气候有了生命;我们自身就是梦想的以个人形式出现的体现,而梦想本身在那强大与不受抑制的声浪中是清晰可闻的,那声浪并不在乎以最高的声调发出一些陈词滥调,它赋予陈词滥调以这样的外在形态,如:"不自由毋宁死",或是"所有的个人都生而具有相互平等的权利,这是不言自明的",这一类的话反正永远都是正确的,设若那里所说的希望与尊严都是真实的,也是陈词滥调所未曾使之虚幻化与遥远化的话。

这就是那个梦想了：它所说的人生而平等的意思指的并非是：不管一个人肤色是黑是白，是棕还是黄，他都注定终身不可逆转地具有这样的权利——换一句话说也就是，人的自由并非是命中注定有的，而是蒙上天保佑才得到的，他自己连举手之劳都未出，相反却是蜷曲着身子在温暖、不通风的"自由"的襁褓之中酣睡，仿佛还是子宫里的一个胚胎似的；我这里指的是这样的自由，在这种自由中，任何人都和所有其他人一样，在朝平等迸发时拥有一个平等的起点，它是这样的一种自由，在那里面，通过个人的勇气、有尊严的工作与相互之间的责任，一种平等能得以卫护与保存。但后来我们丧失了它。它抛弃了我们，它曾支持、保护与捍卫我们，当我们的按照人类生存的新观念建立起来的新国家在地球上众多国家之间有了足够坚实的立足点之后，它不向我们要求回报，只要我们永远记住，既然自由有生命，它也是会消亡的，因此必须怀着勇气、尊严、自重与谦虚之情，永远怀着不间断的责任感和警惕性来加以保护。现在它消失不见了。我们打盹，入睡，于是它便弃我们而去。在此刻的那种真空状态中，响起的不再是强而有力的声音，这声音不仅仅是无所畏惧的而且甚至都不知道世上有畏惧一事，这声音相互一致地说出一个共同的希望与意愿。因为，我们如今所听到的是一种刺耳的声音，它混杂着恐惧、安抚、妥协的意思，含混不清地嘟囔着说出这样的意思；我们终于觉醒，便尽力试图掩盖这种损失以不让我们自己察觉，我们用来掩盖的则是一些响亮而空洞的词语——自由、民主、爱国主义等等——那些已为我们阉割了其可能具有的一切意义的响亮而空洞的字眼。

我们的梦想遭遇过一些事情。所遭遇的事情还真的不少。我认为，下面的症状是其中之一。

大约十年前，与我交情颇深的一个老朋友，一位有名的文学批评家与散文家，告诉我，有一家资金雄厚、销路很广的每周出版一次的画刊，以丰厚的酬金向他约稿，让他来写一篇关于我的文章——不是写我的工作或作品，而是写作为个别公民，作为个人的我。我说不行，并且解释了为何不行：我是相信，对一位作家来说，只有他的作品是属于公众领域的，是可以讨论、探讨并为之而写文章的，作家自己把作品交付出版，也为此接受了稿酬，因此作品便被放在了那个位置上；他因此不仅仅应该而且是必须接受公众对作品所希望说或是做的一切，从称赞一直到焚毁。但是，除非是作家犯了法或是要竞选公职，他的私生活完全是属于他自己的；不仅他有权保卫他的隐私，公众也有责任这样做，因为一个人的自由必须严格地止步于另一个人的自由开始之处；而且我还相信，每一个有品位与责任感的人，都是会同意我的看法的。

可是我的那位朋友却说不对。他说："你错了。这篇文章如果由我来写，我可以写得很有品位与责任感。可是如果你拒绝我，迟早会有另外一个人来做这件事的，他可不会去讲什么品位与责任感，他对你，对你的作家、艺术家的地位，根本置之不理，只把它看作是一个商品、一件货物，是可以出卖的东西，好让文章更好销，并且多挣一些钱。"

"我不相信，"我说，"除非是我犯了法或是宣布要竞选一个公职，他们是绝对不可能在我事先警告之后还来侵犯我的隐私权的。"

"他们不仅是能够，"他说，"而且一旦你在欧洲的声誉传回美国并且使你在经济上也相应有所收益之后，他们便会有所动作的。你等着瞧好了。"

我便照他的话去做了。我既是在等着又是在瞧着。两年前，我偶尔与出版我的书的那个出版社的一位编辑聊天，这才知道还是那同一家刊物，已经在着手进行八年前我拒绝过的那同一个项目了。我不知道出版社是正式受到通知的抑或跟我一样，是偶尔听说的。我再次表示了反对，概括地讲了讲我所主张的那同样的理由，我仍然相信那甚至都是不容任何一个有出版权的人反驳的,因为品位与责任感,那可是一种与生俱来的素质,一家刊物得具有它才能站得住脚并生存下去。那位编辑打断了我的话。

"我同意你的意见,"他说,"而且,你也无须向我一一列举你的理由。你不愿意这样做,理由就足够了,事情就是这么简单。要不要我来帮你办这件事呢?"于是他便这样做了,或是试着这样做了。因为我那位批评家朋友仍然是对的。于是我说:

"再跟他们去试试。就说'我请你别这样做'。"接着我把同样的"我请你别这样做"的意思,向要去做这件工作的作者做了表示。我不知道他是编辑部里分配去做这件事的一个成员,还是自告奋勇要这样去做的一位作者,说不定这主意还是他卖给老板的呢。虽然在我的记忆中,他的回答大致意思是:"我没法不干呀。倘若我拒绝,他们会开除我的。"这倒没准是真的,因为我就曾因为同样的问题从另一家刊物的编辑部一个编辑那里听到过同样的回答。如果情况确实如此,如果那位作家,作为献身文学艺术的一分子,也同样受害于曾加害于我的那同一势力——这完全是对出版自由(人类尊严与权利的最为有力与宝贵的捍卫者与保存者)这一权力的不负责任的运用,因而也是滥用并且进而成了一种背叛——那么,剩下来我唯一能够采取的自我保护措施,便是拒绝合作,拒绝与这一计划发生任何关系了。虽然时至此刻,我已经知道,这样做并不能拯救我,我怎么做也是阻止不了他们的了。

或许是他们——那位作家和他的老板——不相信我,无法相信我。也许是他们不敢相信我。也许时至今日,没有任何一个美国人会相信,有哪一个不畏惧警方通缉的人是真的不想——再说那又不需要他掏钱——让自己的名字和照片刊登在任何一个出版物上的,不管那出版物在档次、名气与销路上是多么的低微。虽然也许事情还没有达到这一步:他们双方——出版者与那位作家——从一开始就知道,不论我是否知道，我们三方面，他们两个与我这个受害者，全都是受害者，害我们的则是美国文化中的那个错误（就地质学家用这一术语时的意义来说），它每一天都对我们说："可得小心呀！"我们三方就像一个人似的面对着一种意念、一种选择原则，去区分高级趣味与低级趣味，区分有责任感还是没有责任感的意念与选择原则，我们面对的是我们美国生活中的一个事实、一种状态，在它的面前，我们三方（至少在目前）都是无能为力的，都是仍然注定了要加以忍受的。

于是，那位作者来了，带了他那些部下、助手、各色人等，到处挖空心思地收集材料，然后走了，后来文章也发表了①。但是问题不在这里。作家是不应该受到责备的，因为他两手空空，倘若不写他是会丢掉饭碗的（如果我没有记错他说过的话），这就剥夺了他在高级与低级趣味之间进行选择的权利。同样也不能怪那个老板，因为为了保住自己（虽说是老板）风雨飘摇的地位，作为一个完整单位的头头与首脑，他也不得不勉强自己按照时下的规矩行事，这样他才能在出版界占有一席之地呀。

这不是那位作者的原话，但那就是他的意思。他——他们——将那篇文章登在一家声誉确立的刊物上，那家刊物为了能做到声誉确立与今后仍然是声誉确立，便按照自以为是的某几条坚定不移的标准行事；将文章发表出来，非但不顾所写到的对象的抗议，而且还对之全然不理；采取这种全然置之不理的态度的不仅仅是刊物自身，而且买刊物为之提供利润的公众事先就是采取了这种态度的。令人惊骇（已经不能仅仅说是"震惊"了；我们不会因它而震惊，因为我们允许它出生，看着它成长，宥恕它，让它有法律依据，甚至个人在有需要时还为了我们自身的目的而利用它）的事情是，它居然会在那样的情况

---

① 指发表在一九五三年九月二十八日与十月五日《生活》周刊上的罗伯特·库格林的长文《威廉·福克纳的私人生活》与《福克纳神话后面的那个人》。

之下发生。它居然能在所写到的对象事前都未获任何通知的情况之下发生。而且甚至他，那位受害者，事先已偶尔得知此事了，但是仍然毫无办法阻止其发生。而且在事情发生后，不像对亵渎神圣或是性侵犯行为那样，受害者甚至都无任何办法可以倚仗，因为我们没有反对低劣趣味的法律，或许是因为在一个民主社会里，制定法律者中的多数见到低劣趣味现象时对之并无认识，或者是，在我们的民主制度中，低劣趣味已经被商业帮会转化为一种可以出卖因而可以抽税因而可以由政客们操纵的商品，那些帮会在同一时间之内创造了市场，（不是购买的欲望：那是无须制造的，只需加以撮合就可以了）也创造了提供给市场的产品，而低劣趣味只需提供溶剂，便能得到纯化并且被吸收。而且即使可以有办法采取某种措施，你总还是计算不过他的，因为出版者是可以把打官司与费用算在操作损耗的上面，却把轰动所导致的销路增长算到资本投资这上头去的。

问题是在于：在今天的美国，任何一个组织或是团体，只须打出一个旗号，叫出版自由或是国家安全或是反颠覆联盟什么的，便可以自以为有权全然歪曲任何人的个人自由——个人的隐私权，可是没有了隐私权他也就不成其为个人了呀，没有了这种个人特点他就什么都不是，也不值得拥有与保留任何东西了——这样的个人并非那些组织与团体的成员，那些组织数目多、财力足，完全可以使那些势力退避三舍。那样的机构自然不会是作家、艺术家的机构；艺术家从来都是个人主义者，连两个艺术家都合不到一块儿，更不用说合成一大群了。而且，艺术家在美国是无须非得有隐私权不可的，因为对美国来说，他们也不是非当艺术家不可的。美国不需要艺术家，因为他们对美国来说是无足轻重的；艺术家在美国没有地位，一如星期画报编辑部的老板在一个密西西比小说家的私人生活中也没有任何地位一样。但是有另外两个行当，它们对美国生活来说却是至为珍贵的，是需要有隐私权以便让它们能生存下去、存活在世的。它们是科学与人文科学，亦即指科学家与人文学者：他们是继续生存、机械技术、自我约束与技艺的科学的先驱。林白①上校即是其中的一位，但他最后被迫放弃隐私权，而让他放弃的却是他的国家与文化，它们的传统习俗之一就是具有一种不可分割的权利来侵犯个人的隐私权（而不是保卫个人隐私权的那种不可侵犯的权利），他的国家自以为有不可分割的权利擅自对他的名声加以荣耀化，可是却认为自己没有权力保护他的孩子也没有责任分担他的烦忧；奥本海默②博士是另一位拯救国家这一简单科学的先驱。他也曾因为这样的社会习俗而受到束缚与责难，直到他的隐私权被剥夺殆尽，最后剩下的仅有的个人特点就是我们自诩有别于其他动物的那一点点了——那就是对善意的感激、对友谊的忠诚、对女性的骑士风度以及对爱的能力的具备——在这一点点残留物的面前，连博士的官方审查通过的迫害者也觉得束手无策了，他们不好意思地转开身子（我们希望如此），仿佛这整个事情都与忠诚不忠诚、安全不安全毫无关系，而仅仅是为了粉碎并完全剥夺他的隐私权的问题，但没有了隐私权他根本不可能成为为数不多那几个能够在别人都干不了的时刻为国家做出贡献的人中的一个，也因此而终于被降低为无个性的无隐私权的芸芸众生里的一个，这大概就是我们的目的了吧。

但是即使那样也仅仅是一个偏离原旨的问题。因为那一病症有着更深的历史根源。问题要追溯到美国历史上的那个时刻，当时我们认为那些古老的简单的道德准则（对于它们，品位与责任总是主宰者与控制者）已经过时，可以抛弃。问题要追溯到那个时刻，当时我们拒

---

① 林白（Charles Lindbergh, 1902—1974），美国飞行员，因一九二七年单独完成横越大西洋的不着陆飞行而闻名于世。

② 奥本海默（J. Robert Oppenheimer, 1904—1967），美国理论物理学家，曾负责原子弹制造工作。

绝承认我们的父辈对"解放"与"自由"这些字眼所下的定义,他们正是依据、依靠、忠实于这些字词而创建了这个国家与这个民族的,而我们自己呢,在今天,所保留的仅仅是字词的外在发音了。问题要追溯到那个时刻,那时我们取代了自由的位置,用许可证——采取任何行动的许可证,它们使我们在法律褫夺的范围之内得以行动,而这些法律又是许可证的批准者与物质利益的收获者组成的议事机构所颁布的。问题还得追溯到那个时刻,当时我们取代了自由,以对索债的任何行动的听任放纵,只要那行动是在自由一词的毫无意义的外在发音的庇护之下进行的,那就可以了。

在那一瞬间,真理也同时消失不见了。我们未曾废除真理:这一点连我们也都是做不出来的。真理干脆离开了我们,它扭头走开了,并不鄙视与小看我们,甚至都没有(我们但愿如此)感到失望。它只是简简单单地走开了,没准它愿意在出了什么事儿的时候回来——在挨受苦难时,在发生全国性的大灾难时,甚至居然是(倘然再也找不出其他原因的话)在军事上遭遇失败时——教会我们,要珍惜真理,愿付出任何代价,接受任何牺牲(哦,对了,我们也是很勇敢与坚强的呀;我们只不过是打算把时间拖得尽可能晚一些而已)以便重新获得它,保有它,像是从未让它离去过一样;而且按照它自己所设定的没有商量余地的品位标准与责任标准。真理——那是一根线,长长的、干净、清楚、简单、不容偏离、不容怀疑的笔直而光亮的线,在它的一边,黑的就是黑的,在它的另一边,白的就是白的,如今这根线已经成为一个角度,一个视点,它与真情甚至事实都没有关系,却仅仅决定于你看它时是站在什么立场上。或是不如说——这样说更好一些——你能设法让那人站到你可以愚弄或是迷惑他的那个点儿上去,当他在凝视真理的时候。

实际上,桌子前面堆着的是一笔连赌本带赢到的钱的大通押,是一组每日出现的三角同盟：真理、解放与自由。曾经让自由任意翱翔的美国天空，曾经让解放通畅呼吸的美国空气，如今已成为一股紧紧推挤以消灭自由与解放的巨大压力，通过消灭人的隐私权的最后痕迹（没有隐私权人也不成其为人了），进而消灭人的个性。就是我们的建筑本身，也在向我们发出警告。从前，你既不能透过我们住房的墙，由里向外或从外向里窥看。现在呢，你能透过墙从里向外张望了，但是仍然不能从外向里窥看。将来会有那一天，从两头你都能看得透透的。到那时隐私权便真的不复存在了；倘若有个很个人化的人想有点儿隐私权，以便背着人换件衬衫或者躲起来洗个澡，他就会受到一个舆论一律的美国声音的诅咒，说他是在颠覆美国生活方式与亵渎美国国旗。

我很担心，（到那时）那些墙壁自身，透明的也好不透明的也好，还能够立住，对抗得了那阵强风，那股力量，那种猛烈冲劲，它如晴天霹雳般直刺以多种面目出现却又相互关联的美国苍穹，借它们的那些怒气冲冲、自己免疫的大祭司的嘴大声喊出一个又一个的字词："安全"、"颠覆"、"反共"、"基督教"、"繁荣"、"美国生活方式"、"旗帜"。这些字词的任何意义早已被阉割掉，它们仅仅被当作工具与手段，用来进一步约束人的个性。

在势均力敌的状态下（自然，时不时得加上一点点脚下使绊的功夫），一个个体是能保卫自己，不受另一个体因保护个人自由而对他的个人自由的侵犯的。可是当强大的联盟、组织、统一体，像出版集团、宗教派别、政党、立法机构，能让它下面的一个工作单位免除道德责任的限制时，用的手法是玩弄流行口号，如"自由"、"解放"、"安全"、"民主"等等，在它的全面赦免下那些领工资的具体工作人员便再也没有什么个人的责任与约束，逢到这样的时候，我们便得有所警惕了。那时，倒轮到奥本海默博士、林白上校和我这样的人（给画报写文章的那位编辑部人员也应包括在内，如果他的确必须在高级趣味与饿饭之间做出选择的话）必须结成联盟以保护自己的隐私权了，因为只有拥有这种权利，艺术家、科学家与人文学家才能够工作。

或者说是能够保存生命本身，能够呼吸；不仅艺术家、科学家和人文学家是如此，而且也包括骨科医生的父母亲与岳父母。自然，我此刻想到的是最近被定罪的那个凶残的克利夫兰医生，他野蛮地杀害了他的妻子，妻子的三个长辈——她的父亲和他自己的父亲母亲——除了一个之外都没有能活到审判告一段落的那一天。全国性的报纸对这一悲惨事件大多用头版连续报道，直到最后，新闻界自身现在都已宣布，对事件是做了与其本身价值与重要性不相称的过度报道了。我想到的是那三位受害者。并非指那个给定了罪的人：他倒肯定是还会活上一个长时期的；而是那三位长辈，其中的两位已经故世——至少是其中的一位——因为，引用报纸自己的话来说，"对生活已经厌倦"，而那第三位，那是一个母亲，还是用自己的手结束生命的，仿佛她说了，我再也受不了这些了。也许他们纯然是因为那次犯罪而死的，尽管令人不解的是，他们的死何以不紧接着发生在谋杀之后，却发生在案件被大肆炒作之后。而且如果不单单是因为那场悲剧本身，受害者中的一个"对生活已经厌倦"（引原话），而另一个显然说了"我再也受不了这些了"——如果他们有比这一个更多的理由要结束甚至是（其中的一位）要放弃生命，而那个医生又如陪审员所说的那样是有罪的，那么，所谓新闻自由的那股势力——它在任何文明、文化中必须被视为有献身精神的骑士，通过其不屈不挠的忠勇行为，真理得以宣扬，正义与慈悲得以伸张——它所作过的中世纪式的驱巫活动又起了什么宽宥与教唆作用，使得罪犯的长辈被从地面上消灭以抵偿罪犯的罪孽呢？如果那人如他自己所宣称的那样是无罪的，那么为弱者与被压迫者伸张正义的那股力量，又参与了什么罪行呢？

也许（再重复一遍）艺术家并不包括在内。美国还没有为艺术家找到位置,让艺术家只处理人类精神方面的活动,除非是利用自己的知名度来促销肥皂、香烟、自来水笔,或者是为汽车、乘船出游与休假酒店做广告,再不就是(如果他能很快学会扭曲自我以达到标准的话)进入广播界与电影界,在那里他能使公司交出足够多的所得税让人刮目相看。但是科学家与人文科学家,是的,科学界里的人文学者以及人文学者中的科学家,他们还来得及拯救文化,而那些说是正在抢救的专业人士——出版家们,他们放纵自己对人的欲念与愚蠢的玩弄,政治家们,他们宽恕自己在人的愚蠢和贪婪上进行的交易,还有教会人士,他们轻轻放过自己在人的恐惧与迷信上所玩的把戏——却似乎显示出他们在这上面根本就是一无所能。

(原载《哈泼斯》,一九五五年七月号;本文据福克纳打字稿。)

日本印象

引擎早已减慢了速度;云层慢慢沉下去,又向上泛起,倒像是与速度无关,直到你突然看到飞机的影子在棉团般的小山丘上急急掠过;此时快速度又回来了,飞机与影子互相追逐,仿佛都要一头朝共同的毁灭撞去似的。

穿过密密云层,再次把它的阴影投下,投向一个岛屿。它像陆地,跟任何一处空中寻见的着陆地点没有什么不同,可是你知道那是一个海岛,几乎就像在同一瞬间你瞥见了它为海水围裹住的两胁,清晰得像张透明幻灯片;在偏僻的水域里发现这个海岛甚至比威克岛、关岛的发现更加神奇,因为这里存在着一种文明,存在着一种有等级纪纲、源远流长的人类族裔。

那是看得见听得见的，也是有人说有人写的：是人与人之间的一种交流工具，因为有人在说它；你听见与看到了它们。可是对于我这个西方人的耳朵与眼睛来说，它却什么意义都没有，因为它与西方人的眼睛所见过的一切都无共同之处；你没有可以与之相比照的东西，没有让记忆与习惯能加以联想并且可以一说的东西："啊，这倒很像表示房子、家庭或幸福的那个词儿呢"；不仅仅是深奥玄秘而且还藏头露尾，仿佛那些字的四下溅洒开去的象征符号不仅包含着想与人交流的意思，而且还有超乎信息之外的某种急迫重大的意义，它简直就蕴含着某种终极智慧或是与人类赎救秘密有关的知识了。可是能说说的也就是这些了，因为这里面不存在西方人记忆中可以用来比照衡量的东西；因此并非是心灵在领会，而仅仅是耳朵在聆听，聆听儿童嘴里所学的鸟的啁鸣声以及妇人、少女嘴巴所发出的音乐声。

这一张张的脸庞：梵·高与马奈必定是会喜欢不已的：那位朝山进香者的脸，他拄着棍杖，背着香袋，因长途跋涉而风尘仆仆，在晨曦中一步步拾级朝寺庙攀登；那位俗家弟子甚至是帮工，他把袍子的一角掖在腰间，蹲在院子大门边上，从法事开始前就这样蹲着，说不定事前的准备工作就是他做的，正是他使这一天的佛事活动得以启动的呢；还有那位老妇人的脸，她在大门口设摊卖花生给旅客，让他们拿来喂鸽子：那可是一张因生活与记忆而疲累不堪的脸呀，仿佛一个人的一生不够久长，还需要把单独的每一下呼吸都蚀刻进所有那些细密繁多的皱纹里去似的；这张脸很耐久，如今甚至都成为她的一个慰藉了，仿佛时至今日，它已经可以把那张脸内里所曾挨受过的痛苦烦恼与难以释怀的一切，全都泅开并化为虚无；至少此地有一位老太，她从未读过福克纳，对福克纳一无所知也不关心他为何来日本，至于福克纳怎么看待厄内斯特·海明威,那更是跟她八杆子也打不着的屁事一桩了。

他忙得很,根本没时间考虑自己究竟是幸福还是不幸福,他脏兮兮的,大约有五岁,过去的经历对他来说是茫然一片,显然也根本不知道什么是父母亲的照料,他自顾自在沟里玩弄一个香烟屁股。

群山环抱的平湖上,强风呼呼地刮个不止,像是置身在风洞里一般;好久以来我们都在忖度,此刻再把主帆收紧怕是已经迟了:可是主帆仍然大张着。这仅仅是一条小舟,可是在那个西方人的眼里,它如同一艘中国平底帆船一样,是经得起风浪的,是全然来自域外的,它由一台装在舷外的美国造引擎推动,乘客中包括一位穿和服的妇人,还撑着纸伞,若是晴天在英国泰晤士河的某一段上,那倒也无可厚非,可是在刮着强风的那只蓝碗的中央,她既脆弱又坚韧,简直就是置身于风暴眼的一只蝴蝶了。

艺妓那一大团像是刷了蓝黑色漆的头发盔甲般地围住了那张抹了厚粉的脸,像白金汉宫的卫兵所戴的熊皮高帽,压在、套在那纤巧身躯所做的千娇百媚的种种姿态之上,看上去真不是那细细的粉颈所能支撑得住的呢,在矫揉造作的舞姿之上的那张画出来的表情呆滞的脸也是纹丝不动,仿佛超越了七情六欲:然而在那张重墨粉彩、了无生气的面具的后面,却隐藏着某种迅捷、生动与鬼精灵的因素:甚至还不仅仅是鬼精灵:是调皮,甚至还不仅仅是调皮:是讥诮与嘲弄,是演喜剧的天赋,而且还不止如此,是演滑稽戏与作漫画的天才:是蓄意要在人的种族问题上做一次尖酸刻薄、充满恶意的报复呢。

和服。从咽喉到脚踝将她全身裹住;摆出的姿态如同插一枝花那样有女人味,或是像怀抱乳儿一般地母性十足,连双手也能藏进袖筒,再进一步她简直就能以完美无瑕的圣杯般的谦卑来显示她的女性美了，若是一丝不挂，也无非说明她是雌性的哺乳动物罢了。这样的谦卑却也是在炫示自身的高傲呢，有如从阳台窗子里抛下一朵红玫瑰的恰恰是一只倏忽一现的纤纤素手——谦卑，再没有比这显得更加高贵的了，因此那是一个女人最最珍惜的财宝；为护卫它，她可以不惜一死。

忠诚。穿上她的西式服装，衬衫和裙子，她只不过是又一个矮矮胖胖、毫无特点的年轻女子罢了，可是一旦换上和服，以灵巧、平衡的碎步在地面上快速滑行，她马上就承袭到她的那份女性魅力方面的民族遗产。当然她承袭的不仅仅是这一点；她和这片土地上的女子一样具有其他一些素质，这些可不是因为穿不穿什么衣服才拥有的，这些素质是：忠诚、坚贞、诚信，并非为贪图回报才这样，当然我们也希望这样做以后并不是得不到回报。她不懂得我的语言，我也不懂得她的，然而两天之内她便明白我的乡下人的习惯是天一亮就会醒来，于是每天早上我一睁开眼睛便已有一只放有咖啡壶的托盘置于阳台的小桌子上了；她明白我散步回来喜欢在清洁的房间里用早餐，于是便一切都按我的意思办好：房间整理好了，桌上早餐摆好了，报纸也准备好了；她不用说话便知道我今天为什么没有衣服要送去洗，不用说话便征得我的同意帮我钉扣子和补袜子；她跟别人提到我的时候总说我是智者，是老师，其实我两者都不是；她以有我这样一个客人而很自豪，并且很高兴——我希望是这样——我也尽量表现得好一些，以配得上她的自豪，绅士风度显得足一些，以对得起她的忠诚。在这片国土上，广义上的忠诚多的是。即便是极少量的一点点也极其珍贵、不容忽视。我非常希望它们全都得到很好的接受至少是受到赞赏，像我想做的那样。

这是稻田,在国内的阿肯色州、密西西比州与路易斯安那州,同样的水田我也曾见过,但是在那儿它时不时与棉花套种。这儿的地块要小一些,种得也稍稍密集一些,一直延伸到单独的一行豆子那里,灌溉渠的每一边都植有一行豆子,在这里,活儿都是手工做的,而在我们那里,则是让机器代劳的,因为我们那里机器有的是,人力却不足;自然条件是一样的:不同的仅仅是经济方式。

　　用的名字也是一样的:也叫乔纳森、瓦因赛普与德里修斯;八月间厚重的叶子变成了灰蓝色,因为让农药喷过,而喷的亦即我们所用的同一种药水。但是相同之处也仅止于此了:树上的每一只苹果都让沙纸包得严严实实的,直到整棵树让西方人的眼睛一看,都像西方人宗教仪式中的圣诞节一样,具有重大的节日纪念意义了。只不过树在此地意义更为重大:在西方,一个家庭只用一棵人工痕迹很深的树,从泥土里生生给强扯出来,挂满了节日饰品,然后让它干死,仿佛这树并非礼仪的主角,倒是一场祭祀的牺牲似的,可是在这里,并不是一家一棵树,而是所有的树都得到修剪与打扮,用以纪念与礼赞比基督更为古老的神祇:司丰收与谷物的女神得墨忒耳与刻瑞斯。

　　我此刻应该更简洁明快一些了,因为旅程即将结束:一枝黄花①映衬在一排高高的竹篱前,像在密西西比州时那样,勾起人们对尘土、秋天与干草热的联想。

　　景色美丽宜人,但让人更加赏心悦目的却是那一张张脸庞。

　　年轻姑娘弯身鞠躬,用的是矫捷、柔韧、恰到好处的优雅姿势,直起身子时动作也是同样的优雅流畅,比起压制她的刻板的文化来真可算是柔中有刚,更胜一筹了,强风又能把柳枝怎么样呢,顶多就是

---

① goldenrod,一种菊科植物。

使它飘飞得更加高一些罢了。

他们用的工具令人想起，诺亚造方舟时用的工具必定也是大致如此的，可是房屋的框架都立起在地面上了，接合处却好像连钉子都不用，看来这里是根本不用钉子的，似乎人在建造居所时是倚仗了某种法术、某种艺术的，而我们西方人的祖先因为要不断迁徙，故而把这种法术遗失在某处了。

还有就是总也离不了水，总是有水声，水的泼溅声与滴答声，看来，正如某些民族迷信运气一样，这是一个一贯崇拜水的民族。

人们是多么善良，客人只要会说三句话，便能到任何地方都不愁活不下去了，这三句话是：Gohan(多多关照)、Sake(酒)和Arrigato(谢谢)。不过还有最后一句呢：

明日此时，飞机忽然变轻，再过一会儿，轮子将挣脱地面，甚至还不等轮子收起，飞机就已经拖着自己的影子钻入云层，接着又穿出云层，陆地，那个海岛，已然不见，它将永远留存在记忆中，即使视觉的记忆已变得茫然。Sayonara(再见)了。

(原系一九五五年美国驻东京大使馆的新闻发布稿；后收入《福克纳在长野》，一九五六年，东京。本文据一份不完全的福克纳打字稿校正。)

致日本青年

一百年前，我的国家，美利坚合众国，并非只有一种经济与文化，而是有两种，它们是如此相互对立，以致在九十五年前，它们之间发生了战争，想看一看谁应该存在下去。我的一方，亦即南方，输掉了战争，那一场场战役并不是在渺无人烟的大海这样的中立地带打的，而是在我们的家宅旁、花园里与农场上，就仿佛冲绳与瓜达卡纳尔岛不是在遥远的太平洋上，而是在本州与北海道领域内的什么地方似的。征服者侵入我们的土地和家园，我们失败后他们仍然留下不走；我们不仅因战争的失利而遭受摧残，征服者在我们失败与投降之后还留驻了十年，把战争所剩下的那一点点资源掠夺殆尽。这场战争的胜利者在重建与经济恢复中并不为使我们在人类社会与国家之间能够占有一席之地而做出任何努力。

但这一切都过去了；我们的国家现在已经成为一体。我相信我们的国家甚至变得更为强大了，因为我们有旧日的痛苦，正是这种痛苦教会我们，对别的受到战争伤害的民族应该抱有同情心。我提到这一点，仅仅是想解释与表示，至少我那个地区的美国人，是能够理解今天日本青年的感受的，他们认为，除了灰心失望之外，未来再不能提供给他们别的，他们再也没有什么可以依靠，可以相信。我们能够理解，因为那十年中我那个地方的年轻人也必定这么说过："我们现在该怎么办呢？我们还有什么盼头呢？谁能告诉我们该做什么、该指望什么和希望什么呢？"

我极其希望，在当时美国南方也有那样一个人，能从自己因为多活几年从而拥有的稍多经验与知识出发，对南方青年说上一些安慰的话，告诉他们：人其实是很坚强的，没有任何别的，再没有其他别的东西——战败、忧伤、痛苦、失望——能跟人自身一样持久；人自身是能挺得过他所有那些痛苦的，只要他是做了努力——做了努力相信人，相信世上总有希望——去寻求，不是寻求一根仅能勉强支撑的拐棍，而是设法依靠自己的双脚站直，怀着相信总会有出路的信念，相信自身的坚强与忍受能力的信念。

我相信那是艺术——音乐、诗歌、绘画——之所以为人类创作而且让人类仍然准备去献身的唯一原因。艺术是人类为了记载历史——人类战胜灾难的耐力与勇气的历史，人类确定其希望的可实现性的历史——而创造或是发现出来的最为坚强、最为耐久的一种力量。

我相信，主要是战争与灾难在提醒人类，他需要为自己的耐力与坚强留下一份记录。我认为，正因如此，在我们自己的那场灾难之后，在我自己的家乡，也就是南方，才会涌现出优秀的文学创作，那样的文学创作质量确实不错，使得别的国家的人都开始谈到出现了一种南方"地区性"的文学，也因而竟然使我——一个乡下人——也成为美国文学中日本人尽早想谈论与倾听的一个名字。

我相信类似的事情非常可能今后几年内在日本出现——也就是说，从你们的灾难与绝望中将涌现出一批日本作家，他们的话语全世界都愿意倾听，他们说的将不是日本一个国家的真理，而是普遍真理。

因为人类的希望即在于人类是否拥有自由。作家所说的普遍真理，其基础即是可以希望与相信的自由，因为希望只有是自由的才是能够存在的——这自由与解放并非系上天赐予的免费赠品，这是一种权利与责任，只有在人类有资格、配得上得到它，愿意为得到它付出勇气与牺牲并做出努力，然后又决心永远保卫它的情况下，人类才能拥有自由。

还有，那种自由必须是对全人类都适用的完全自由；我们现在不是得在肤色与肤色之间，种族与种族之间，意识形态与意识形态之间做出选择。我们仅仅是必须在当奴隶与做自由人之间做出选择。因为仅在每类人之间选择一小部分的时代已经一去不返了。我们不能选择一种建筑在等级制度之上的自由，像军阶制那样平等程度不相同的种姓制度上的自由。我们认为，今天的世界就是一片无奈的战场，上面对峙着以无可妥协的意识形态形式出现的两支强大的军队。我并不相信它们是两种不同的意识形态。我看只有其中的一支是意识形态，因为另外那一支仅仅是一种人类信仰,它认为,倘若不存在对政府的赞同,那么这个政府就根本不应该存在;我相信两大势力中只有一个是个政治国家或意识形态,因为那另一个仅仅是一种人的相互关系——人们彼此相信相互之间存在自由的那种关系,而在用来产生与维持所有人都应该享有自由的社会状态中,政治仅仅是最最笨拙的方式之一。这方式的确是够笨拙的,是没有办法的办法,因为大多数的社会民主机械运转起来都是吱嘎乱响的。可是在我们找到一种更好的方式之前,也只能将就用"民主"这一种了,因为即便与千种差错万种失误相比,人类总还是强大得多,坚实得多,忍耐力也要巨大得多。

(原系美国新闻处一九五五年出版的一本小册子;后收入《福克纳在长野》,东京,一九五六年。)

致北方一位编辑的信[①]

我家祖祖辈辈居住在密西西比州北部的一个小地方。我的曾祖父蓄过奴,一八六一年,他曾去弗吉尼亚州指挥一个密西西比步兵团。我说这些,仅仅是为了表明,我下面所要说的话是出自诚意的,也是有事实依据的。

从开始进入南方种族问题的现阶段起,舆论界便已认定,我是在反对我的祖国中的一些力量,而这些力量正一心想让局势从目前的危急动乱之中摆脱出来。现在,我还得正式宣告,我反对南方以外的势力企图

---

① 这是福克纳自己起的标题,《生活》杂志刊出时将之改为《致北方的一封信》。——原注

运用法律或警察强制手段,于一夜之间将危急动乱弭平。过去我反对强制性的种族隔离。现在我同样强烈地反对强制性的种族融合。首先当然是从原则上就不赞成。其次,是因为我不相信这样做能行得通。

除我之外还有不少南方人,与我想法相同,采取了和我一样的立场,付出了同样的代价,受到来自其他南方人的轻蔑、侮辱与威胁,这些我们都是预先见到的也是甘愿接受的,因为我们相信,我们是在帮助我们所热爱的家乡去接受一种新的状态,这是它必须接受的,不管它情愿还是不情愿。也就是说,作为仍然是南方人却又不是持广泛意见的大多数南方人中的一员,作为既非公民委员会,亦非全国有色人种协进会①所认可但认为关系一般,有联系却评价甚低的一员,作为中间分子,我们处在这样一个地位,可以对新出现的任何一次激烈情况说:"等一等吧,现在先等一等,停下来先好好考虑考虑再说。"

可是,如果那样的中间立场再也守不住时,我们又何去何从呢?如果必须从那里撤离否则就自身难保时,情况又将如何呢?除开法律现象不论,甚至也除开种族歧视这一简单、不容置疑的不道德的问题不论,要把我们拖向黑人一方的也还有另一个简单的人数问题:人总有一种替处劣势的一方打抱不平的简单本能。可是,如果我们,(相对地说)处于少数的南方人——这是我所试图认定的——受到不撤出即灭亡的简单威胁,被迫离开站在这里可以出力帮助黑人改善处境的中间立场时——被迫离开因为中间立场再也不存在——我们便不得不去做出新的选择了。而这一回,处在劣势地位将不是黑人,因为他们,黑人,如今将是占优势者中的一个组成部分,而占劣势的则是白人中遭受打击的白人少数派,他们是我们的血亲。这些非南方势力此时会说:"那就走吧。我们不要你们,因为我们不再需要你们了。"对此,我的

---

① 前者是一保守的右翼组织,后者为一促进种族平等的组织。

回答是:"你们能确定真的不需要吗?"

因此我要对全国有色人种协进会与所有主张立即无条件实行种族融合的组织说:"现在该放慢速度了。暂时先停一停,等一等吧。你们现在占到上风了;你们有条件可以约束一下,不以势压人了。你们干得不坏,你们已经让对手失去平衡了,他们现在弱点都暴露出来了。但是你们先就停一停吧;别让对方利用机会获得优势从而混淆了问题的实质,要知道,公众总是,出于人类本能就有一种纯粹的自发感情,会普遍地自动对处于劣势的一方产生同情,仅仅因为它处于劣势,对方正是重复你们的做法,利用了这种感情。"

而且我也会说下面这样的话的。美国其余的绝大多数的人对于南方几乎一无所知。他们目前脑子里对南方人所持的印象是,南方人很颓废甚至是落后于时代,原因便是近亲繁殖与未受教育——而近亲繁殖又是未受教育与封闭生活的结果,这使人们一到晚上再无别的事情可做——这些人简直都成了少年罪犯的同类,大家一提到他们就不由会想到流血与暴力,不过跟少年罪犯一样,南方人也是能用铁手腕加以控制的,只要让他们相信,警察可不是吃素的——需知这样的关于南方的民间传说,与上一代人(哦,是啊,那也是我们提供的)一说起南方便会想到廊柱与木兰花一样,也是毫无根据与虚妄不实的。美国剩下的人里的绝大多数则以为南方目前的情况很简单,根本不复杂,只要全国大多数人通过一项法令表示愿意怎么做,问题明天就能得到解决。事实上,北方在读到它自己报上所登的消息时对其含意甚至都是不理解的。我手头有一篇《纽约时报》二月十日的社论,谈到露西小姐,一位黑人,被准许作为一名学生进入亚拉巴马大学因而引起动乱的事。社论说道:"这是头一回,强力与暴力成了问题的一部分。"这是不对的。南方人,不管他们所支持的是种族平等问题的哪一方,对他们来说,强力与暴力的最初暗示甚至是许诺便是最高法院那一次判决本身。自此之后,规模有大有小,像黑夜白天不可避免地要来到一样,接着发生了几桩案件:三个十来岁白人少年,他们是来自密西西比州一所中学的校外考察旅行的队员(像一般十来岁的学生那样,必定是穿着颜色斑驳的外套或是背后印有校徽、校名的夹克的吧),在经过华盛顿的一条街道时背上被几个黑人用刀子捅了,而他们是从来也未见过这些黑人,这些黑人也是从来都未见到过他们的;接着就是那个名叫蒂尔的黑人男孩以及把受到两次控告的被告都释放了的那两个密西西比州的陪审团了;然后是密西西比州那个加油站服务员,一个白人杀死了他,据那白人说,他只需加两块钱的油,可是服务员却把汽车的油箱全装满了。

这里的问题远不止是法律上的问题。它甚至也远远超越道德的问题,今天如此,一百年前的一八六〇年也是如此,当时许多南方人,包括罗伯特·李在内,在轮到他们为处于劣势的人出力时(因为劣势的这一方意味着骨肉血亲与家园),立刻就承认这是一个道德问题。北方人当时甚至还未领会那场战争真正证明的是什么。他们以为它仅仅向南方人证明他们错了。战争并没有做到这一点,因为南方人早就知道自己错了,也接受了一开头所采取的做法,虽然他们知道那是个致命的错误。那场战争应该做却没能做到的是,向北方显示,南方决心走得多远,即使是走上那个致命的并且已经注定要失败的结局,才愿意,仅仅在法律强制或经济威胁之下,接受南方的种族状况的变化。

自从我公开宣布反对强制性的种族不平等以来,我收到了许多信件。一小部分表示赞同。但大多数都是表示反对的。其中少数信件是出自南方黑人之手,唯一的区别是这些信都写得很客气很有礼貌,而不是威胁与侮辱,信中说的其实就是:"福克纳先生,请你安静下来,别再说了。你是一个好人,你认为你是在帮助我们。可是你并不是在帮助我们。实际上倒是在伤害我们。你正好迎合了全国有色人种协进会的需要,因此他们正在利用你来给我们的种族制造我们所不想要的麻烦。请别再出声了,你管好你们白人自己的烦心事,让我们管好我们自己的,这样就行了。"我特别要提到的是这一封,信很长,是位女士以她的牧师与教堂全体会众的名义写的。信的后半部分说,那个名叫蒂尔的男孩是活该如此,因为他带着满脑子芝加哥的想法来到南方,而他的母亲所图的无非是借丧失亲人的由头得到一笔赔偿金。信中的口气听起来跟南方白人的说法简直没有什么区别,南方白人也是根本不承认这是犯罪,企图证明这里面并无犯罪行为,所做出的事也根本不是犯罪行为。

在南方,的确存在许多种族之间的狂暴的、不可宽恕的个人犯罪行为,不过一九一九年以来,种族间冲突的重大案例却更普遍地发生在北方,例如芝加哥白人居住区拒绝接纳黑人家庭事件,又如朝鲜裔美国人在加利福尼亚州阿纳海姆市以同样理由受到不公正待遇的事件。也许那是因为我们的团结一致不是种族性质的,而是由占多数的白人种族隔离主义者加上前面提到的和我通信的那样的少数派黑人所组成的,他们在平静生活与种族平等之间宁愿选择平静生活。不过也许分界线应该按种族标准来划分?也许像我这样的白人少数派必须被强制纳入白人种族隔离多数派的一方,不管我们多么反对不平等的原则;而要求过平静生活的黑人少数派则必须加入到鼓吹暴力的黑人多数派里去,尽管那个少数派要求的仅仅是平静?

因此,北方人,那些自由主义者们,并不了解南方。他们从那么远的距离之外是无法理解南方的。他们以为他们面对的是一个简单的法理问题,一个简单的道德理念的问题。其实不然。他们所面对的是一个事实:存在着一种如此强烈一致的情绪状态,这种情绪状态蔑视现实,即自身其实是少数,但是在目前这个时刻却宁愿一条道走到底,对抗任何强大的对手,来证明自己的正确,并且,如果需要,捍卫那种状态也捍卫这种状态得以存在的权利。

因此对于打算通过法律行为在南方强制实施种族融合的所有的组织与团体,我想说上一句:"暂且先停一停。你们已经向南方人显示了你们能够做什么以及必要时你们打算做什么;给他们一个空间吧,让他们可以在其中呼吸并且消化一下这个认识;让他们琢磨琢磨并且看清楚:(一)没有人打算从外部把种族融合强加在他们身上;(二)是他们自己在面临自己家乡的积习,这积习只有他们自己才能清除;是他们自己在面临一种道德状态,这种状态不仅必须加以治疗,而且是必须加以矫正的一种身体状态,如果他们,南方的白人,想过多少算是太平的日子,总不能每年都面临一次法律程序,一次法律行动吧,而且一年一年都会是如此,直到他们度完此生。"

(原载《生活》周刊,一九五六年三月五日;本文据福克纳做过修改的打字稿。)

论恐惧

阵痛中的边远的南方:密西西比
(美国梦:它出了什么事?)

最高法院刚做出判决说是要在学校里取消种族隔离,密西西比州立刻就开始出现种种议论,研究能用什么方法提高税收,使黑人学校能赶上白人学校的水平。当时,我给孟菲斯读者数量最大的报纸的公众论坛版写去了下面的这封信:

我们密西西比人早已知道我们现在学校的水平是不够高的。我们的年轻男女自己每一年就都向我们证明，当他们中间最优秀的那些想受到最好的教育时——那本是他们应该得到也是有能力得到的，不仅是在人文科学方面而且也是在科学技术方面，如法律、医学与工程学，亦都如此——他们必须上别的州去深造。而且通常的情况是，十有八九，他们去了就再也不回来了。

　　所以说，当前，我们的学校即使对白人来说都是不够好的；我们州目前的教育质量甚至都不能满足白人青年男女的要求。在这样的情况下，它又怎么能使黑人的需要得到满足呢，他们显然是更加干渴，更有需要，否则联邦政府就不必非得要通过法令，强迫密西西比州（自然，还有别的州）尽可能地对黑人开放它的教育了。

　　那就是说，我们现有的学校甚至对白人来说都是不够水平的。那么我们怎么做呢？是使它们变得好一些，尽可能加以改进吗？不是的，我们吵吵闹闹，东抠抠西索索，要提高额外的税项，以建立起另一套制度的教育，它顶多也只是赶得上原来就不够好的那种教育，因此对黑人来说也同样是不够好的；我们会有两种一模一样的学制，它们哪一种对任何人都是不够好的。

　　这封信在报上刊出数天之后，我收到一份邮件，是写给孟菲斯报纸同一个栏目的一封信的复写副件。信里写道："当哭宝宝威利·福克纳因为密西西比州的学校不够水准而大掉眼泪的时候……我们倒要对他在这些方面有无信心而提出疑问了。"等等，等等。接下去，信里便列举了一些事实,都是所有的南方人极有理由引以为豪的,那就是:我们南方土地上的教育种子储备,那可是经历了内战后的艰苦岁月保存下来的,当时我们这里还是一片战败与被占领的土地,而这样的成绩,完全是靠了一批有献身精神的教师不图回报所做出的贡献才得以做到的。接下去,在对我文章的质量与从事写作显然是出于牟利的动机做了一番嘲笑之后,作者在结束处写道:"我建议哭宝宝威利把眼泪擦干,在知识方面赶紧做些进补,因为对于他的州的基本经济状态,他也未免过于无知了。"

接着,在这封信也在孟菲斯那份报上刊出之后,我又收到作者转来的一封读者写给他的信,写信的是密西西比州另一小镇的人,内容主要是对授给我的诺贝尔奖的讥讽,以及对"哭宝宝威利"一信的作者的赞扬,夸他干得好,能这么快就站出来反对那样的人,他们不识好歹,竟把教育质量看得比受教育者的肤色还重要。"哭宝宝威利"一文的作者把他的回信也一并附下,里面实际上的意思就是:"在我看来,福克纳是当今南方现实生活最有才情的评判者……倘若我们能羞辱他,使他下功夫对我们地区的基本经济状况做深入些的了解,他显然已经可能(原文如此)对我们反对种族混合的斗争做出天大的贡献了。"

我的答复是,我不相信,在教会某人什么,在劝导别人按羞辱者自己认为是对的去想去做这方面,羞辱是个非常健全的方法。我再一次表示,在密西西比,我们最最需要的是尽可能好的学校,是尽可能好地利用我们培养出来的优秀男女人才,不论他们肤色如何。而且即使我们还不能拥有一个可以培养出优秀人才的教育制度,至少让我们有一个制度,它对学生不加区别,除了仅仅是从能力上做些区分,因为今天美国最主要、也许是至为迫切的需要就是:所有的美国人至少都应该站在美国一边;如果所有的美国人都站在同一边,我们在谈到人类自由时,就无须害怕别的国家与意识形态持有者会怀疑我们的诚意了。

不过,这还没有接触到问题的实质。问题的实质是,在这种现象背后的是什么。悲惨的并不是那个僵持的局面，而是在僵局背后的那个东西——我们在南方面对着两个显然是互不相让的事实：一个是我们中央政府关于全体公民在教育上必须是绝对平等的法令，另一个则是南方的白人认为白人学生与黑人学生永远不能坐在同一间教室里。但只不过是显然互相不能让步，因为它们必须相互让步，否则便只有死路一条了。事实上，南方也有一些人，南方土生土长的人，他们不仅相信两者可以调和，而且他们是热爱这片土地的——不是单单只爱白人也不是单单只爱黑人，而是爱我们的土地、我们的国家；爱我们的气候、我们的地理，爱我们人民的品质，包括白人也包括黑人，因为他们诚实公正，有光荣的传统，有辉煌的历史——这些都足以让人试图去调和双方，即使会落个两头都不讨好的下场：既受北方激进派的轻蔑，他们认为我们做得太不够，又受到我们自己南方顽固派的侮辱与威胁，他们深信我们所做出的一切已经太多。

　　悲剧即在于这样的事实背后的理由，在于这样的事实背后的恐惧：南方的一些白人——他们在其他方面还是很有理性，很有文化，很慷慨大度与和善的——想要，一定要，为反对黑人获得的每一点点的社会进步而做寸步不让的斗争；这种拼死精神背后的恐惧会驱使那些有理性、成功的人士（写信给我的那位，亦即"哭宝宝威利"的作者，即是一位银行家，可能是像我家乡那样的又一个密西西比小镇上的一家——也许是唯一的一家——银行的董事长）抓起这样的稻草当作武器，对任何敢于建议改善黑人状况的声音加以羞辱、威胁与侮辱，以便让它改变，其实这样的建议还不一定必然是白人种族死亡的预兆呢。同样，悲剧亦非在于这种恐惧上面，若不是这种恐惧具有一种庸俗的品质的话——对黑人的恐惧并非对作为个人甚至亦不是作为种族的黑人，而是作为一个经济上的阶级、阶层或是因素，因为黑人所威胁的并非南方白人的社会制度而是南方白人的经济制度——那种经济制度，白人知道却不敢向自己承认,是建筑在过时的基础之上的——亦即人为的人与人之间的不平等——因此本身就已经过时因而注定要消亡的。白人知道,仅仅三百年前,黑人光着身子的先辈还在非洲雨林里吃大象或是河马的腐肉,但是就在三百年内,黑人中产生出了拉尔夫·本奇[①]博士、乔治·华盛顿·卡弗[②]与布克·T.华盛顿[③]这样的人物。白人知道,仅仅在九十年之前,黑人种族中,能拥有一张地契的还不到百分之一,能看懂地契的就更加少了;然而就在这九十年里,虽说他与县法院的唯一接触只是那扇他把税款交进去的窗子——他交了税却不能选举自己的代表——但是他已经能拥有自己的地块,可以用瘦弱的牲畜、破旧的农具与机械来耕作它了——换了白人来用那些配备便只有挨饿的份儿了——他靠这些养大孩子,喂饱他们,让他们有衣服穿,送他们上进得去的随便哪所学校,甚至偶尔还送他们去北方,在那里他们能得到平等的学习机会,到老黑人一生走完时他可以昂着头,因为他不欠谁一个子儿,而且还剩下足够的钱,够买棺材与办丧事的。这正是南方的白人所惧怕的:黑人,没有机会,却做出来那么多的事,要是得到平等的机会,真不知会做出多大的成绩呢,他很可能把白人的经济夺过去,黑人成了银行家、商人、种植园主,而白人却成了佃农或是长工。正因如此,黑人可以因为在异国战场上超常完成了挽救、保卫或维持了白人的生命的任务而获得我国最高级的英勇勋章,可是南方的白人呢,却不敢让黑人孩子们和黑人拯救与保卫了生命的白人的孩子们,在同一个教室里学习基础知识。

[①] 拉尔夫·本奇(Ralph Bunche, 1904—1971),美国黑人外交家,曾任联合国副秘书长。

[②] 乔治·华盛顿·卡弗(George Washington Carver, 1860—1943),美国黑人农业化学家。

[③] 布克·T.华盛顿(Booker T. Washington, 1856—1915),美国黑人教育家。

现在，最高法院发了言，对它要说的意思做了精确的界定：它所说的"平等"，简简单单就是平等的意思，没有任何限制性或条件性的形容词：并非"分开但是平等"，也不是"平等地分开"，而是简简单单的，就只是平等；而此刻，密西西比的众多声音却还在谈论甚至都已经不再存在的事情。

十九世纪上半叶，在奴隶制还未在美国被废除之前，托马斯·杰斐逊与亚伯拉罕·林肯都认为，黑人还没有成长到能够平等的地步。

说这样的话到现在已经过去九十多年了，没有人说得清，他们的看法到现在是否会有所改变或是根本不会改变。

不过假定他们并未改变看法，而这个看法又是正确的。假定黑人现在仍然没有成熟到可以平等的地步，这一点是黑人自己和白人都不会知道的，除非我们做些试验。

不过，下面这一点我们是知道的，在联邦政府的支持下，黑人即将获得权利，试着做做看他们是否适宜于得到平等。而如果南方白人对于黑人获得像平等这样性质温和的东西都表示不能信任，那么南方白人在他们有权时打算怎么做呢？他们有权——他们有得到联邦政府支持的团结一致的一千五百万人——可是同时，这种权力的唯一障碍偏偏是已经成了黑人的同盟军的联邦政府。

一八四九年，约翰·C.卡尔霍恩参议员发表演说支持会议决定，如果威尔莫特的书被采纳的话。同年的十月十二日，杰斐逊·戴维斯参议员向南方写了一封公开信，说："在这个问题上逃避责任的一代传播了风，并让这旋风留传下来使他们的孩子获益。让我们团结起来，建立起制造业，进入对工业的追求，等着靠自己的力量过丰衣足食的生活吧。"

当时，宪法规定，黑人和所有其他财产一样，也是财产，因此卡尔霍恩参议员和戴维斯参议员才具有当时有无可争辩的法律效力的州权,来支持自己的立场。现在,宪法保证黑人享有同等的平等权利,可是密西西比州舆论界谈到的州权,却已荡然无存。二十年前,当我们接受了第一次棉花价格维持的补助金时,我们——密西西比人——便已将我们的州权卖还给了联邦政府。我们的经济再也不是农业性的了。我们的经济即是联邦政府。我们再也不在密西西比棉田里耕作了。如今我们是在华盛顿的走廊上和参议院的会议室里耕耘呢。

我们——南方——当时没有注意戴维斯参议员的警告。不过我们现在还是注意倾听为好。如果我们不想看到我们的家乡不到一百年里第二次因为黑人的问题被弄得残败凋敝不堪的话,我们这一回可得看清迈出去的步子日后会走向何方了。

在密西西比有许多声音。有一种是我们的一个美国参议员的声音,虽然他现在并不是在代表美国参议院说话,他所鼓吹的亦与数年前他进入高官办公室宣誓时的内容并不完全相符,至少他没有企图隐瞒他的身份与状况。另一种则是我们的巡回法官中的一位的声音,虽然他现在并非开庭发言,他的主张亦与他在法律之前发誓的内容稍稍有异,那部法律规定凡人生而平等,弱者应该得到帮助与支持,这位法官倒也不打算隐瞒自己的身份与状况。另外,还有普通公民的声音,这些人虽然没有声称专门代表白人的公民委员会与有色人种协进会,但是并不掩饰自己的感情与信念;我们就不去提学们的声音了——教师、教授和学生——虽然,由于大多数的密西西比学校都是州立的或是受到州政府支持的,他们在公开信里并不总敢签上自己的名字。

事实上这就是所有的声音了,但是另外还有一种。而这一种会预示所有的声音都变得喑哑,因为它是所有声音中至高无上的一种,因为它是上帝的光辉、权威与人的希望、冀求之间有生命力的联系环节。教会,那可是我们的南方生活中最强大的凝聚力量呢,因为并非所有的南方人都是白人与民主党人，但是所有的南方人都信教，而所有的宗教都是信奉单独的同一位上帝的，不管给他起的名字是什么。那个声音如今在何处呢，我所见到的唯一提到之处是我们孟菲斯报纸公共论坛版上的一封读者来信，信中说就他（信的作者）所知，巴不得要离开南方的人中没有一个是任何一个教会的会众，他们没有一个人怀疑，人类种族中总有一个分支永远注定要比所有其他部分质量差一些，因为《旧约》早在五千年之前就是这么说的。

那个声音如今在何处呢？它是应该对这些尚未得到解决的问题提供两个至少是一个答案的呀。

一、美国宪法说：凡我合众国的公民，于法律面前，不应有人为制造的不平等——不论是种族、信仰还是金钱上的不平等。

二、道德教诲说：你们愿意人怎么待你们，你们也要怎么待人。

三、基督教义说：我是人中精英，因为信奉我的，必将永生不死。

在我们这样一个多事与难以委决的时代里，这样的声音又在哪里呢？是不是通过保持沉默，它想告诉我们，这样的声音是没有实效的，而且除了在圣殿内它的象征性的塔尖后面，它也不想有什么实效呢？

如果《瞭望》杂志上对蒂尔事件的叙述是正确的话，那么，基本情况就是这样：两个成年人，带有武器，在黑夜中劫持了一个十四岁的男孩，把他带走，想吓唬他。可是那个十四岁的男孩偏偏不害怕，因为他没有武装，独自一人待在黑暗中，倒是把两个武装的成年人吓着了，因此他们必须要把那男孩消灭。

我们密西西比人干吗要害怕呢？我们为什么这么小瞧自己，竟然会害怕这些人呢，他们就我们的全部标准来看岂不是都不如我们吗？——从经济上看，那就是说，他们所拥有的比我们少得多，因此必须为我们工作，条件不由他们定而是由我们说了算；从教育上看，那就是说，他们的学校条件大大不如白人学校，使得联邦政府都威胁说要出来干涉，以给予他们平等的条件；从政治上看，那就是说，他们不可能指望会得到法律的保护，也无法因为受到不公正与暴力的对待而获得赔偿。

我们何以要对我们的血统与传统评价这么低，以至会担心，一旦让黑人从前门进入我们的屋子，紧接着他就会向我们的女儿求婚，而她也会立即就接受他呢？

我们的祖先并不这样畏惧——我们的祖父一辈，他们曾浴血征战，参加过第一、第二次的马纳萨斯战役、沙普斯保、锡洛、弗兰克林、奇卡毛加、钱塞洛斯维尔战役和荒原战役。① 更不必说那些人，他们经历内战挺了下来，并且在重建时期拿出更大的勇气，经受更大的痛苦，以便挨过这个难关，好歹活下去。他们之所以这样做，完全是为了留给后人一些遗产。我们，那么勇敢的人的后裔与继承人，又有什么可害怕呢？我们怕的究竟是什么呢？过了还不到一百年，我们究竟发生了什么事情呢？

为了便于辩论，姑且让我们先同意这样的一个说法：所有的南方白人（也许是全体的美国白人）都诅咒那一天，当时，第一批的英国佬或是美国佬，驾驶了第一艘装有上了手铐脚镣的黑人的船，穿过中央航道，把他们运到美国奴隶市场上来拍卖掉。其实这件事对目前来说已经无关紧要了。今天，不管生活在世界上哪一个角落，却因为种族与肤色的关系反对平等，那就不啻于住在阿拉斯加却反对雪。雪，我们已经有了。就像阿拉斯加人的情况一样，光是与雪和平共处是不够的。

---

① 以上均系美国南北战争中的著名战役。

我们最好能像阿拉斯加人一样,好好地利用雪。

大约五年前,事先没有任何征兆,我突然染上了喜欢旅行的习惯。从那时起,我观光了(有些地方看得少些,有些地方则稍微多一些)远东和近东、北非、欧洲与斯堪的纳维亚。我去的国家(当时)自然不是共产主义国家,不仅仅如此,它们甚至都不是倾向于共产主义的,可是在我看来它们倒应该是的。于是我琢磨开了。接下去我突然不无惊讶地对自己说:那是因为有美国呀。这里的人仍然相信美利坚梦想呢;他们当时还不知道美国梦出了点儿问题。他们相信我们,愿意信任我们,追随我们,不是因为我们的物质力量——有那种力量的是俄国——而是因为个人自由、解放与平等的理想,我们的国家就是以这样的理想为基础建立起来的,建立我们国家的先辈便是认定"美利坚"一词即系这一理想的别称的。

五年之后,这些国家仍然未曾共产主义化,之所以未曾,原因是这些:崇尚个人自由、平等与解放的理想,它们比共产主义理念强大,使它难以有所进展。我们可以因为这一点而感谢我们的天神,因为我们没有其他与共产主义相抗争的武器;在外交上,我们与共产党的外交家相比简直是三岁孩童,而在一个自由国家里总是可以让生产承受损失的,因为在极权政府领导下,所有的生产力却可以都由国家统一支配。不过好在我们并不需要别的什么,因为"人可以是自由的"这一简单的信仰,这才是世界上最强大的力量,我们唯一需要做的就是运用好这样的信仰。

由于这样做能显示出来一幅肤浅与简单的图景,我们便愿意认为今天世界的局势是两大绝不妥协的意识形态相互对抗的不稳定、有爆炸性的暂时平衡的局势:它的平衡是相对性的,一旦摇晃了,便会将整个世界一起拖进深渊。其实情况并不是这样的。相对立的双方中只有一方是一种意识形态。另一方无非是对"人"有一种简单的信任:

是对个体的人的简简单单的信任,认为他是能够、应该和将会得到自由的。另外,我们这些仍然是自由也继续想自由的人,我们这些暂时仍然是自由的人,最好是紧密地联合起来,跟所有那些仍然能够选择自由的人——不是作为黑人也不是作为白人与作为蓝色、粉红色或是绿色的人,而是作为仍然是自由的人,跟所有别的仍然是自由的人,结成同盟而且紧密地团结在一起,倘若我们想要有一个这样的世界(即使是世界的一个部分)的话,在这样的世界里,个体的人能够享有自由,能够继续苦熬着生存下去。

而且我们最好是尽可能多地团结世界上的非白人,他们并非全然自由,可是他们要得到自由,想做自由人,我们得赶在反对个人自由的那另外一种力量蛊惑住他们、夺取到他们之前就做到这一点。曾几何时,非白人满足于——至少是曾经满足于——接受自己的本能想法,认为自由是一个无法实现的梦。可是情况再也不是如此了;白人自己教会了他们与白人文化不同的另一个方面,采取了殖民扩张与剥削的那个方面,它是建筑在(也是道德上有所欠缺于)这样的前提上的:人类是不平等的,不是因为个人才能有悬殊而是因为人群有种族与肤色的区别。其结果是,在不到十年的时间里,我们看到了非白人将白人驱赶出,用血腥的暴力如果有必要的话,中东和亚洲的全部地区,那些过去为白人所统治的地区,在腾出来的真空里已经开始移入另外的那种不友好的力量,那是相信自由的人们视为敌对势力的——那种力量对非白人说:"我们不向你们提供自由,因为自由这东西本来就是没有的;你们不久前驱赶出去的白人老爷已经向你们证明了这一点。可是我们会向你们提供平等,至少是在当奴隶上的平等;如果你们会当奴隶,至少你们可以当与你们自己肤色、种族和宗教相同的人的奴隶。"

我们白人,相信在这种仅仅是当奴隶的平等之上、之外,还存在有一种个人自由的西方的白人,在仍然留下的不多的时间里,必须教会非白人这一点。我们，美国，世界上最强大的反对共产主义与极权主义的国家力量，必须向所有别的人民，白人以及非白人，奴隶或是（暂时还是）自由人，教会这一点。我们，美国，有最好的机会来做这件事，因为我们可以在这里，在家里，开始做；我们用不着花重金派遣自由工作队深入不友好的非白人的外国，那里早已有成见，深信对非白人来说，是根本不存在自由、解放与平等这一套的，我们不如就在家里实践与推广吧。因为我们的非白人少数民族地区已经就是在我们这一边的了；我们无须把美国与自由这一套向黑人推销，因为过去已经推销过了；即便他们资质愚鲁或是未受过教育，即便有他们在历史上不平等的记录，他们是仍然相信我们对于自由与民主的观念的。

这是仅仅三百年里美国为他们所做出的事。不是对他们做出；而是为他们做出，因为说来惭愧，直到目前为止我们在教会他们怎样当美国人上，实在是做得太少，更不用说利用他们的能量与能力来使我们成为一个更加强大、更加团结的美国了；——这个种族，仅仅在三百年前还居住在地球上最大的内陆湖旁边，却从未想到要扬帆弄舟，他们每年都要整个村子、整个部落地迁徙以避开饥馑、瘟疫与仇敌，却从未想起利用轮辐，然而三百年来却成了娴熟的工匠，在当今这个技术文化的时代里占有自己的一席之地；这个种族，三百年前仍在热带森林中吃食腐肉，可是就在三百年里却产生出了许多优秀的高级人才，出现了本奇博士、卡弗与布克·华盛顿一类的人以及诗人、音乐家；他们还需创造出自己的富克斯、罗森堡、戈尔德、布吉斯、麦克莱恩或是希斯[①]呢，再说，出了一位罗伯逊自会涌现一千位与他不相上下的白人歌唱家的。

那些本奇们、华盛顿们、卡弗们以及那些音乐家和诗人，他们不仅仅是好人，而且还是好教师，教会他们——黑人们——通过言教与

---

① 这些都是当时美国名噪一时的风云人物，且是当时美国一般人心目中的左翼人士。下面提到的保尔·罗伯逊则是著名的黑人歌唱家。

身教，那么许多我们白人还没有学会的东西：例如，要得到平等，你必须有足够的水平以配得上得到它，而要有足够的水平，你必须弄明白它是什么：世界上可没有天生的平等那样的东西，而是只有做出努力确实配称才能得到平等：那是尽一生之所能，对不公正、压迫或是暴力全不畏惧地做了斗争才能获得的平等权利与机会。如果在九十年、五十年甚至是十年之前我们就给予黑人以这样的平等，那就不会有最高法院在一九五四年做出裁决这么一回事了。

可是我们没有给。我们不敢给；在我们目前的经济状况下，黑人绝对不能享有这方面的平等，这是我们南方白人的耻辱；加倍可耻的是，我们害怕给了黑人更多的社会平等会损害白人目前的经济地位；而三倍可耻的则是，为了证明自己立场正确，我们必须以种族混合的威胁来把问题弄得更加复杂；竟然还出现了这样的论调，说是世界上唯一白人可以逃去使自己纯洁的血液不至于污染并且能得到法律保护的地方，就只有非洲了——非洲：那不是威胁的来源与出处吗，不正是这威胁目前存在于美国才迫使白人要逃离美国的吗。

不久之后，我们全体——不仅是南方人，甚至还不仅是美国人，而是所有仍然是自由的而且希望继续保有自由的人——将不得不面临选择，（否则我们要面临的下一个，也是最后的一个选择了）那并不是共产主义者反对反共分子，而干脆是剩下的一小撮白人反对不属白色人种的形形色色的绝大多数人群。我们将不得不做选择，并非在肤色、种族、宗教以及东西方之间，而仅仅是在当奴隶与做自由人之间。而且我们必须做一次性的断然选择；因为从各方面都选一点，面面俱到的时代已经一去不复返了。我们可以选择当奴隶，若是我们强大得能跻身于最前面的二、三名甚至是第十名，我们还可以领到一张有点小权的特许状——直到某个更凶残的强人崛起，用机枪将我们射死在地下室的墙壁之前。不过我们切切不可选择建立在自由等级制度之上，像军阶般的种姓制度之上的那种自由。我们不能因为声称了便可以得到自由,而是要因为实行了才能够得到;我们的自由必须得到这样的理念支撑:同类物种都是平等、不容争辩地享有自由的,不论其肤色如何,这样,全世界各地的所有其他的不友好的力量——属于各个政治、宗教、种族或是民族制度的力量——不仅会因为我们实践了自由而尊重我们,而且还会对我们敬畏有加。

(原载《哈泼斯》月刊,一九五六年六月号;本文据福克纳做过修改的打字稿。)

致黑人种族领袖们的一封信①

近些日子以来,好几种杂志都引用这样的文字,说我"……在美国与密西西比州之间……愿意挑选密西西比州这一边……即使(要付出的代价是或是这就意味着)要上街去射杀黑人"。每一回见到这样的声明,我总要写一封信去加以更正,大意是:这样的声明是没有一个头脑清醒的人会做出,同样,也是没有一个头脑清醒的人会相信的,原因是,这样的话不仅很愚蠢,而且也很危险,因为需要做出这样的选择接着又要这样行动的时机永远不会来到,而光是这样建议却也会进一步煽动美国少数人(我相信是少数)的情绪,他们说不定仍然相信这样的时刻没准会来临。

---

① 这是福克纳自己所定的题目,原来发表时的标题为《如果我是一个黑人》。——原注

下面的这段话引自今年三月五日《生活》杂志上刊登的我的一篇叫《致北方的一封信》的文章里，《信》里的这一段话是专门对"有色人种协进会"以及其他积极消除种族隔离的组织说的："现在该放慢速度了。暂时先停一停，等一等吧。你们现在已占上风了；你们有条件可以约束一下，不以势压人了。你们干得不坏，你们已经让对手失去平衡了，他们现在弱点都暴露出来了。但是你们先就停一停吧；别让对方利用机会获得优势从而混淆了问题的实质，要知道，公众总是，出于人类本能就有的一种纯粹的自发感情，会普遍地自动对处于劣势的一方产生同情，仅仅因为它处于劣势……你们已经向南方人显示了你们能够做什么以及必要时你们打算做什么；给他们一个空间吧，让他们可以在其中呼吸并且消化一下这个认识；让他们琢磨琢磨并且看清楚，（一）没有人打算从外部把种族融合强加在他们的身上；（二）是他们自己在面临自己家乡的积习，这种积习只有他们自己才能清除；是他们自己在面临一种状态，这种状态不仅是必须加以治疗的道德状态，而且是必须加以矫正的一种身体状态，如果他们，南方的白人，想过多少算是太平的日子，总不能每年都面临一次法律程序、一次法律行动吧，而且年复一年都会如此，直到他们度完此生。"

　　我说"放慢速度，先停一停"，实际上的意思是，"得有些灵活性"。当我写这封信并且利用我所知道的每一种方法让它及时刊登出来时，奥瑟琳·露西刚刚被迫暂时从亚拉巴马大学退学，因为当地的暴力行为已经危险到了失去控制的边缘。我相信当法官判定她重新入校的权利有效时，这一点法官必须得做的，支持她入学的那股力量会支持她这样做，而没准这就是她失去生命的时刻。这样的事情后来倒也没有发生。我愿意相信，支持露西小姐的那些力量自身是足够聪明的，所以没有让她回去上学——不止是足够聪明，救了她一条命，而且是足够聪明，能预见到，即使让她当了烈士，从长远来说，那也不会比下面这样的做法更有实效：时不时简简单单地却又是没完没了地提一下她的名字，这就够让人心烦的了，而这也就是我所说的下面这段话的意思："……而且是必须加以矫正的一种身体状态，如果他们，南方白人，想过多少算是太平的日子，总不能每年都面临另一位（原文如此）露西小姐……直到他们度完此生。"

  我并不是要每个黑人放弃或是降低一点点他要求平等的希望与意愿，我只是希望黑人的领袖与组织在争取目标时能够在方法上永远具有灵活性，并且能从当时当地的实际情况出发。如果我是当今美国的一个黑人，我就会建议我的种族的领袖们按这样的程序去做：每一天都派一个我的种族的学生，到他的能力与水平相称的白人学校去，让他打起精神，穿着整整齐齐，彬彬有礼，既不威胁也不使用暴力，要求进入学校；如果他遭到拒绝，我就暂且先忘掉他这个人，但是第二天我会派另一个孩子去，仍然是精神振作，干干净净，彬彬有礼，他自然也会遭到拒绝，但就是这样的一直做下去，直到那个白人不得不承认，除非他自己设法解决这个难题，否则他休想有太太平平的日子可以过。

  这是甘地的做法。如果我是一个黑人，我就会劝我们的长老与领袖把这样的做法作为我们矢志不渝、坚定不移的方针——这是坚定不移的却又是非暴力、极具灵活性的方针，正如在反对亚拉巴马州蒙哥马利市公共汽车排队线路时所做的那样，所针对的则不仅仅是学校而且也是所有排斥我们的公共机构。要记住：永远都不能没有灵活性：当然必须要坚定不移与矢志不渝，但这指的仅仅是希望与意志方面，在时间、地点与环境方面呢，则永远都要讲灵活性。我倒是很愿意成为有色人种协进会的一个会员的，因为迄今为止，美国文化中还没有哪一个机构向我的种族提供过那么多的希望。但是我留在该组织内是有条件的：那就是它得承认我们的问题中最为严重的是数量的问题，就我所知，它至今尚未公开承认这一点；另外，它还需将灵活性视作该组织行动方法的圭臬。我想对我的种族的其他成员说,我们在平等权利的希望与要求上是丝毫也不能让步的,我们可以做到的只是在实现的方法上允许有灵活性。我要对我的种族的其他成员说,我不知道这个"慢行"阶段要持续多久,不过如果你们允许我将"慢行"解释为有灵活性,我不相信除了"慢行"还有什么别的能使我们的希望得以推进。而我们的灵活性的指导方针则必须是正派、不张扬、彬彬有礼、有尊严;如果出了什么暴力与不理智的事,那必须是并非出自我们这一方。我要说,蒙哥马利市全体黑人都应该支持公共汽车排队的抵制行动,但是绝不是说全体都必须参加,因为那样一来,我们就会降低到用压迫者压迫我们时的同样方法的水平上去了,我们的胜利将一文不值,如果它不是自愿给予而是被迫给予的话。我得说,我们的种族必须在心理上做些自我调整,使自身不再是适应于一个被隔离的社会的一种不明确的持续状态,而是适应于一种该维持多久便维持多久的恒定不变、毫不松懈地保持着灵活性的持续状态,这样,到头来,便会使得白人自己都厌烦与发腻,以至不想再斗下去了。

嘴皮子动动,说上一句"如果我是黑人,我会这样做或是那样做",那是最容易不过的了。可是一个白人只能在一瞬间想象自己是黑人;他无法做另一个种族的那个人,去担心他的忧虑,思考他的问题。因此,有些问题他可以向自己提出却无法回答,例如,问:由于实际困难,你愿意降低你人生目的指标与你的希望吗?答:不。但是我可以在方法上变得灵活一些。问:这一点你也会用在你孩子们的身上吗?答:我会把意愿与灵活性一并教给他们的。不过这里希望是有的,因为生命本身只是由于活着便有希望,因为活着便是存在着变化,变化必然不是走向进步便是走向死亡。问:你如何指导自己的行为,使争论与敌意得以避免,使你们黑人能够交上朋友而不是树立敌人呢?答:依靠正直、尊严、道德与社会责任呀。问:你会如何向上帝祈求人类正义与种族解放呢？答：我不相信人应该向上帝祈求人类正义与种族解放。我相信他可以向上帝证实，不朽的个人尊严永远比不正义活得更久，在个人尊严的面前，家庭、家族、部落谈到自己时，以人类种族之一的面目而不是以人类的唯一种族的面目出现，它们崛起、经历与消失，就如同也曾崛起、经历与消失过的那么多的尘土一样。他仅仅是重新确定自己对个人的优美、尊严、不朽的信心而已，就像陀思妥耶夫斯基笔下的伊凡一样，在他的小说里，伊凡弃绝任何把秩序建立在单独一个孩子的痛苦呼号声上面的上帝。问：你被敌视的白人所包围，是不是觉得很难不憎恨他们呢？答：我愿向自己重复布克·T.华盛顿说过的话，他说："我永远也不会让任何一个人，不管他是什么肤色，引起我的憎恨。"

因此，如果我是一个黑人，我会对我的同种族的人说："让我们永远坚定不移、毫不动摇地固守灵活性的原则。但是这样做时，永远要正直、不张扬、彬彬有礼，有尊严并且不迷信暴力。另外，最重要的是，要有耐心。白人用了三百年教我们要有耐心；至少在这一点上我们做得比他们好。让我们把这化为一件反对他们的武器。让我们不是作为一个消极因素来运用这件武器，而是作为一件积极的武器。不过，在与白人打交道时，让我们永远保持洁净、正直、彬彬有礼与有尊严。白人已教会我们在和他们一起时要更有耐心与彬彬有礼；让我们在其他方面也显得比他们更加高明吧。"

但是，我要对我们种族的领导人特别叮嘱一句，我认为尤其重要的是："我们必须学会够资格得到平等，这样我们在得到它之后才能保住它不丢失它。我们必须学会负责任，负平等的责任。我们还必须学会，无须任何约束的'权利'是根本不存在的，因为不需任何代价就能给予的东西，它本身就是毫无价值的。我们必须学会，我们的不可剥夺的平等、自由、解放与追求幸福的权利，其意义与建立我们国家的先辈们所界定的意义是完全一样的,那就是:享有自由与平等的机会的权利,当为有资格的人得到时,是需要通过辛勤劳作,才能得到与保有的。而且需要的还不止是有那种机会的权利,还得要有接受这一责任的意愿与能力——有责任感,能够保持身体上的洁净与道德上的正直,具有能区别正确与错误的意识并且有服从正确选择的意志,还需要具有能相信别人的度量与不依赖救济与援助的独立精神。

"白人可没有教我们这些。他们只教我们要有耐心与礼貌。他们甚至没有看到我们有这样的环境,在这里我们可以教会我们自己洁净、独立、正直与可以信赖。因此我们得教会我们自己这一切。我们的领导人必须教会我们这些。我们作为一个种族必须依靠自己的力量提高自我的水平,使我们够资格负起平等的责任,以至在得到它以后能够保留住它。我们的悲剧是,这些责任方面的道德是白人炫耀单为他们所有的,但是我们黑人,却必须在这些方面走在他们的前面。我们的希望是,在耐心与礼貌上胜过他们之后,我们也许还可以在其他这些方面也做得比他们强。"

(原载《黑檀》,一九五六年九月号;本文据福克纳打字稿。)

阿尔贝·加缪

加缪说过,降生到一个荒谬的世界上来的人唯一真正的职责是活下去,是意识到自己的生命、自己的反抗、自己的自由。他说过,如果人类困境的唯一出路在于死亡,那我们就是走在错误的道路上了。正确的途径是通向生命、通向阳光的那一条。一个人不能永无止境地忍受寒冷。

因此他反抗了。他就是不愿忍受永无止境的寒冷。他就是不愿沿着一条仅仅通向死亡的路走下去。他所走的是唯一的一条可能不光是通向死亡的道路。他所遵循的道路通向生存的阳光,那是一条完全靠我们微弱的力量用我们荒谬的材料造成的道路,在生活中它本来并不存在,是我们把它造出来后才有的。

他说过:"我不愿相信死亡能通向另一个生命。对我来说,那是一扇关闭的门。"那就是说,他努力要做到相信这一点。可是他失败了。像一切艺术家那样,他不由自主地把生命抛掷在探索自我和让自己回答只有上帝能解答的问题上;当他成为他那一年的诺贝尔奖得主时,我打电报给他说"向永恒地自我追求、自我寻找答案的灵魂致敬";如果他不想相信上帝,那他当时为什么不中止追求呢?

就在他撞到树上去的那一刻,他仍然在探索自我与追问自我;我不相信在那光明的一瞬间他找到了答案。我不相信答案能给找到。我相信它们只能被寻找,被永恒地寻求,而且总是由具有人类荒谬性的某个脆弱的成员来寻求。这样的成员从来就不会很多,但总是至少有一个存在于某处,而这样的人有一个也就够了。

人们会说,他太年轻了;他没有时间来完成自己的事业。可这不是"多久"的问题,也不是"多少"的问题,而仅仅是"什么"的问题。当那扇门在他身后关上时,他已经在门的这边写出了与他一起生活过、对死亡有着共同的预感与憎恨的每一个艺术家所希望做的事,即:我曾在世界上生活过。当时,他正在做这件事,也许在光明灿烂的那一瞬间他甚至都明白他已经成功了。他还能何所求呢?

(原载《泛大西洋评论》,一九六一年春季号;此前见于法国的《法国妇女新闻杂志》,一九六〇年三月号;本文据福克纳打字稿。)

二　演说词

在卡罗琳·巴尔大妈葬仪上的布道词
一九四〇年二月四日于密西西比州奥克斯福镇

　　从我出生时起卡罗琳就认得我。为她送终对我来说是一种特殊的光荣。我父亲死后，在大妈眼里我成了一家之主，对于这个家庭，她献出了半个世纪的忠诚与热爱。不过，我们之间的关系从来也不是主仆间的关系。直到今天，她仍然是我最早的记忆的一部分，倒不是仅仅作为一个人，而是作为我行为准则和我物质福利可靠性的一个源泉，也是积极、持久的感情与爱的一个源泉。她又是正直行为的一个积极、持久的准则。从她那里，我学会了说真话、不浪费，体贴弱者、尊敬长者。我见到了一种对一个不属于她的家庭的忠诚，对并非她己出的子女的深情与挚爱。

　　她生下来就处在受奴役的状态中，她皮肤黑，最初进入成年时她是在她诞生地的黑暗、悲惨的历史阶段中度过的。她经历过盛衰嬗变，可这些都不是她造成的；她体会到忧虑与哀伤，其实这些甚至都还不是她自己的忧虑与哀伤。别人为此付给她工钱，可是能够付给她的也仅仅是钱而已。何况她得到的从来就不多,因此她一生可以说是身无长物。可是连这一点她也默默地接受了下来,即没有异议也没有算计和怨言,正因为不考虑这一切,她赢得了她为之奉献出忠诚与挚爱的一家人的感情和敬爱,也获得了热爱她的异族人的哀悼和痛惜。

她曾诞生、生活与侍奉,后来又去世了,如今她受到哀悼;如果世界上真有天堂,她一定已经去到那里了。

(本文据兰登书屋的罗伯特·K.哈斯为福克纳保留的一份剪报,显系一份电讯。它比福克纳原来写的要短一些。)

接受诺贝尔文学奖时的演说词

一九五〇年十二月十日于斯德哥尔摩

我感到这份奖并非授给我这个人而是授予我的劳作的——那是深陷在人类精神的痛苦与汗水中的一辈子的劳作,之所以劳作,不是为了荣誉,更不是为了利润,而是想从人类精神的材料中创造出某种过去未曾有过的东西。因此,这份奖仅仅是交托给我保管罢了。将这份奖的金钱部分贡献到与其出处目标、用意相符的用项上去,这并不困难。但我很希望在荣誉方面也如此做,通过将现在的这一个时刻化作高耸人云的山峰,这样,我从这里发出的声音便可以为已献身于同一痛苦与艰辛的劳作的青年男女听到,他们当中已经有这样的人,某一天他必定会站立在此刻我所站之处。

我们今天的悲剧是,人们怀有一种普遍、广泛的恐惧,这种恐惧已持续如此长久对它的存在我们甚至都能够容忍了。至于心灵方面的问题，都已经不再有人操心了。大家担忧的唯一问题是：我什么时候被炸死？正因为如此，现今写作的青年男女已经忘记人心与它自身相冲突的问题了，而优秀的作品只能从这样的问题中产生出来，因为只有这样的问题才值得写，才值得为之痛苦和劳累。

青年作家必须重新学会这些。他必须让自己懂得，所有事情中最最卑劣的就是感到恐惧；他还必须让自己知道要永远忘掉恐惧，占领他工作室全部空间的只能是远古以来就存在关于心灵的普遍真实与真理，缺少了这一点任何故事都是转瞬即逝、注定要灭亡的——关爱、荣誉、怜悯、尊严、同情和牺牲，这些就是普遍的真理。除非他这样做，否则他便会在诅咒之下工作。因为他写的不是爱意而是情欲，在他所描写的挫败里没有人会丧失任何有价值的东西，他写胜利，那里面却没有希望，而且，最最糟糕的是，没有怜悯和同情。他哀伤，却不为普遍的实质问题哀伤，也不留下任何伤疤。他写的不是心灵，而是腺体。

除非他重新学会这些，不然的话，他写作时就仿佛是置身于人类末日的厄运中，观看着这末日的来临。我拒绝接受人类末日会来临的观点。说这样的话是再容易不过的了，说什么，人反正会一代代存活下去的，因为他会忍受；还说什么，当丧钟敲响。钟声从夕阳染红的平静海面上孤悬的最后一块不足道的礁石那儿消失时，即使在那时，也还有一个声音，即他那不绝如缕的声音依然在絮絮细语。这样的说法我是绝对不能接受的。我相信人不仅仅会存活，他还能越活越好。他是不朽的，并非因为生物中唯独他具有永不枯竭的声音，而是因为他有灵魂，有能够同情、牺牲和忍耐的精神。诗人的、作家的职责就是写这些东西。作家的特殊权利就是帮助人坚持活下去，依靠鼓舞人心，依靠让他记住，勇气、尊严、希望、自豪、同情、怜悯和牺牲，这些是人类历史上的光荣。诗人的声音不必仅仅是人的记录,它可以成为帮助人类忍耐与获胜的那些支柱与栋梁中的一个。

(本文据福克纳打字稿,与美国报纸所刊登的略有差别。)

对密大附属高中毕业班所做的演讲
一九五一年五月二十八日于密西西比州奥克斯福镇

许多年前,在你们当中任何一个人都还未出生时,一个聪明的法国人说过:"倘若青年人有知识,倘若老年人有能力。"我们都知道他所说的是什么意思,那就是:你年轻的时候,你有能力做任何事情,却不知道该干什么才好。可是后来,你上了年纪,经验、阅历教会了你一切,你却疲倦了,胆子也变小了;你什么都无所谓了,你只想安安静静地待着,平平安安度过余生;除非你自己受到冤屈,你是再也没有多余的能力与心气去管其他闲事的了。

那么说,今天晚上坐在这个房间里的你们这些男女青年,以及今天坐在世界各地成千上万类似房间里的男女青年们,是有能力改变世界,是可以永远使它免除战争、不公正与苦难的,只要你们知道如何去做以及该做些什么。既然如那位法国老者所说,因为年纪轻,你们不可能知道该干什么,那么站在这里的不管什么人,只要有满头白发,就应该能够告诉你们了。

但是,站在你们面前的这个人,却没准不像他的白头发所装扮出或想显示的那么老,那么聪明。因为他无法给你们一个八面玲珑的回答,也不能向你们提供一个现成的模式。但是他可以告诉你们下面这些话,因为他相信这些话是对的。今天威胁着我们的是恐惧,不是原子弹,甚至也不是对原子弹的恐惧,因为如果原子弹今天晚上落在奥克斯福,它所能做的一切无非就是杀死我们,这算不得什么,因为一旦它做了这件事,它也就剥夺了对我们的仅有的控制能力:那就是对它的畏惧,对它的那份提心吊胆。我们的危险倒并不在此。我们的危险是,今天世界上的一些势力,它们企图利用人的恐惧心理来剥夺他的个性、他的灵魂,试图通过恐惧与贿赂,把人降低为不会思考的一团东西——向人提供免费的食物,这不是他出力气挣得的,提供轻易能到手的没有价值的金钱,这也不是他干活换来的;——危险的是那些经济、意识形态或政治制度,共产主义的、社会主义的或者是民主的,爱给自己打什么旗号都行,那些独裁者与政客,美国的、欧洲的或是亚洲的,不管他们怎样标榜自己,目的都是要把人降低为唯唯诺诺的一团东西,光为自我的利益与权力而活着,或是因为他们自身感到困惑与害怕,他们害怕或是无法相信,人是有能力,是可以勇敢、坚忍与自我牺牲的。

  那是我们必须加以拒绝的,倘若我们想改变世界,使它让人类能和平、安全地生活下去的话。成为一团东西的人是不能也不愿拯救人类的。能拯救人的是人类自身,他们是按照上帝的形象塑造而成的,正因如此才有能力与意志区分开正确与错误,并且能够拯救自己,因为人类是值得拯救的;——人,个人,男人与女人,他、他们,将永远拒绝被欺骗、被恐吓与受贿赂,以致丧失斗志,不去履行权利以及责任,在正义与非正义,勇敢与怯懦,牺牲与贪婪,怜悯与自私之间做出选择;——他们将永远相信,不仅是相信人有权利摒弃不正义、贪婪与欺骗,而且有责任与义务去促成正义、真理、怜悯与同情的实现。

  因此,永远也不要害怕。永远也别害怕提高你的声音,去赞成诚实、真理与同情,反对不正义、撒谎与贪婪。如果你们,不仅仅是今晚在这个房间里的这些人,而且也是在今天、明天以及下星期在全世界所有类似房间里的千百万人，不是作为一个班级或一个阶级，而是作为个人，作为男人与女人，会这样做，那么，你们将改变这个世界。在一个世代里，所有的拿破仑们、希特勒们、恺撒大帝们、墨索里尼们、斯大林们和其他那些渴望权力且利欲熏心的人，以及那些仅仅是自己感到困惑、无所适从与恐惧的小政客们、小帮凶们，他们曾经、正在或是希望利用人的畏惧心理与贪得无厌来奴役人类，这样的人必将从地球上消失得一干二净。

（原载《奥克斯福鹰报》，一九五一年五月三十一日。）

接受荣誉团勋章时的演说[①]

一九五一年十月二十六日于新奥尔良

对于来自始终被艺术家们视为母国的那片国土的荣誉，一个艺术家是应该怀着谦卑的心情来加以接受的。

一个美国人自会永远心怀柔情地珍惜来自美国人一直视为亲姐妹的那片国土的每一件纪念品的。

一个崇尚自由的人应该带着希望、自豪与同志般的情怀，来保卫这片国土，因为它是人类自由与人道精神的发源地。

（一九五一年十一月，福克纳将演说词的手稿给了他的编辑萨克斯·康明斯。后来此件未加改动，作为一幅插图说明，发表于《普林斯顿大学图书馆纪事》一九五七年春季号第十八期上。）

---

① 这篇演说词是福克纳自己用法语写的。

在三角洲[①]会议上的发言
一九五二年五月十五日于密西西比州克利夫兰市

邀请我今天上这儿来的函件最初是比利·温先生发给我的。在那封信里你可以听到有史以来人们所听到过的最高明不过的恭维话。温先生说:"我们不仅是想给我们的一位特殊的密西西比老乡添加些光辉,我们还想借他的大驾光临为我们的会议增添些光辉呢。"

这样的水平谁能超得过呢。这里不妨将一个比喻往反面做些引申,那就是,一把刀不仅是双面都有刃,而且两道刃都在同一个面上:你把一句话发送过去,收受者得到的是两层意思的恭维:你赞美他给发起赞美他的人增添了光辉,这等于是再一次地把他恭维了一通。这样的说话方式,正是我们南方人喜欢认为只有另外一位南方老乡才想得出来的。这样的事例经常发生,自然使得我们相信自己的看法确实是一点儿都没错。

温先生还告诉我,会议同意我就我喜欢的任何问题做一次发言。我要讲的题目既不会是关于写作也不会是关于耕作的。过去一年来,读者们写给我的信里有几封是一位先生写的,他也是一位密西西比州的乡绅,对我的写作能力与我的见解评价都非常之低。他是三角洲地带的人,今天很可能出席,因此可以为之做证。在最近给我的一封来信里,在再次对他所认为的一个能像我这样贬低与诋毁自己的故乡与亲人的密西西比人做了评论之后,他说他不仅仅不相信我有能力写作,

---

① Delta,指密西西比河出海口的三角洲。

而且还认为，对于农耕方面的事，我压根儿就是一无所知。我回答说，说到我的写作水平，那本来就不该由我自己来打分，因此在这一点上我可以同意他的评断；另外，为了让地里长出些带给我收益的东西，我已经与老天爷还有联邦政府苦苦打了十五年的交道，因此，既然他说我两方面都不行，我也就懒得跟他争辩了。

因此，不论是写作还是农事，我是都不打算在这里谈的了。我倒是有另外的一个话题。但是，在重新思考之后，我又似乎觉得自己对这个问题仍然是知之不多，原因是我们所有的人对这个问题好像再也不甚清楚了，我们所有的人好像全都忘掉我们国家赖以建立的基本原则了。

多年以前，我们的祖辈以保卫人的权利为前提，建立了这个国家，这个国度。按照他们的解释，那是因为"人有获得生命、自由与追求幸福的不可剥夺的权利"。在那些日子里，他们深知这些词语的意义，不仅仅说出这些话的人明白，而且听到、相信、接受与赞同的人也同样懂得。因为那时候之前，人们并不总是拥有这些权利的。至少，那时候之前，没有一个国家是建立在这样的理念上，认为这些权利是可行的，至于说"不可剥夺的"，那更是连想都不敢想了。因此，不仅是说这样的话的人，而且是仅仅听到这样的话的人，都是明白其含意的。那就是："得以追求幸福的生命与自由。免除和保证不受压迫与暴政的自由，在这样的自由中，所有的人都能自由自在地追求幸福。"他们双方都知道他们所说的"追求"指的是什么。他们的意思不仅仅是说要去寻欢作乐，而是说要为得到它而付出辛劳。他们也都知道"幸福"指的是什么，那不仅仅是欢乐与闲适，而且还包括和平、尊严、独立和自尊；人的不可剥夺的权利指的是能拥有和平与自由，在这种状态中，依靠人的努力与流汗，人可以获得尊严与独立，并且不欠任何人任何东西。

因此我们已经知道当时这个词意味着什么，因为我们当时并不拥有这些东西。而且，由于我们不拥有，我们便对其价值有所知悉。我们知道，它们是值得为之而受苦受难的，而且，如果有必要，甚至是值得为了获得并保住它们而牺牲生命的。为了它们，我们甚至都愿意冒丧失生命的危险，因为即使我们自己为保住它们而丧失生命但是仍然失去它们，我们仍然可以把它们完整地、丝毫不受损害地传给我们的孩子。

那正是我们在那些古老的时日里所做过的事。我们离开了我们的家园、土地、我们的祖坟以及所有熟悉的东西。我们自愿放弃，把背转向一种我们已经拥有也本可继续拥有的安全，倘若我们愿意为之付出代价，那就是我们的思想自由，我们行动上的独立性以及责任上的权利。也就是说，如果留在旧世界，我们不仅能拥有安全，而且还可以不必负什么责任。但是，我们却选择了自由、解放、独立和对责任的不可剥夺的权利；在几乎没有海图的情况下，乘了脆弱的木船，什么都没有，除了帆与我们渴求能自由移动它们的希望与意愿，我们驾驶船只跨越过一个大洋，它甚至都与我们所掌握的那些海图对不上号；我们征服了一整片荒野以便建立起一个国家，不是为了得到安全，因为我们不想得到安全，我们不久前刚刚放弃了安全，刚刚横渡过三千英里宽的黑暗、神秘的大海以与安全作别；为的是要得到一片可以自由生活、独立存在以及担负责任的土地。

这件事情我们做成了。即使我们当时仍然在用一只手与荒野搏斗，用另一只手抵挡与打走那股力量，它甚至想跟踪我们进入为我们所征服的荒野，逼迫与强制我们回到老路上去。但是我们成功了。我们建立起一个国家，我们使这个国家里不仅仅有自由、独立与负责任的权利，而且还有义务，人类能得到自由、独立与责任的不可剥夺的义务。

责任，这就是我正在说及的事物。人不光是只有权利，而且还有人必须担负起的义务，人是必须负起责任来的，如果他希望继续享有自由的话；必须负起，不仅是对他的同类、为他的同类，而且也是对他自身；这是一个人的责任，个人，每一个人，人人，都要为自己行为的后果负责，要结清自己的账目，不欠任何人任何东西。

我们明白了这一点之后，立刻便选择了要这一点。因为什么？因为我们比别的什么都更加需要它，我们为之而战斗，为之忍受，吃苦，在需要时还付出了生命，可是我们得到它了，把它建立起来了，为自己而艰难生活过了，接着又将之传给了我们的孩子。

然而，我们这里发生了一些事情。孩子们继承了下来。新的世代出生了，一个新的时期、新的时代、新的世纪来到了。日子好过些了，美国作为一个国家，它的存在与前途再也不是悬而未决的了；又过了一个世代，我们不再有敌人了，不是因为我们年轻，富于活力，因此强大，而是因为那个古老、疲惫的世界如今认识到，在这里的这个国家是有建国原则的，那就是：人，作为个人，应该有他的责任。

可是我们仍然还记得责任心这回事，即使是在相对比较平静的时代里，那时我们无须让责任心的弦绷得那么紧，至少是无须时时刻刻铭记在心了。再说，那不仅是我们的遗产，它离我们时间不算长，我们忘不了它，把它传给我们的人，甚至是那些为了能把它传给我们而付出生命的人，他们的坟头依然是青青的呢。

接着又过了很多世代；我们终于覆盖了西方整个的一片土地；西半球整片天空响起了一片为美国叫好的声音，一片"好啊"的巨大响声；我们成了整个世界羡慕的黄金目标；大惑不解的太阳都从未见到过如此的一个充满机会的国度，在这里一个人所需要做的就是移动双脚到新的地方去，用双手紧紧捏住，把握住，好积累起够自己后半生使用的物质财富，而且，谁知道呢？甚至还有多余的，可以供养他和妻子生养的孩子呢。他仍然在嘴上对古老的"自由"、"解放"、"独立"说些廉价、好听的话;天空中仍然回响着、轰鸣着雷鸣般的叫好声,那黄金般的"好啊"声呢。因为在古老意义的大前提下,这些词语依旧是正确的,因为他仍然相信它们是正确的。当他说"安全"两字时,心目中的"安全",仅仅是指他自己的,他余下的日子里的,也许有一点点多余,可以留给他那几个孩子;但是并不包括所有相信自由、解放与独立的人的孩子和孩子们的孩子,而在那狂暴、危险的古老时代里,我们的祖辈却不是那样想的。

因为在某个地方,某个时刻,某件事情曾经发生在他身上,发生在我们的身上,发生在那些旧时的坚忍、毫不妥协的那些人的全体子孙的身上,因此,现在,到了一九五二年,当我们谈到安全时,我们甚至都不包括我们的后半生了,更不要说是我们和我们的妻子的孩子了,而是只求我们自己能够在某个公共救济名册或是某个官僚、政治或是任何机构的施汤槽跟前能有一席之地,那就成了。因为在某个地方,于某个时刻,我们已经丢失、忘却或是自愿扔掉那另外的一件东西了,而没有了它。自由、解放与独立甚至连存在与否都是成问题的。

那件东西不是别的,即是责任,不仅仅是指有要负责任的想法和意愿,而且还要牢牢记住祖辈们关于必须有责任心的教诲。我们或许是丢失了它,忘掉了它,要不就是我们有意抛弃了它。也许是我们认定,自由没有那么可贵,不值得为此而负起责任,也许是我们忘掉了,要有自由,一个人便必须行使、维护与保卫他为自己的自由而负起责任的权利。没准我们连责任心也被夺走了吧,因为多年来连空气本身里——广播、报纸、小册子、传单、政客们的演说——都响彻着关于人权的吵闹声,——不是指人的任务、使命与责任,而仅仅是指人的"权利";那么喧嚣,那么持久,也不由得我们不开始按声音所宣称的那样接受其看法,也相信,人除了权利,别的都是没有的:——不是指走向独立与自由的权利,为这一目标而亲自流汗、工作与受苦,以便为自己挣得老祖宗所意味的幸福与对幸福的追求，而是：仅仅得到机会，以便将自己的自由与独立，去换取无须负争取独立的责任的特权；那不是靠劳动挣得报酬的权利，而是被施舍的权利，直到最后，用简单的复合习惯用语来说，我们使这"权利"变得很体面，甚至提高成为一个全国性的制度,而正是我们坚强的祖辈会加以嘲笑与谴责的,那"权利"即是：接受施舍。

不管怎么说，我们不再有责任心了。而且如果我们是被目前似乎负起什么责任的人剥夺掉的，那是因为我们脆弱到了经不起这种掠夺的程度；如果我们单纯是丢失或是忘掉责任心，那么我们也是应该遭受轻蔑的。不过如果我们是有意要抛弃它的，那么我们可就是在贬损自己了，因为我相信到时候，也许要不了多久，我们会发现，我们做下的是比犯罪更为糟糕的事：那是犯了一个错误，人们在提到拿破仑的某个行动时常常会这样说的。

两百年前，爱尔兰政治家约翰·柯伦说过："上帝将自由赐给人类，条件是永远保持警觉；这一条件如果人类违反了，那么受奴役将是他们犯罪的后果与做错事所得到的惩罚。"那不过是两百年前的事，而我们自己的在古老的新英格兰与卡罗来纳的祖先，早在三百年前就已经懂得这一点了，正因如此，他们才来到这里建立了这个国家。我是拒绝相信，我们，他们的后代，是已经忘记了这一点的。我宁愿相信，那是因为，我们的自由的敌人如今已更换了他的衬衫、他的外套和他的脸。他不再是从国界之外，更不是从大洋的那一边，来对我们施加威胁了。现在，他面对我们，在我们装饰着栖鹰的各级议会的圆屋顶下面，以及在经济或工业集团的福利或别的部门的喷上号码的门的背后，穿的也不是有金光闪闪的铜饰的军服，而是敌人自己教导我们说是和平与进步的服饰，他的文明与富裕也是我们无法攀比的，更不用说胜过了；他的武器是一种贬值的、不受重视的货币，他用金钱，通过剥夺它所知道的用来衡量独立的唯一国际标准的活力,来阉割掉独立的活力。

经济学家们和社会学家们说,出现了这种情况的原因是,人口过多。我自己对此所知甚少,因为我很清楚,比起那位三角洲的读者对我作为作家与农民的评价,我在社会学、经济学方面的造诣就更是不值一提的了。不过就算我是个社会学家或是经济学家,我还是要对这种说法表示不以为然。因为相信了这种说法,认为人的自由受到威胁是因为他的同类太多,也就是相信,人在世界上受苦,原因不在于环境,而是在于他的自身:也就是说,他别指望对付得了他的环境以及他的毛病了,因为他连自己的同类都控制不了嘛。那正是那些人所相信的,他们利用和歪曲了人口众多的说法来达到自己的私利,攫取权力与公职:相信人是不配得到责任与自由,无能力去忠诚、坚忍与勇敢的,他不仅仅是从恶中挑出善来,他连好坏都是分不清的,更不要说在行动中这么去做了。相信了这一点,你就已经是把人类的希望给一笔勾销了,也就是等同于那些人的所作所为了,他们把人有责任这一不可剥夺的权利从人的身上夺走,还不如干脆把人浸在自己的清白、一无污点的汁液里,用文火慢慢煨呢,一直炖到他进入他本该得到的、无忧无虑的命运。

就以我个人来说,是绝对不愿相信这一点的。我拒绝相信,布恩、弗兰克林、乔治·华盛顿、布克·T.华盛顿、林肯、杰斐逊、亚当斯、约翰·亨利、保尔·班扬、约翰尼·阿泼瑟德、李、克罗克特、黑尔和海伦·凯勒嫡传的真正后代,会是那些在报纸头条上否认与抗议的人,他们抗议水貂皮大衣、油轮与联邦政府指控的公共机构腐败问题。我相信坚忍、顽强的老祖宗的真正子孙还是会有责任感与自尊心的,只要他们没有忘记他们的祖先。我们所需要的不是人少一些,而是人与人之间的空间更多一些,在这样的空间里,愿意靠自己的力量站起来的人可以站起来，而不愿站起来的那些，说不定就必须帮他们一把了。接着，绝对不是国家发现金来奖励偷懒与无能，而是福利、救济与补偿按照祖辈们同意与赞成的原则起作用：去帮助那些仍然站不起来的人，让他们也进入到不但能够而且愿意自己站起来的人的队伍中去，除了生病的与年老者之外，绝对不让他们之中的最后一个掉队。

（原载《三角洲民主时报》，一九五二年五月十八日；本文据这次会议一九五三年五月印发的小册子，仅对一处错误做了改正。）

对松林庄园初级大学毕业班所做的演讲
一九五三年六月八日于马萨诸塞州韦尔斯利

  这个世界出了毛病，它的毛病就在于它还没有完工。它并未抵达那个工序，倘若这道工序做完，负责人就会给这件活儿签上名字，说一声："齐活儿。干完了，它转得顺溜着哩。"

  因为只有人才能完成这样的活计。能完成的不是上帝，而是人。得由人来选择，到底要终结这个世界，把它从漫长的时与空的编年史里抹掉呢，还是要完成它，这是人的崇高命运，也是他的不朽的明证。这不单单是他的权利，而且也是他的特权。这特权像凤凰似的伴随着每一代人从自己失败的灰烬中再生，直到该轮到你们来遭遇时与空，那就是我们所称作的今天了，这是今天、昨天与明天漫长旅程中那么多站之中的一个小站，在这里有一小撮像我这样的老人，他们应该是知道怎么做的，但是却没有行动的能力了，他们面临着像你们这样的有行动能力的年轻人，要由你们这样的人来完成这个任务，接受这个特权，应用这个权利了，你们是做得成的，只要你们知道在哪里做与如何去做的话。

　　起初，上帝创造了这个世界。他创造出的世界完全适合于人类生存。接着他创造出人，那是具备全部条件足以与世界相适应的，因为人有自由意志、决断能力与在犯错误后记住教训从而提高一步的能力，人是有记忆力的，他可以记住，可以从错误中汲取教训，就这样，人用了一定时间为自己创造了一个有和平命运的世界。那可不是一场试验。上帝不仅信任人。他了解人。他知道人很能干，完全可以让人拥有灵魂，因为人有可以拯救灵魂的能力，通过这一点，又拯救了自我。他知道，人有能力从零开始，去与这个世界相处，与人类自己相处；人有能力教会自己要有礼貌，能与同类友好相处，不给自己与别人带来痛苦，引起忧伤，懂得珍惜安全、和平与自由的价值，因为我们晚间做梦，做梦便是我们的身体非常缓慢演进的时刻，梦境使我们经常回想到我们没有安全、和平与自由的日子。上帝并不想让人享有免于恐惧的自由，因为人并没有免于恐惧的自由的权利。我们并不是那么的孱弱，那么的胆怯，非得要有免于恐惧的自由不可；我们只需运用我们的不畏恐惧的能力，把恐惧约束在它正常范围之内，这样也就可以了。上帝是希望有处于其中不感到害怕的安全与平静，有处于其中去界定然后又建立安全与平静的自由。而他要求的仅仅是人类去辛勤劳作，使自己配得上得到这些东西——自由与解放，肉体与精神上双方面的自由与解放，让虚弱无助者能有安全感，使所有的人都能得到和平——因为这些东西正是上帝能安置在我们可以取到的范围内的最有价值的东西。

　　在这整个阶段内，天使们（只有一位不在此例，也许此前上帝已跟这一位之间有过什么不愉快了）仅仅是在旁观，在寻思——那些圣洁无瑕、无可指摘的大天使长，那个洁白闪光的群体，除开因为狂妄自大上帝已经不得不对他加以惩治的那一个以外，都只是满足于仅仅在人类奇迹的辉煌反光中享受永恒的存在，满足于仅仅是观看，反正事情与自己无关根本无须去操心，与此同时，人类跑完他那没有价值、没什么好惋惜的全部路程，朝向并终于进入他将不复存在的暮色。因为这些天使都是白色的，完美无缺的，否定的，没有过去的，也没有思想、忧愁、遗憾与希望，除了那一个之外——光亮、黝黑、无可救药的那一个，他拥有那份傲慢与自大，可以提出要求，拥有那种冒失，可以宣布反对，拥有那样的雄心壮志，可以取而代之——不光是退而接受一个条件，仅仅因为那已是既成事实，而是想要以另外的一种情况来加以取代。

可是这一个对人类的看法甚至比反面与闪光的那些天使的还要不如。这一个不仅仅相信人完不成任何事情而且品质还很低劣，这一个相信低劣的品质已被教导得深入人心，为的是用它来更高层次、更残酷无情地去满足卑劣的私欲。因此上帝对这一阴郁的精灵也是加以利用的。他没有仅仅让这精灵号叫着滚出这个宇宙，这他本来是完全做得到的。相反，上帝却利用了它。他早已预见到残酷无情的野心的化身的那张长长的名单——成吉思汗、恺撒大帝、威廉国王、希特勒、巴尔加、斯大林、波拿巴和休伊·朗[①]。可是上帝利用的不仅是这一点——利用的不仅仅是野心、残酷无情与傲慢，让人类看到该反对什么，而且还利用反叛的冲动与把不喜欢的事情改变掉的变革意志。因为上帝也早就预见到另一份名单，那是富于叛逆性、毫不妥协的高傲的化身者的名单，它比暴君与压迫者的名单更长，也更经得起历史的淘洗。这是一份男女志士名字的长长的记录，这些人曾为人的境况忧心忡忡，曾不仅为我们举起显示我们自身的愚蠢、贪婪、私欲与恐惧的镜子，

[①] 休伊·朗（Huey Long, 1893—1935），美国政客，善于蛊惑人心。

而且还经常向我们提醒我们的神的高大形象——其神性与不朽是我们不能背弃的，即使我们敢这样做，因为这神性与不朽是我们所无法摆脱的，只有它们，才能甩掉我们——那份长长的名单让我们记得那些哲学家与艺术家，他们的遣词发音与忧思都足以帮助我们记住自己的荣誉、勇气、同情、怜悯与牺牲的能力。

可是这些名字只能提醒我们，我们是有能力反抗与改变的。他们不需要告诉我们，我们也不需要让任何人来告诉我们，如果我们要在地球上和平、安全地生活的话，我们必须反抗，必须清扫其表面，因为这一点我们已经知道了。他们只需提醒我们，人是可以反抗与变革的，他们可以告诉、显示、提醒我们怎么去做，而不应该领导我们，因为一旦接受领导，我们就必须乖乖地交出我们用自己的灵魂做出决定的自由意志、能力与权利了。如果依靠他们当中某个小帮派、小集团的带领，像一群羊似的进入围栏上的一道门那样地进入和平与安全，那只会是通过另一道可以关闭的门，由一处围栏进入另一处而已，而整部历史已经告诉我们，那必定是某个坏头头的围栏与篱笆，他的手将关上、锁住那扇门，那么，那样的和平与安全与一群羊能享受到的和平与安全，又会有什么不同呢。

因此，上帝是用阴郁、骄傲者性格中的某个部分，来提醒我们，我们是有自由意志与决定的传统的；他利用诗人和哲学家来提醒我们，贯穿在我们自己那部充满痛苦的历史中，我们是能够表现得很勇敢坚忍的。但是要将这样的优秀品质付诸实现、付诸行动，还得依靠我们自己。而现在，来完成任务的，该轮到此时此刻进入生命中这一阶段的你们了，该由在这个房间里的你们，以及在世界上所有同类房间里的年轻人，来完成任务了。必须得由我们年轻人，不是作为集体与阶级，而是作为个体的年轻人，作为自由个体的普普通通的男男女女，有能力使用自由权利与做出决定的人，干脆、痛快、永远地确定，决不像羊群似的被带进和平与安全，而是我们自己，我们，普通的男男女女，为了一个时代、一个目的、一个理由，单纯地相互团结在一起，道理很简单：理智与感情都向我们显示，我们都需要同样的东西，我们必须得到它，我们有意要得到它。

必须由我们自己，作为个体的人，来完成它，不是仅仅因为要生存所以必须这样做，而是因为我们希望与愿意这样做，由于我们有自由意志、自行决断的传统，有了这样的传统，我们便有权说我们希望怎么生活，而我们绵延不绝生存于世的漫长记录又提醒我们，我们有勇气去选择那样的权利与那样的道路。

答案非常简单。我不是说非常容易，而是说非常简单。事实上那是如此之简单，以至人对之的第一反应是："如果所需要的全部代价不过如此，那么你为此而得到的不可能是非常有价值、非常耐久的。"有这么一个关于托尔斯泰的逸事，我想是关于他的，在讨论这个题目的半当中，他说："好吧，那我从明天开始就做一个好人——如果你们也都这样做的话。"这句话里包含着机智，而机智里总是有真理的——实际上对于所有对人没有信心的人来说，还是深刻的真理呢。但是对于能够与的确相信人的人来说，却不是。对于他们，那仅仅是机智，是一个因为自身对人的境况感到痛苦而疲惫得陷于绝望的人的谴责。他们不说，回答很简单，却是多么的艰深呀，他们只是说，回答得这样很不容易，却是非常的简单。我们不需要，我们的目的甚至都不要求，从此时此刻起，我们献出生命，去当圣女贞德，为军号、旗帜与征尘所缭绕，为了一个目的，那是我们连看都是看不见的，因为那仅仅会是烈士纪念碑的一个由头。这个目的可以是在每一个人都需要与应该得到的正常生活之内的、与正常生活相生相随的一个行为。事实上，为每一个人所需要、所应该得到和能享受到的正常生活——当然，除非我们为它出了力，愿意为它做出一定的牺牲，以相应地显示出它有多大的价值,我们又是多么需要它并应该得到它——很值得成为人们贡献出力量的目的,它比所有喧嚣的吵闹声、喊叫声,所有那些旗帜、军号与尘土,都更加有实际效果。

因为,正常生活起始自家庭。我们都知道"家"意味着什么。家不一定必须是地图上标定的一个地方。它可以移动,除非给家下定义的那些古老的、得到确证的价值观(它认为没有了某些因素家就不复存在)也一并被考虑在内。家不一定非得意味着或是非得要求有物质上的舒适,更不要说是(它从来就未曾是过)让精神安定的物质基础了,似乎有了家,精神、爱与忠诚便能得到和平与安定,并且有了去爱去忠诚、去奉献与牺牲的场所了。家不仅意味着今天,而且意味着明天与明天的明天,以及更多的明天与明天。它意味着某一个人贡献爱、忠诚与尊敬,给值得接受的另一个人,某个相配的人,这个人的梦想与希望亦即是你的梦想与希望,这个人想要做与为之做出牺牲的事也正是你们两人要一起永远坚持到底的事;这个人你不单单爱而且还很喜欢,需知喜欢是两者之中更为重要的,它必定比我们年轻时认为是爱的那件东西更能持久,因为没有了喜欢与尊敬,爱本身是不可能持久的。

家不仅仅是四堵墙壁——某条街上的一所房子,一个庭院,大门上有一个门牌号码。它可以是一个租来的房间或是一套公寓——任何四堵墙,里面装载着一场婚姻或是一项事业,也许是同时装载着婚姻与事业。但必须是这样它才能成为一个家:那儿所有的房间或所有的公寓套间,那条街上所有的房子,那个街区里的所有的街道,那儿的人逐渐都有着同样的憧憬、希望、问题与责任,他们成了一个整体、一个有机体。也许那个集合体、有机体与整体坐落在地图的某个小点上,它使我们成为它的问题与梦想的形象与继承者。不过,倒不一定非得如此不可;它也可以在任何地方,只要我们接受它,认为这是我们的家;我们甚至可以搬动它,只要我们愿意接受那儿的一些新的问题、责任与憧憬,我们逐渐将它们取代了我们留在老居处的那些问题、责任与憧憬,只要我们愿意接受新居处老居民们已经在想的那些问题,老居民们已经把此处建设成一个值得为之出力的整体,他们愿意接受我们的希望与憧憬,作为我们接受他们的责任与问题的回报。因为那些责任与问题已经是我们的事,我们仅仅是改变了它们的标识;我们不能搬个家就把所有的义务全都一推了之,因为如果我们要的是一个家,我们是不想逃避责任的。问题事实上还是那些老问题,是为了同样的原因与结果而出现与解决的;是同样的和平与安全的问题,在这里,爱与奉献可以成为爱与奉献,不至于被对暴力、动乱、变革的恐惧所遮蔽。

倘若我们认同这样的对于"家"的看法,我们就不需要朝远离家的地方眺望,去寻找一个地方可以开始工作,开始改变,开始摆脱自己所受到的恐惧与压力了,正是它们,使得简单的生存越来越不确定,越来越没有尊严、平静与安全,也正是这些,对于那些无法相信人的人来说,会在最后通过在自己身上剥夺本性而从人的身上去除掉人的问题。让我们做我们力量所能做得到的事情吧。那自然不会很容易:仅仅是比较简单。让我们首先往这方面想,朝这方面努力,那就是保持住我们称之为家的那个有机体、集合体与团体。事实上,我们必须坚决不让自己按照强加给我们的思路来考虑问题,不要让那分裂出来的陈旧、阴暗的精灵的野心与残忍,那些关于"民族"、"祖国"、"种族"、"肤色"、"信条"的空洞、含意多变的术语,来操纵我们的思想。我们无须朝家以外的地方远眺;我们只需为我们在这里用得着、应该享受的东西而出力。家庭——是一所房屋,甚至是一套租来的房间也好,只要它相同于怀着同样的希望与憧憬的所有的房屋、出租公寓——街道,然后是所有的街道,那里居住着自愿组合在一起的人,纯朴的男人与女人,他们为共同的希望、憧憬、问题、责任与需要结合在一起,结合到了这样的地步,以致他们可以说:"这些简单的东西——安全、自由、和平——不仅是可能有的,不仅是可以有与必须有的,而且是必定会出现的。"家:不是我生活或是它存在的地方,而是我们生活的地方:一千个接着是千千万万个分散的统一体更牢固、更不可分、更加坚实地凝聚在一起,比地上的岩石或堡垒还要坚固,使得那个残忍、野心勃勃的分裂派别里的老迈、阴沉沉的精灵在看了看这个地方之后也会说:"这里没有我们可以干的,"接着又朝远处看去,只见人们所住的所有其他地方也都像堡垒般坚固、完善,于是便说:"任何地方都再也没有我们可以干的事了。人类——单纯、无所畏惧、不可战胜的男人和女人——把我们给打败了。"此时,人类可以在他们干的活儿上最终签上他的名字,并且说:"我们干完了,它转得顺溜着哩。"

(原载《大西洋月刊》,一九五三年八月号。)

接受国家图书奖的小说奖时的答词

一九五五年一月二十五日于纽约

在说到艺术家时,我指的自然是每一个这样的人,他试着去创造某件在他之前并不存在的东西,用的工具与材料不是别的,仅仅是人类精神中无法做交易的那些;他试着,要在那面最终遗忘之墙上(这面墙他自己有朝一日也是一定得穿过去的),用人类精神的语言,去刻上,哪怕再粗糙不过的,那几个字:"基尔洛依曾到此一游。"

我想,从本质上说,那基本上就是我们真正一直试着在做的全部工作了。而且我还相信,我们会一致同意,我们在这上面都失败了。我们所做成的从来也没能比得上,以后也永远不会比得上,前人所传下来的形式与追求完美的梦想，即使在我们每一次的失败之后，它们仍然会驱赶着我们，今后还将继续驱赶我们，直到痛苦终于将我们解脱，终于使我们的双手垂下不动。

或许我们注定会失败还是件好事，因为，只要我们是在失败，只要我们手里继续掌握着激情，我们便仍然会去尝试；在这样的创作活动里，如果我们的确实现过梦想，比肩过大师们的形式，丈量过完美的巅峰，那么，剩下来就再没有什么可做的了，除了从山峰的另一侧跳崖自尽之外。这样做不仅会剥夺我们美国人的生存权利，这不仅是不可剥夺的而且也是无害的，因为在我们的文化中，以我们的标准来衡量，在艺术上有所追求就跟养达尔马提亚种狗一样，根本就是一种和平的癖好，这种行为会把垃圾任意抛弃、搬动和处置，这往最好里说是缺乏教养，说得严重些则是因为精力发泄不完而造成了真正的犯罪了。在这样追求着艺术的时候，由于沉迷于去为那不可为的事情，永远面临着失败却又拒绝承认和接受，我们便总是置身于动乱与麻烦之外，与肩负美国重任的实际而忙碌的那些人不相往来。

于是便各得其所了——感到高兴的既有工商界的巨子和被称为政府的那些出于利润或权力的目的操纵着群众情绪的大人物，他们可担负着地缘政治的重任呢，这两种人结合到一块，就构成了美国；而那些无害的养犬人呢，也很喜欢，他们养带斑点的狗（养犬人同样没有受到损害，他们受到保护，享有不可剥夺的权利，他们有权为了博得赞赏相互展示爱犬而且还可以向公众展示，养犬人受到法律保护，有权为特别签名本向公众收取五到十元，而对于名叫毕加索或马蒂斯那样的特殊养犬迷，甚至还可以按千与多少个千的基数收取呢）。

再接下去，像这样的事情发生了——像今天下午在这里举行的事；不是只举行一次甚至也不是一年只举行一次。此时，那个心中痛苦的养犬人发现，认为他正在做的事情很有意思的不仅有他的养犬同志，他们为了死死守住共同的阵地自然要支持这一事业,而且还有别种类型的人,原先他是把他们看作局外人的。认为他干得不坏的不单单是分散的个别的人,他们人数还不少,这回足以轮到他们来结成同盟了,结盟并非为了共同的利益或利润,而仅仅是因为他们也相信,让某某人在那面墙上能写上"公元一九五三或五四、五五年某人也曾到此一游",这样挺好而且也很重要,于是便有像今天下午这样将事情记录在案的场景出现了。

不是去告诉这一个艺术家,而是告诉这个世界,告诉这个时代本身,他干得很不坏。去告诉大家,即使失败了也是值得的和足以钦佩的,只要他的失败是足够辉煌的,他的梦想是足够辉煌的,是足够高不可攀的,然而又是永远足够珍贵的,因为那梦想是指望着要达到十全十美。

因此,当这件事发生在他身上时(发生在他某一位同行身上时也一样;是谁,关系不大,因为大家全都具有共有的那种献身精神),人们就会想到,没准我们的国家在某一个问题,成功的问题上,出了差错。在这里,成功的概率太多了。在美国,一个年轻人只要稍稍勤奋一些,便能够得到成功。他太快太容易便能得到,都没有时间去学会应该怀着谦虚谨慎的精神来看待成功了,甚至连发现、理解自己需要谦虚谨慎的时间,也都没有了。

也许我们所需要的是有少数几个人自愿挺身而出,充当先驱兼烈士,在身处成功与谦虚谨慎之间时,他们能够宁愿选择后者。

(原载《纽约时报书评周刊》,一九五五年二月六日;本文据福克纳打字稿。)

在南方历史协会上的讲话

一九五五年十一月十日于孟菲斯

为了这个时刻,同时也是为了便于辩论,让我们说,作为一个南方的白人,或许甚至是作为随便怎样的一个美国白人,我也诅咒那一天,当时,头一个黑人,在违背他意志的情况下,被带到这个国家来,并被卖身为奴。但是说这样的话现在已经没有什么意思了。时至公元一九五五年,生活在世界上任何一个地方,却反对种族或肤色平等,这就犹如生活在阿拉斯加却反对雪一样。

近两年来,我到日本、菲律宾、暹罗、印度、埃及、意大利、西德、英国和冰岛去访问过。有的地方只是浮光掠影地看了看,有的地方则深入一些。在这些国家中,唯一我能肯定地说十年之内不会成为共产主义国家的,就是英国。但是如果所有这些其他地方不能保持自由,那么,英国也就难以为继了。而且,如果世界上所有别的地方全都共产主义化了,那么,谁都知道,美国也就日暮途穷了;很简单,只要经济上加以封锁,就能使我们窒息致死,因为到那时任何地方再没有一个人会出售美国的产品了,目前,我们已经在美国棉花的问题上看出了这样的趋势。

所有的这些国家还未已经共产主义化,唯一的原因就在于美国,不仅仅是因为我们有物质力量,而是因为有个人自由、解放与平等的理念,我们的国家就是建立在这样的理念上的,而建立我们国家的祖先们也正是认为,美国这个名称是应该体现这个理念的。这些国家之所以至今还没有共产主义化,理由也仅仅是因为这一点——因为信仰个人的自由、平等与解放——因为这一信仰异常有力量,足以对抗共产主义的思想。除此以外我们再也没有别的对抗共产主义的武器了,因为在外交上,与共产党国家的外交家相比,我们仅仅是稚儿,在生产方面,我们将永远落后于他们,因为在极权政府掌控之下,所有的生产活动都是受到国家支配的。可是,我们倒也不需要别的,因为那个理念——认为人是可以自由的那一简单理念——正是世界上最强大的力量;我们所需要做的唯一的事就是去推行这一理念。

由于不好把握与过于简单,我们常常宁愿设想,今天的世界局势是两种不可妥协的意识形态在相互对立中保持着不可靠的、有爆炸性的平衡;这种危险的平衡一旦失控,就会将整个世界拖进深渊。实际的情况却并非如此。只有一方面的力量才是一种意识形态,一种思想。因为第二方面的力量仅仅是人的一种状态:它相信个人可以自由,应该自由也必定会得到自由。如果我们这些到目前为止仍然是自由的人想继续得到自由,那么我们所有的同类人最好能联合起来,紧密地联合起来,不是作为黑人、白人、粉红人,也不是作为蓝人与绿人,而是作为仍然是自由的人与一切仍然是自由的民族;我们得联合起来,紧紧地团结在一起,如果我们想让在这个世界上或者仅仅是一部分的世界上,个人能够自由,能够继续坚持活下去的话。

而且我们最好是能团结尽可能多的非白人民族,虽然他们还没有得到全部的自由,但他们是想得到自由并一心要有自由的,我们要赶在另外那股反对自由的势力愚弄与蛊惑他们之前做到这一点。曾经有过这样的时期,非白人满足于——至少,是曾经满足于——接受自己对自由的本能看法,认为那是个无法实现的梦想。不过这样的时代已经一去不复返了;是白人自己,教会了他们认识不同于此的——不同于白人自己的——文化现象,这种文化以殖民扩张与剥削的形式出现,它建立在(并且道德上遭到侵犯于)人类不平等的基础上,之所以不平等，不是因为某些人个人素质上有所欠缺，而是因为整个种族与肤色上有所不同。这样的结果是，在短短的十年里，我们眼看非白人驱逐白人，必要时还用血腥的暴力手段，把他们从过去由他们统治的整个中东与亚洲赶出去。而在那片真空里，已经开始潜入另外的那股不友好的力量，信仰自由的人是与那股力量相抗争的——那股力量对非白人说："我们不向你们提供自由，因为世界上本来就不存在自由这件东西；你们刚刚轰出去的白人老爷们已经向你们证明了这一点。但是我们可以向你们提供平等：至少是在当奴隶上的平等；如果你们命里注定要当奴隶，至少你们可以当你们自己肤色、种族和宗教的人的奴隶嘛。"

我们西方的白人，相信至少在这种可怜的当奴隶的平等之上与之外，是存在着一种个人自由的，我们必须趁还来得及去教会那些非白人。我们，美国，反对共产主义与极权主义的最强大的力量，必须教会所有别的民族，白人也好，非白人也好，奴隶也好，暂时还是自由的人也好。我们，美国，有最好的机会来做这件事，因为我们可以在这里做，在家里做，而不用花昂贵的费用，派自由远征军深入异域和怀有敌意的地方，那里已经相信，让所有人都享有自由、解放、平等、和平这样的好事是根本没有的，否则的话，我们何以不在国内推行呢。

这可是最好的机会与最容易做的工作了，因为我们的非白人少数民族已经站在我们这边了；我们不需要向他们推销美国及自由这一套，因为这些东西已经卖给他们了；即使他们因为地位低未受教育，即使存在着不平等的记录与历史，他们仍然是相信我们关于自由与民主的观念的。

那就是美国在仅仅三百年里为他们所做的事。不是对他们，而是为他们，因为让我们感到羞耻的是，我们直到目前为止在教他们怎样当美国人上做得仍然很不够，更不用说是利用他们的能力来使我们美国成为一个更加强大、更加团结的国家了：——这些民族仅仅三百年前还是在非洲雨林里吃腐烂的大象、河马肉,他们生活在地球上最大的内陆水系旁边却从未想到要利用舟楫帆桁,他们每年都不得不整个村落地迁徙以逃避饥馑、瘟疫以及同裔的敌人,可是却从来也想不到利用车辐轮轴,但他们却可以在美国生存的短短三百年里产生出了拉尔夫·本奇、乔治·华盛顿·卡弗与布克·T.华盛顿,他们还有待于产生他们自己的福克斯、罗森堡、戈尔德、格林格拉斯、伯吉斯或是麦克莱恩与希斯,而每出一个像罗伯逊那样的有名的共产党员或是同路人,自然会出现一千个同类的白人的。

我无法相信黑人想要做到种族混合的程度,一如我们有些人宣称担心会的那样。我相信黑人美国意识很浓,他们出于单纯的美国本能,谴责与拒绝任何限制与规定,禁止我们做某些在我们看来做了也无害处,真让我们做我们兴许还不愿意做的事情。我想黑人想要的是平等,我也相信黑人很清楚是没有平等 per se[①] 这么回事的,有的只是相对平等而已,那就是:有平等的权利与机会,使自己的一生在自己的能力与可能的范围之内尽可能地得到发展,没有对不公正的恐惧,没有压迫或是暴力威胁。倘若我们在九十、五十甚至仅仅是十年之前就把机会均等的权利给了黑人,那也不会有最高法院做出判决关照我们怎样管理学校这样的事了。

在我们今天的南方经济中一定不让黑人得到经济上的平等,这是我们白人的耻辱;而担心一旦给了他们更多的社会平等便会危及他们目前的经济地位,这更是我们白人的双重耻辱;情况已经如此,我们还一定要用白人血液纯洁的问题来使得问题更加夹缠不清,这更是我们的三重耻辱了;而竟然会出现这样一种论调,说什么,世界上只剩下一块地方,白人能够躲避并且从法律上得到保护,以使自己的血液

[①] 拉丁文,自身,亦即"绝对平等"之意。

保持纯洁,这地方就是非洲——非洲:那不正好是黑种人民的发源地与源泉吗,不是说他们在美国的存在会驱赶白人,使他们逃离,免得遭到污染的吗。

很快我们所有的人——不仅仅是南方人,甚至还不仅仅是美国人,而且包括了所有仍然自由、希望继续自由的人——都要面临一个选择了。我们不得不做出选择,不是在肤色、种族、宗教之间,也不是在东方与西方之间,而是仅仅在当奴隶与不当奴隶之间。而且我们必须做出彻底与最终的选择;我们可以从每一方面、在双方面都选上一点点的时代已经过去了。我们可以选择奴隶制度,如果我们足够强大,能跻身于最大的两三强甚至是十强之列,我们可以享有一定数量的特许权利——直到某个更为强大的势力崛起,让我们排列在地窖的墙前,用机枪将我们扫射致死。不过我们绝不能选择建立在等级制度上的、军阶似的种姓制度上的那种自由。我们必须享有这样的自由,不是嘴上说说的自由,而是付诸实现的自由;我们的自由必须受到这样原则的支持:人类各种族都必须平等而且是无条件的平等,不论那个种族是什么肤色,这样的话,世界各地所有其他怀有敌意的力量——政治、宗教、种族或是民族的力量——不仅会尊敬我们,因为我们将自由的原则付诸行动,而且还会因为我们这样做了而畏惧我们。

此刻已经不再是什么白人反对黑人的问题了。也不再是白人血液是否应该保持纯洁的问题,现在是白人是否应该继续保持自由的问题了。

我们受到羞辱、侮慢和暴力的威胁,因为我们不愿安静地坐在一旁眼看我们的家乡南方——不仅仅是密西西比而且是整个南方——因为黑人问题,在不到一百年里两次毁掉自己。

我们现在大声嚷嚷,反对那样一天的到来,到了那一天,我们南方人会誓死反抗社会关系上的不可避免的改变,却不得不在接受时(他们是曾经有机会怀着尊严与善意加以接受的)说上一句,"为什么以前没有人告诉我们这一点,为什么不早一点告诉我们呢?"

(原载孟菲斯《商业呼声报》,一九五五年十一月十一日;修改、扩充的文本收入亚特兰大南方地区委员会一九五六年所出小册子《对种族隔离决定的三种看法》。本文系修改、扩充文本。)

接受雅典科学院银质奖章时的演说词

一九五七年三月二十八日于雅典

我接受这枚奖章,不仅仅是作为一个美国人,也不是作为一个作家,而是作为被希腊科学院遴选出来体现人理应自由的原则的一个人。

人的精神并不服从物质法则。当伯里克利①把文明人的身影投向全世界时,那影子歪斜地向外扭曲,直到它覆盖住了亚美利加。因此当一个像我这样的人来到希腊时,他是让身影走回到投出影子的光明源泉里来。当这个美国人来到这个国家时,他是回到他熟悉的事物里来。他回到家了。他回归了文明人的摇篮。我很骄傲,因为希腊人认为我有资格获得这枚奖牌。这是我的责任:回到我的国家去告诉我的人民,希腊民族的优秀品质——坚忍、勇敢、独立与自豪——非常宝贵,绝对不能丢失不见。这也是所有人的责任:细心留意,不让它们从地球上丧失。

(本文原为当时驻雅典的美国新闻处发布的新闻公告。福克纳写演说词时曾得到美国大使馆文化参赞邓肯·艾姆里奇的帮助。)

---

① 伯里克利(Pericles,约前495—前429),古代雅典最伟大的政治家。

在美国艺术文学学院向约翰·多斯·帕索斯颁发小说金质奖章时的演说词

一九五七年五月二十二日于纽约

艺术家、作家千万不能对他企图要达到的目的有所怀疑;他的目的,他的梦想一定要非常之高,足以与他心里的向往、他努力攀登时所付出痛苦相对称。但是对于他走向目的的能力、方法、技艺和本事,他却必须抱着谦虚谨慎的态度。

同艺术家在今日美国经济生活中没有地位一样,他在今日美国文化中实际上也是没有地位的,在存在于当今的美国梦的根与基、肌与腱和纷繁多彩的镶嵌图里,他同样是一点地位都没有,而这样一个事实,对于艺术家来说,说不定倒是件好事,因为这事先就教会了他必须要谦虚谨慎,也让他养成习惯,不管自己愿意还是不愿意,必须得谦虚谨慎;在这方面,今天学院要授予荣誉的这位艺术家,在谦虚谨慎上所受过的训练,要远远超过我们在场的每一个人。这也证明,变得谦虚谨慎的那个人,那位艺术家,到时候,或迟或早,一定会,必须会,经由谦虚谨慎与默默无闻,进入到那一个时刻,这时,他和他的毕生劳作的价值,终于得到承认与推崇,至少受到他的作家同行的推崇,如同此时此刻,约翰·多斯·帕索斯以及他的毕生劳作受到承认和推崇一样。

由于被选中将这枚奖牌授予他,我也得以分享他的荣耀。没有人比他更配得到它了,也很少有人等待的时间比他更加久长的了。

[原载《美国艺术文学学院与全国艺术文学学院院务活动》第二辑,

一九五八年,纽约。本文据福克纳打字稿的复本。但是据马尔科姆·考利的《福克纳—考利档案》一四六至一四七页记载,福克纳在颁奖仪式上未用讲话稿,他仅仅讲了这几句话:"演说丝毫无法提高约翰·多斯·帕索斯的地位,如果说我对作家们有些了解的话,别人少发表点演说只会使他感激不尽。因此我要说的是,能让我来把这枚奖章递给他,这是在让我分享他的光荣。再没有别的人更有资格拿到这枚奖章的了。"(讲话有录音)]

向弗吉尼亚大学的拉文、杰斐逊与ODK学会所做的演讲

一九五八年二月二十日于夏洛茨威尔

向弗吉尼亚人进一言

一百年前,亚伯拉罕·林肯说过:"这个国家是不能在一半人为奴隶另一半人做自由人的状态中继续生存下去的。"如果他今天还活着,他会修正说:"这个国家是无法继续生存下去的,如果占十分之一人口的一个少数民族仅仅因为身体外貌的原因就被定为二等公民的话。"声名不如他那么煊赫的人也会这么说,这个或是任何一个由人们组成的国家与社会也是无法和平生活下去的,如果其十分之一的人口遭到恣意排斥,正如一个五千人居住的小镇是无法安定地过日子的,倘若有五百匹脱缰野马在街上乱跑的话,又如在五千只猫里掺杂进五百只被视为异端的狗的话;反过来,情况也是一模一样。因为倘若要和平共存,大家便都得平等:或者全是一等公民,要不就全是二等公民;要就是大

家都是人，要就是大家都是马；要就是全都当猫，要就是全都做狗。

有人会说，黑人能力恐怕还不太够，当二等公民都有点儿勉强呢。但只要是按他们身上白人血液的比率来决定他们配享受几分平等的话，那么他们必然就会有这样的悲惨命运。而且即使按这个办法做，二等公民的问题仍然会存在。这个问题不会得到解决，即使黑人满足于做二等公民（哪怕免除按黑人的分类法他们被归为头等公民的责任）。仍然会存在这样的事实，即我们是一个建立在只有百分之九十的人民是团结一致的基础上的国家。只有百分之九十的人团结一致，却要面对（而且希望能经过考验存活下来）一个团结起来反对我们的不友好的世界（哪怕其内部唯一的共同点就是跟我们不友好）。我们甚至都无法将百分之九十的力量团结在一起反对数量上超过我们的不友好的世界，因为就算是百分之九十的力量中有许多还得浪费、消耗在解决那百分之十的不负责任者的物质问题上。

北方责怪南方仍然未能将这个问题解决掉，他们这样责怪别人是再容易不过的了。假如我是一个北方人，我要做的事情就是：告诉我自己，一百年前，我们双方，北方与南方，曾把问题提到非解决不可的位置上来，并且将之解决了。不是我们北方，而是你们南方，拒绝接受裁决。这样去提醒北方亦于事无补，按照在总人口比例中黑人对白人所占的比率来说，说不定在北方，不平等与不公正的份额比我们这里的还要高呢。

的确，我们应该接受那样的开局丢子。让我们对北方说：好吧，那是我们的问题，我们会加以解决的。为了便于辩论，我们姑且达到这样的共同看法：迄今为止，黑人还没有能力享受平等，原因是，他拿捏不住它，保留不住它，即使有人拿着刺刀硬逼他接受；而且一旦刺刀移开，头一个上前来的机灵、大胆的人，黑人或是白人，就会从他手里把那平等夺走，因为他们，黑人，是没有能力接受或是拒绝接受那平等的责任的。

因此，我们白人，就必须把黑人接受过来，亲手教会他如何负起那份责任；道德原则与实际常识相一致甚至是纠缠在一起，在人类历史的长长的记录上，这不是第一次，也不会是最后一次。让我们教他们懂得，为了能够自由、平等，他们自己必须首先要配称得上，然后接下去要永远努力，以便掌握着它，守住它，并且保卫它。他们必须永远不再像黑人那样行事，那样思考。这对他们来说可不是件容易做到的事。他们会有负担，为了他们的种族和肤色，他们仅仅像随随便便的一个白人那样想那样做还是不够的；他们必须像白人中最优秀的人那样去想与做才行。因为白人，由于种族和肤色的关系，可以仅仅在星期天才循规蹈矩，行善做好事，而把一星期其余六天随便打发过去，可是黑人却任何时候都是不可以放松也不能偏离正道的。

那就是我们在南方要做的工作了。很可能白人种族与黑人种族永远也不能真正地相互喜欢与信任；之所以会如此，原因在于白人从来就没有真正了解黑人，因为白人逼迫黑人永远要像一个黑人那样行动，因此黑人无法，也不敢，对白人敞开心扉，让白人知道他们，黑人，是怎么想的。不过我却知道，我们，在南方，由于一代又一代跟黑人一起成长，生活在他们中间，是可以作为一个个人喜欢和相信作为个人的黑人的，这一点北方人是永远也做不到的，因为北方人仅仅是畏惧黑人。

因此，只有我们才能教会黑人个人道德与行为规范的责任——或是让他们进入我们白人的学校，或者是向他们的学校提供白人教师，直到教会了黑人种族的老师，让他们去教会与训练黑人养成这些让人难受与不愉快的习惯。黑人有没有学会他们的 a—b—c 或是怎么用公分母，这倒无关紧要。他们必须要学的是那些"硬件"——自我约束、诚信、可靠、纯洁；他们光是能像任何一个白人那样行动还不够，还一定得达到白人优秀分子的水平才行。如果我们不这样做,那么我们将在五百匹无缰野马之间躲躲闪闪度过余生;我们每年都要期待着克林顿或是小石城①那样的事件再次发生,这样的事件不仅会进一步再进一步地损害我们迄今为止在两个种族之间所缔造的和平关系,而且还会变成国际驰名的嘲笑与羞辱美国的纪念碑与里程碑。

可以带头这样做的地方自然是弗吉尼亚了,这儿是我们南方其余地方的母亲。与你们这里相比,我的家乡——密西西比、亚拉巴马、阿肯色——仍然是边疆,仍然是蛮荒之地。可是即使在我们的蛮荒之地,那古老的弗吉尼亚血液仍然在流淌,古老的弗吉尼亚姓氏——伯德、李和卡特——仍然十分煊赫。我们蛮荒之地里没有一个家庭里没有一个老姑奶奶、老祖母,会不在孩子刚能听懂大人讲话的时候就告诉他:你的血统也是来自弗吉尼亚的呀;你的祖爷爷的爷爷是出生在洛克布里奇或者费尔法克斯或者乔治太子镇的——在河谷或是皮德蒙特或是泰德沃特的呀,顺着最近的路标一直走下去就能走到的呀,因此那个弗吉尼亚对于孩子来说可是个活生生的地方,当时他还没有听说过也压根儿不关心纽约更不要说是那个劳什子美国了。

因此就让我们从弗吉尼亚开始吧,我们其他地方的人就像小孩望着父亲似的,是把它看成一个指示前进方向的路标的。一百年前,密西西比、乔治亚和南卡罗来纳的头脑发昏的小伙子们不肯听从母亲弗吉尼亚一心让我们不要鲁莽行事的劝告;当时我们没有听从你的话,使我们感到难过的是,我们没有听从的偏偏是你的话,因为大多数的战役都是在弗吉尼亚土地上打的。可是这一回我们要听你的话了。让我这一篇讲话成为那片荒野的声音,不单单是向母亲弗吉尼亚诉说,而且是对她的最优秀的子孙诉说——这些子孙是发现、遴选出来按杰

---

① 小石城(Little Rock),阿肯色州首府。一九五七年,美国联邦政府曾派空降部队强迫州长准许黑人进中学。

斐逊先生创建的大学的模式训练的,不是训练成单独的一座僵死的纪念碑,而是富于生命力的源泉,里面传播的是杰斐逊的人与人之间状况与关系的秩序原则——让我通过你们这些所有人的信使与代言人,向我们大家的母亲诉说:给我们指示道路,把我们带引上路吧。我相信我们是会跟着你向前行进的。

(原载《弗吉尼亚大学校刊》,一九五八年春季号,并收入弗·L.格温与约·L.布洛特纳编的《福克纳在大学》,一九五九年;本文据福克纳打字稿。)

向弗吉尼亚大学英语俱乐部所做的演讲
一九五八年四月二十四日于夏洛茨维尔

向青年作家进一言

两年前,艾森豪威尔总统设想出一个计划,这个计划是构建在一个基本上是健全的理念上的。这个理念认为,世界局势之所以如此纷乱,人类当前之所以普遍面临困境,完全是因为不同种族、语言和境况的作为个体的男人与女人,不能相互讨论从根本上说是他们自己的问题与困难,却必须要通过怀有敌意、似乎难以和解的双方正式政府的安排,才能勉强有所交流。

也就是说,各行各业的个体,应该能够有机会和世界上他们的同行对话——劳动者对劳动者,科学家对科学家,医生、律师、商人、银行家和艺术家与世界各地身份相同的人,进行对话。

这个理念没有什么不正确的。自然，没有一个艺术家——画家、音乐家、雕塑家、建筑家、作家——是会持异议的，因为这一点——企图与人交流不论其种族、肤色与情况如何——正是每一位艺术家本已穷尽了毕生之力孜孜矻矻去追求的，也是他只要还有一口气便将继续努力去做的。

在我看来，这个计划注定难以推行的迹象从总统自己的措辞上即可看出，他说：劳动者对劳动者，艺术家对艺术家，银行家对银行家，大腕儿对大腕儿。在我看来，使它注定要失败的是我们文化自身承袭下来的一种恶；这种恶的素质，绵延不绝地生存于（也许有其必要但我个人并不相信这一点）任何一个经由这个历史阶段得以生存下来的国家的文化里。认为个人无法与个人对话，因为作为个人的人，是再也生存不下去了，这样的看法是一种神秘信仰，几乎算得上是一种宗教了。这种信仰认为再没有空间能让个人安静地与个人对话，谈一些单纯的问题，如诚实地对待自己，有责任心地对待别人，保护弱者，有同情心、怜悯心地对待所有的人，因为如诚信、怜悯、责任心、同情心这样的个人品质，是再也不存在的了，人类自身倘想继续生存，只有放弃与排斥自己的个性，参加到他的那个专制小宗派里去，与另一个专制的小宗派相对立，两边都在同一时间内为同样的气氛所充斥，都武装以同样模棱两可的对"人民民主"、"少数权利"、"平等正义"和"社会福利"的抽象释义——用尽了所有的同义词把所有的羞耻从不负责的行为里排除出去，在这样做的时候不是仅仅邀请，而且甚至是强迫每一个人都参加进去的。

因此，在此刻这样的情况下——我指的是总统的"人与人对话委员会"的规划下——艺术家亦是如此，他已经用了毕生的力量试着去解决人与人之间心灵沟通的激情问题，以及让心灵激情生存至少是好歹存活下去的问题，却实际上被他的总统要求去证实那个神话，而这神话恰恰是他用了一生的精力要去否定的：那个神话的内涵是，人作为个人时，什么都算不上，只有被组织进一个由无名氏们组成的团体时，在那里他泯灭了自己的个性以换得一个号码，只有在这时，个人才能有所作为。

这真是够悲惨的，如果遇上这样的时刻——我指的是，由他的国家来正式认定他毕生奉献的合法有效性——艺术家真的得全速冲刺，朝向一种可以称为跻身组织的普遍意志，这种普遍意志要泯灭人身上的个性，直到人不但没有了道德责任心，而且甚至没有了肉体上的痛感，没有了生与死的问题，通过消灭他的个性（变成什么实质上无关紧要，只要他确实是消失了），使他变成国家承认的经济集体，以专业、行业、职业或是所得税类别区分，如果想不出什么别的分类法的话，不妨按财经公司的名单来分类即可。艺术家的悲剧在于，今天他甚至必须抵抗住这种压力，在与消除他的个体人性的普遍意志抗衡上损耗掉他微薄的却是（如果他是个艺术家的话）珍贵的个人力量，以便成为一位艺术家。这就终于说到我要提醒注意的那一点上来了，在我看来那似乎是所有青年作家今天必须面对的难题里的一个。

我想，说不定所有的作家，在"发烧"时，在全速工作以便试着把他们感到一吐为快的东西尽量迅速地写出来时，是不会去读比他们年轻的作家所写的东西的，原因是和短跑或是长跑运动员的是一样的：他没有时间去管谁跑在他的后面甚至紧跟着他的是哪些人，他只关心谁跑在他的前面。至少，我自己的情况是这样的，因此大概有二十五年，我在当代文学圈子里是简直连一个熟人都没有的。

因此，当不久之前我真的开始阅读当代作品时，我带着的不仅是无知而且是天真、新鲜的感觉，一种你们可以称之为没有预设观念的观点与兴趣。总之，我从所读的第一个短篇小说那里得到一种印象，它以后如此反复不断地出现，因此我得认为它有普遍的代表性了。这就是说，今天的年轻作家在我所打算说清的我们文化当前状态的压力下，不得不在人类种族的那种真空里起些作用。他笔下的人物并非行动、生活、呼吸、奋斗在纯朴人们的喧嚣与激荡之中，如同我们学习过写作技艺的前辈大师笔下的人物那样，我说的大师是狄更斯、萨克雷、费尔丁、康拉德、吐温、斯摩莱特、霍桑、麦尔维尔、詹姆斯；他们的名字不胜枚举，他们创造出来的人物不仅没有烟消云散，相反却滋生出了一大群喧嚣忙乱的普通人，他们的存在本身就是对不可救药、无法征服的乐观主义的一种肯定——像他们那样的男男女女，可以看懂，可以理解，即使他们是在引人生起反感，即使他们是在谋杀、抢劫或是出卖你，因为他们的也是普通人的欲望、希望与恐惧，没有为集体压制与集团的强制而变得复杂化——往喧嚣忙乱的人堆里，他们尽可以大胆地闯进去，不仅不会引起惊骇，会受到欢迎，而且还会受到衷心的欢迎，也不会受到伤害的威胁，因为他们能遇到的最糟糕的事顶多不过是头让另一个人的头撞了一下，肘弯、膝头给蹭掉一块皮而已，而且蹭撞上来的也仅仅是另一个人的肘弯与膝头嘛——一群喧闹忙乱的普通人，他们不是照天使的指点，而是按道德原则接受劝说、相信与行动；在这里，真理不在你看着真理时你所站的地方，而是一种不可改变的品质与事物，它可以也很想敲碎你的脑壳，如果你不接受它至少是不尊重它的话。

可是今天，青年作家的人物却必须不是按个性而是孤立地起作用，不是在一个有着不多几条简单、可以理解的真理与道德原则的世界中，与大家一起追求全体人类心灵的痛苦与希望，而是单独生存于事实的真空之中，这不是他所选择的也不是他配得到的，像一只在倒置的平底玻璃杯里的苍蝇一样，他无法从那里逃逸出来。

让我重复一遍：我并未读过当代作家的全部作品；我还抽不出时间。因此我只得谈我所了解的那些。我现在想到的是我认为应列为最最好的那一部：塞林格的《麦田里的守望者》，也许是因为这一部如此充分地显示了我打算要说的道理：一个青年人，不管持有什么古怪的主张，总有一天必须当一个成年人的,他会比某些人聪明,会比大多数人更加敏感,他(他甚至都不是出于本能才这么称呼它的,因为他都不知道自己有这样的本能)也许是因为上帝使他头脑里有这样的想法的吧,他爱成年人,希望成为大人的一员、人类的一员,他想参加到人群里去,但是失败了。在我看来,他的悲剧不在于,如他或许会想的那样,自己不够坚强、不够勇敢或是不值得被接受进人类。他的悲剧在于,当他企图进入人类时,人类根本就不在那里。他没有什么可以做的,除了疯狂地、一本正经地乱飞,在他那只倒置的玻璃杯里,直到他或是放弃,或是自我毁灭在乱飞乱撞之中。读者自然会立刻想到哈克·芬,另外一个也是很有自己主意的少年,但很快便成长为大人了。不过在芬的情况里,他所需奋斗的一切就是让自己的个头变得大一些,好在时间自会治好他的毛病的;到时候他会长得像他任何一个对手一样魁梧;即便这样,成年人世界能带给他的损害无非是蹭掉他鼻子尖的一小块皮;人类,人这个种族,会接受他而且已经正在接受他;他所需要做的一切只是在这个环境里长大。

  在我看来,这就是那位青年作家的困惑。要防止人类被摄去灵魂,如同公马、公猪或公牛受到阉割一样;要在为时太晚之前不让个人被无名化,不让人类从被称为人的那类动物中消失。这不仅是青年作家一个人的问题,也是我们所有人的问题。说到拯救人的人性,有谁是比作家、诗人、艺术家更能胜任的呢,因为最畏惧人性丧失的也就是这些人了,人的人性,这正是艺术家生命的血液呀。

  (原载《福克纳在大学》,弗·L.格温与约·L.布洛特纳编,弗吉尼亚大学出版社,一九五九年;此处文本根据的是福克纳打字稿。)

联合国教科文组织美国全国委员会所做的演讲

一九五九年十月二日于科罗拉多州丹佛市

欢迎任何人进入我们的国家并不是我们美国人的职责,不管这个美国人是南方人也好,中部人也好,北方人也好,再说也没有这样的必要,更不用说彼此欢迎对方进入人类品性的行列了。此时此刻我们聚集在这里,走了或短或长的路,费了力气,做出牺牲,花了金钱,来到这里,这一事实便是一个证据,说明我们完成了人类精神的学徒阶段,现在已是具备人类品性的有充分资格的成年成员了。

也就是说,我们经历了崎岖的路程聚集到这里,因为我们相信,"我"这个字,比任何政府和语言都更加重要。我们是那样的祖辈的子孙,他们在古老的那个半球里相信这是可以做到的,于是便打破陈旧的约束,来到新的半球,在这里可以试验他们的信仰是否能够实现。有许多次,次数真是太多了,我们要做的那个梦破灭了。可是从每一次失败中总会有几个新人站起来,他们拒绝相信失败,他们仍然相信人类的问题是可以得到解决的。今天我们在这里聚集,便是来再次试验的,我们不是以种族或意识形态的名义试验,而是以人类的名义,以人的精神的名义来做试验。也许我们还会失败,但是至少我们已经懂得,失败也不重要。那样的失败里甚至都没有什么桂冠可以盼望的,因为从那样的失败里还会崛起新一代的少数几个人,他们决不言败也决不气馁。

赫鲁晓夫先生说,警察国家的共产主义将埋葬自由国家。他是位聪明的先生,他知道这是胡说八道,因为自由,人类对人类精神的朦胧观念与信仰，正是他自己国家一切麻烦的原因。不过如果他的意思是说共产主义将埋葬资本主义，那他是对的。这场葬礼将在警察埋葬赌博活动之后的十分钟左右举行。因为普通人，人这个族类，是要把这两者都埋葬掉的。那将是在我们把人类自然资源的最后的一丁丁一点点全都消耗尽之后。可是人类自身不会在那个坟墓里。这个没有价值的世界上最后的声音将是两个人试着要启动一艘家制的宇宙飞船的噪声，他们已经在争论下一回要飞往什么地方去了。

（原载《联合国教科文组织新闻》，一九五九年十月二日。福克纳写此篇演说词时曾得到外交新闻官阿伯拉姆·明奈尔的帮助。）

在接受小说金质奖章时对美国艺术文学学院所做的演讲

一九六二年五月二十四日于纽约

威尔蒂[①]小姐、主席先生、委员先生、女士们先生们：

这个奖，对我来说，具有双重的价值。它不仅仅是对于若干年来较为艰苦、费力，至少是持续奉献性的工作的安慰性的承认。对于值得保存的那些我们美国的传说与梦想，它也是一个承认、肯定与保护。

我指的是美国历史上这样的景况：那段历史是个更加快乐的时代，我的意思是，当时，对于当今原子时代强加给我们的许多紧张、痛苦与恐惧，我们天真得一无所知。这个奖重新召来已经变得模糊的气氛

---

① 威尔蒂（Eudora Welty，1909—2001），美国小说家，也是密西西比州人。

和正在变淡的印象，那样的印象上面，刻录了与圣路易、莱比锡这样的名字还有些联系的昔日辉煌，时至今日，在酒瓶与药膏罐的招牌纸上，仍然能依稀看到些盛世景象呢。

我寻思，这些金牌比起仅仅记录一次胜利，是具有更大的意义的，也是更具皇家气派和不同凡响的，与它们鱼子般多得不可胜计的子子孙孙相比，在穷乡僻壤市集摊位间，常能见到飞舞飘扬的绸带，表明这里有上好的花边与苹果派，那些绸带自然不能与这些金牌同日而语。金牌肯定了一个大前提：达到最佳便没有等级了；一个人的最佳作品与另一个人的最佳作品属于同一个档次，不管两者在时代、空间与类别上有多么大的差别，它们都应该受到同样的尊重。

我们应该保持那样的状态，现在比过去更是应该如此，当目的与收获之间的路程变得更短、更容易走，而目标变得不那么迫切与较容易达到时，当肘弯与肘弯之间空间越来越小，个人所受到的压力越来越大，要让他消灭个性变得像满口牙齿般没有面目的一副齿锯，以便找到可以呼吸的空间时，更是应该如此。我们应该记住那些时代，那时，一个优秀的有个性的观念，一个既资源丰满又独立不羁而且卓然不群的观念，不仅配得到一根蓝绸带系成的礼结而且还真的能够得到。让过去消灭过去好了，当——而且如果——它能提供更好的事物取代自己时；不要让我们仅仅因为它是过去的便去消灭它。

（原载《美国艺术文学学院与全国艺术文学学院院务活动》第二辑，纽约，一九六三年；约瑟夫·布洛特纳曾为此篇演说词代拟草稿，见布洛特纳《福克纳传》，纽约，一九八四年，七〇三页。）

三　序言

《舍伍德·安德森与其他著名的克里奥尔人》[①]前言

　　首先,让我告诉你们我们的住地 Vieux Carré[②] 的一些情况。你知道我们的城区吧?街道窄窄的,阳台上用的是熟铁铸就的栏杆,完全是一派南欧风情。一种富足与软绵绵的笑的气氛,你知道吧。它有一种闲适感,一种对事物的无关紧要深有体会的模样,使得像我这样的外地人——我不是这里土生土长的——也学会了相信那确实是意味深长的。因此,毫不奇怪,当一个人走在这个街区上的时候,他看到这儿那儿,都有一些艺术家待在街角的阴影里,在画房子和阳台。单单一个下午,我就数到有四十位之多,虽然我不知道他们的名字也不知道他们的画的价值,但他们是我的兄弟。在这种亲密关系上,是不需要佩戴什么徽章也不必有什么特殊的敬礼方式的,我一路朝前走的时候不由得这样冥想,我们美国的生活是多么丰富啊,竟然允许四十个人日复一日在一个只有六个街区的城区里作画。

[①]　这是一本私人出版物,由四十一幅素描画组成。书内说明:"威·斯普拉特林绘制,威·福克纳编辑。"——原注

[②]　法语,老方场。

当这个年轻人，亦即斯普拉特林，来看我时，我不记得他这么个人。也许我曾在街上经过他身边吧。也许他是我曾驻足其画架旁细看他的大作的那些画家中的一个吧。也许他认识我。也许在我停下来时他认出是我，也许他知悉我们之间的伙伴关系，曾对自己说："我要跟他谈谈我打算怎么做；我要把自己的想法一五一十地向他说出来。他会理解的，因为我们之间有着伙伴关系。"

　　可是当他来拜访我时，我压根儿记不得他了。他穿了一套整整齐齐的上班服，仅仅在胳膊弯里夹了只文件夹，我根本不认得他。等他告诉了我他的名字，把夹子放在我桌子的角上，坐在我对面，开始向我细细叙述他的计划时，我眼前出现了一幅景象。我见到我自己被引导着去做某件事情。我见到自己给套进了一项义务，日后我会为此而感到后悔的，当我们在我的桌子两边面对面坐着时，我在脑子里盘算该用什么言辞对他说不。此时他把上身往前靠，打开文件夹，把它摊放在我的面前，此时我明白了。于是我对他说："你要我出力当一匹拉套的辕马，对不对？"当他迅速地绽放出羞涩的笑容时，我便知道我们应该是好朋友了。

　　我们身上有一种共同的素质，那是无价之宝，我们美国人全都有这种素质。那就是我们的幽默感。我们的艺术里并没有更多地拥有这种特点，那是多么可悲的一件事。光是这一个特点，由于是民族的与土生土长的，通过向人们的内心集中我们的情感力量，便能够，像伊丽莎白时代英国的岛民心理对英国艺术所起过的作用那样，对我们起巨大作用。我们美国艺术家的问题之一是，我们对待我们的艺术，对待自己，都过于严肃。通过我们的艺术家同行的眼睛来看看我们自己，没准使那些迷失方向的人，能重新与我们美国生活的源泉建立起牢固的联系呢。

威·福
新奥尔良　一九二六年

现代文库版《圣殿》序言

这本书是三年之前写的。对我来说,那是出于一个庸俗的念头,因为创作的动机纯粹是为了赚钱。当时我写书大约已经写了五年,书是出版了却没什么人买。不过这也没有什么关系,我当时年纪轻,肚子也饿得起。我从来未曾生活在写长、短篇小说的人中间,也不认识这些人,我寻思我并不知道,人是可以靠写东西挣钱的。出版社时不时把稿子退还给我,我也不太在乎。因为当时我神经比较坚强。我可以为我需要的很少几个钱干一大堆活儿,因为我父亲总是心太软,无法停止向我供应我闹饥荒时缺不得的面包,尽管这样做是与他救急不救败家子的原则相抵触的。

从此时起,我开始变得有点软弱了。我还能油漆房屋,能做木匠活,可是我变得软弱了。我开始琢磨是不是可以通过写作弄到钱了。当杂志编辑退还短篇小说稿子时我心里开始担忧了,担忧得还挺厉害,以至于告诉他们,反正日后他们还是要买下这些小说的,何不此刻就买呢。也就在此时,我有一部小说写成了却连续两年不断遭到退稿,我刚刚把全部的心血都写进了《喧哗与骚动》,虽然我没有意识到这一点,直到该书出版我才有所察觉,因为我写的时候是为了愉悦自我的。当时我相信自己再也不会有作品得到出版了。我都不再往出版这条路上考虑自己的前途了。

可是当第三部稿子《沙多里斯》被一位出版家接受(他曾拒绝出版《喧哗与骚动》),接着又被另一位出版家接受,这位出版家警告我说,这本书销路可不会好,我又开始把自己设想为一种出版物了。我开始从可能获利的角度来考虑写书的问题。我决定我还不如自己想法子搞到点钱呢。我抽出了一小段时间,设想在密西西比州一个人会相信什么是合乎当前潮流的,选择了我认为是正确的答案,构思了我所能想象到的最最恐怖的故事,用了大约三周的时间将它写出来,然后寄给刚刚接受《喧哗与骚动》的史密斯,他立刻给我写信说:"好上帝啊,我可不能出版这玩意儿。咱们俩都会进监狱的。"于是我便告诉福克纳:"你算是倒了霉了。下半辈子你可得隔三岔五便去干苦体力活儿了。"那是在一九二九年的夏天。我当时在发电厂找到一个活儿,是晚班,从下午六时到次日早晨六时,当的是运煤工。我把煤棚里的煤铲进手推车,推车进厂房,把煤倒在火夫身边,让他一挥铲就能把煤送进炉口。十一点光景,大家都要上床了,暖气用不着那么热了。于是我们,也就是火夫和我,可以喘口气儿了。他总是坐进一把椅子打瞌睡。我则在煤棚那里对付着搭起了一张桌子,那儿就跟运转着的发电机隔着一堵墙。机器发出一种深沉、永不停歇的哼哼声。一直要到四时我们才有活儿,那时得清除炉灰,让暖气再热起来。在这些晚上,十二时到四时,我用六个星期写成了《我弥留之际》,连一个字都没有改。我把稿子寄给史密斯,并在信里对他说,我成败就在此一举了。

我想我已经把《圣殿》抛在脑后了,正如你会忘掉为了一时的目的而做却没有产生结果的任何事情那样。《我弥留之际》出版了,我仍然没有去想《圣殿》那部稿子,直到史密斯给我寄来了校样。这时我看出来它是多么的不像话,对它能够做的事情只有两件:要么是撕掉它,否则就是重新好好写过。我当时又想了:"它说不定会有销路的;没准会有一万个人要买的。"于是我把校样撕掉,重又写了一遍。它已经排版了,因此我还得付钱,为了享受特权可以重写,努力使它成为不致太丢《喧哗与骚动》和《我弥留之际》的脸的一部作品,其结果是我活儿干得还真不错,我希望你们会买一本,并且转告你们的朋友,我指望他们捧场，也能买上一本。

威廉·福克纳
纽约 一九三二年

《福克纳读本》前言

我的祖父拥有一个家庭藏书室，规模不大，但也算得上是品种齐全、兼收并蓄了；我现在认识到我的早年教育泰半还是得自这里。小说方面的收藏是有些局限，因为老人家只爱读司各特或大仲马那路简单明快、激动人心的浪漫小说。不过这里那里倒也散见一些诸多风格的别的卷帙，显然是我祖母任意购置的结果，因为扉页上有她的签名与一八八〇与一八九〇年代她购书那天日期的字样，那个年头，即使在田纳西州孟菲斯那样的大城市里，只要女士们的马车在大店小铺的门前停下，伙计甚至店东便会快步走出来听候吩咐——在那个时代，买书和读书的主要是女士，她们还给自己的小孩起名为拜伦、克拉丽沙、圣埃尔莫和绿蒂娅，那都是使她们醉心的浪漫、悲苦的男女主人公的名字，甚至是更富浪漫色彩的作者的名字。

藏书室的那些书中，有一本是一位波兰人显克维支写的——讲的是约翰·索比斯基国王时代的故事[①]，当时波兰人几乎是单独地捍卫了中部欧洲，使它避免了土耳其人的蹂躏。这本书，就像那个时代所有的书一样，至少是像我祖父拥有的那些书一样，是有一篇序或是前言的。这东西我是从来都不念的；我太急于想知道那些人物本身在做些什么

---

① 这里指的应当是波兰作家亨利克·显克维支所作的《伏约窦沃夫斯基先生》(1887—1888)。

事,为了什么而苦恼,又取得了哪些胜利。不过,这本书的前言我倒是念了,这是我花时间去念的第一篇前言;我到现在也弄不清为何如此。那篇文章的大致意思是这样的:

为写成此书作者曾付出相当巨大的精神劳动,之所以这样做无非是为了振奋人心,读到这里的时候我想:能想得出说这样的话是多么奇妙的一件事啊。可是也就到此为止。我甚至都没有想,也许有一天我也会写出一本书来的,可是我竟没能先想到并且把这层意思写在我自己的书的前面,这真让人感到惭愧。因为我当时还未曾想到要写书呢。未来还没有发展到这一步呢。那时候是一九一五年与一九一六年;我曾见到过一架飞机,我当时满脑子全是与飞行有关的名字:鲍尔啦,伊梅尔曼啦,博尔克啦,以及盖纳默和毕晓普啦,我一直在期待与希望自己快快长大成人,再不受到管束,反正是可以到法国去,也建功立业,全身挂满绶带与勋章。

接下去,那个阶段也过去了。到一九二三年,我写了一本书,发现我的命运、前途,已经与写书连在了一起;不是为了任何外在或隐秘的目的:完全是为了写书而写书;显然,既然出版家认为这些书值得冒经济上的风险去印,那么总有人要读的吧。但是与要把书写出来的欲望相比,这一点也是不重要的,虽然写书的人自然希望读书的人会发现它们真实、坦率以及也许还很扣人心弦。因为在受到了妖魔的青睐,认为他还够条件、配得上下功夫去驱使他写作时,这个人总是太忙,这当儿,他的血液、腺体和肉体仍然保持有旺盛的精力,他的心灵与想象仍然对男男女女的愚蠢、情欲与英雄主义保持着敏感;他仍然写个不停,因为书还是必须要写,即使他的血液和腺体开始活动得不那么快、不那么旺盛了,他的心也开始告诉他,你也不知道答案,再说你永远也不会找到答案的,但是他仍然写他的书,因为妖魔仍然对他不错,只不过已经稍稍严厉一些也不那么宽容了:直到突然有一天,他发现那个早已给忘得差不多的老波兰人原来一直是知道答案的。

那就是去振奋人心；这适合于我们全体：对于想在艺术上有所创新的，想写纯粹消愁解闷作品的，想写惊悚作品的，以及仅仅为了自己能从个人痛苦中逃避出来的，全都适合。

我们当中的一些人并不知道这就是我们写作的目的。有些人知道，却不承认，免得被指责、被自己视作与判定为滥情主义者，出于某种原因，当前大家对这顶帽子都是避之唯恐不及的；我们当中有些人似乎对于心脏的位置有些古怪的看法，把它与别的更原始卑下的腺体、器官和行为混为一谈。不过我们全都是为了这一目的而写作的呀。

这并不是说我们有意要改变人与改造人，虽然这是我们当中某些人的希望——也许甚至是意图。相反，归根到底，这样的振奋人心的希望与意愿是全然自私，全然个人的。作家可以为自己的利益而去振奋人心，因为这样做他可以对死亡说不。他是在为了自己而对死亡说不，通过他指望去振奋的人心，甚至是通过他加以扰乱的卑下的腺体，扰乱到读者们能出于自己意志去对死亡说不，他们已经明白、了解、被告知与相信：至少我们不是植物，因为能够参与进这种激动的心脏与腺体，绝不是植物的心脏与腺体，它们是务必、定然会存活下去的。

就这样，从这样的冷冰冰、不具个人色彩的印刷物的寂寞状态之中，作家能够激励出热情，而自己亦分享到了由他缔造出来的不朽。有一天，他会消失，但到此时这已经无关紧要了，因为孤立在冷冰冰的印刷物里的、本身不会受到损害的东西仍然存在，它仍然能在心脏与腺体里引起古老、不死的激动，虽说心脏与腺体的主人与所有者，跟曾经呼吸、曾在那样的空气中感到痛苦的他，已相隔了好几个世代；如果这样的事情曾经成功过一次，他知道，在他本人只剩下一个已经死去、变得越来越暗淡的名字很久之后，这样的事情仍然是可以出现并且有效地引起激动的。

纽约　一九五三年十一月

四　书评

评埃里希·马里亚·雷马克的《归来》

　　有一种胜利不以成败计算，连战胜者自身都全然不知那是胜利。远离失败的战场、铜刻的姓名、铅铸的坟墓的一湾回流、一片浅滩，在一旁守卫与做标志的并非飞扬跋扈的、手臂粗若男子、擎着棕榈枝与刀剑的女神，而是几个代表着失望自身的沉思的、纹丝不动的侍女。
　　人似乎不太经受得住过多的顺境；一个民族、一个国家就更是如此了。失败对人，对民族、国家，却有好处。胜利是焰火，是炫目的光辉，是一时之间的成仙成圣，那样的境况因为需要与时间巧妙配合才能实现，故而必定短命：胜利是终结时四下迸射的火花，跟着便是垂死与一片死寂，留下的也许仅仅是一个词语、一个名字、一个日期，给孩子们的初级历史课本平添一项单调枯燥的内容。而失败，违反人的信仰与愿望给他带来好处的失败，却让他别转身子，独自面向能够支撑他的那一些：他的战友、他的同种族的兄弟；他自己；大地，无情的泥土、汗滴凝成的纪念碑与坟墓。
　　这是超出在嚼舌、尖刻的措辞、推托借口与诡辩之外的；是超出于失望的。它也超出了那个可怕的希望与要求，亦即：通过坚持一己的立场、喋喋不休的说明与解释（这已被证明是支撑不可逃脱的结局的最佳做法）来证明，灾难是有道理的与意味深远的，而胜利则是不言自明、无须解释的。它存在，这便足够了：这是良好的屏障与掩护；直截了当，一锤定音：能够审察它的唯有历史。正当整个当代世界注视着失败者时，那未曾失败的人则因为此一事实而得以存活。

这便是有必要谈论与解释的原因了。雷马克之所以让他笔下的人物讲他们原本讲不出来的言论，道理即在于此。我倒不是说这些言论不真实。如果作品中的人物听到别人说这样的话，他们会第一个站出来说："一点儿不错。这正是我所想的，也是我会说的，如果我先想到这层意思的话。"不过他们自己是不可能说出这些言论来的。而且这样的做法并不可取，除非是用于写宣传材料。让笔下人物说比这个人物能想出的更为精彩的言词，这是作家的特权，但是这样做的目的仅仅是，允许与帮助这个人物在精神上解除戒备时，要证明自己是有道理的，相信自己的想法是有道理的。但是当这个人物必须针对一个种族与一种形势发表道德见解时，那他最好还是躲在希腊元老们的合唱队那样没有时间性、没有性别的背景处。

不过也许这是一个无关紧要的小节。也许这是作者种族立场上的一个小疵，因为这次大战如此收场，部分原因正是由于德国在种族问题上犯了一个错误：它相信数学上的计算要优于挤压得处于一隅的群鼠的绝望。反正，雷马克为自己辩护说："……我试着去安慰他。我说的话不能使他信服，可是倒使我轻松了一些……安慰人的结果往往是这样。"

这是一本动人的书。因为雷马克自己在写的过程中是动了感情的。就算他的意图不止是乐观主义，艺术上是否成功，还要看是不是能将真实经历一一化为文字，能将独特的反应化为真实的情景，即使那反应的确很能打动人。对于一个作家来说，不管他是多么的敏感，个人经历对于他来说，就跟对于街上的某位对个人意义有着同样信仰、同样信心的仁兄一样，那人因为他是作家，便攀住他的纽扣眼儿强留住他说："听着。你只需按原样把事情写下来就成。写我的一生，我所遇到的事。它会成为一本好书的，可惜我自己不是一个作家。所以我愿意把故事给你。要是我自己是作家，有时间自己来写，那你是连一个字都无须改动的。"但是尽管如此终归还是变不成一本书。不管故事有多么生动，在亲身经历与白纸铅笔之间的某处，它死掉了。也许是字词杀死了它。

　　让我们对雷马克的错误做善意的解释，把这本书看作是对绝望的一次逆向反应吧。胜利也是有它的绝望的，因为胜利者不但一无所获，而且当欢呼声终于熄灭时，胜利者甚至都不知道他们为什么而战，他们希望得到什么，因为整件事情中哪怕再小的百分率，也被失败者拿走了。如果胜利的是德国，这本书是不会写出来的。如果美国不是让它的百分之五十的军队完整归来，梅毒与大都会豪华生活造成的意外伤亡尚不统计在内，那么，这本书也不会有人买（我希望并相信情况会是这样）、有人读的。而且也不会是由美国退伍军人团①来掏钱买上四万本的，即使该组织只有四万个成员是按时缴纳会费的。

　　这本书能打动你，就像在看到一个幼儿在母亲下葬的那天捏泥巴饼时，你会受到感动一样。可是书的结尾处仍然给人以一种失却意义的感觉，就像在任何一次比赛，特别是一九一八年后来自德国的比赛，失败的一方会出现的那样，那主要是由西方贸易而出现的，为的是好在异教徒中间推销五光十色的玻璃。而从感伤情绪、失败与喋喋不休的谈话中，至少生出这样一个情况：美国不是被捐躯于法国与佛兰芒

---

① American Legion，美国退伍军人的一个政治上保守的组织。

战壕的德国士兵征服的,而是被死亡于德国人所写的书里的德国大兵所征服的。

(原载《新共和》,一九三一年五月二十日。)

评吉米·柯林斯的《试机飞行员》

我对这本书感到失望。但是它比我原来预料的要稍好一些。我的意思是,作为一本流行的文学作品它还是不错的。我曾经预期并希望它会成为一种新的潮流,一种要冒冒失失表现自我的文学,倒不是要表现人,而是要表现这整个为快速而快速的新企业;它会是一种胚胎式的作品,而不是去自我显示一个人,他没准还是个挺不错的家伙,事业上小有成就,比起我认得的一些人来有更多的话要说,在某种意义上正好碰上了要写写有关飞行的事。

因为这本书结果成了一部关于职业飞行员的生活与经历的规规矩矩、还算是不错的奇闻逸事集。这些故事涉及面很广,价值与趣味高低不等,其中的一篇,那是一个读来犹如小说的真实经历,写得精彩、凝练、结构紧密,不仅生动灵活而且还很耐人寻味。集子中没有一篇是写得太长与过于啰唆的(严谨与叙述才能要算是作者最突出的优点了),虽然我觉得有些篇目原本就不值得一写,而大多数都染上了一种感伤的新闻文学的色彩——那里有那种记者式的嗅觉,像是靠本能立刻就能知道大人物何时进城,你又在何处可以找到他等等——此点在作者对自然景色的描写中表现得特别突出。当作者描写夜晚的天空、夜晚的大地、落日、月光与大雾时,你一次也没有被他的描写吸引住过;

这样的描写你以前都读到过一百次了，它们已经成千上万次在报纸专栏与杂志上重复出现过了。不过，柯林斯是一位新闻记者。而且即使他没有当过新闻记者，这一点也可以适当地得到原谅，因为一位试验飞行员无法不过这样的日子：这种生活不敢一个人孤独地度过，连他的休闲生活也必定会在人气很旺的地方度过，这种生活不敢退入内省——得到内省的状态下他才能平静地思考语言的问题，但是若是那样，他就不会再是一名试机飞行员了。不过不容置疑他还是有叙述技巧的；不管他飞行还是不飞行，他无疑是会从事写作的。事实上，这部书本身就说明他显然是愿意写作的，或者至少是，他飞行仅仅是为了弄到钱来养家糊口。

柯林斯去世了，他死于为海军试飞一架飞机的事故当中，军队中有一个规矩，即不允许自己的成员试开新飞机。全书最后一章的标题是"我死了"，里面有柯林斯为自己写的一篇讣文。我无意对二十世纪的出版方法，对当今出版商厚颜无耻的招徕生意的做法做任何批评，为了出版书能够获利，出于几乎令人难以置信的巧合，柯林斯写下了这个文件，我半真半假地相信，那是在一个朋友的激将下写的，我还半真半假地相信，他也是半开玩笑似的答应这样做的，因为书里说使他丧生的那次俯冲是他打算试飞的最后一架飞机的一组动作里的最后一次，大概他通过写作已经逐渐攒聚了一笔收入：不过不管怎么说这毕竟应该是一份私人文件，是应该由得到文件的他的朋友私下里让你看上一眼的。你在书中读到是不会感到好受的。这是不应该收到书里去的。至多，也只能用转引的方式，不是作为一份文件那样被引用，而是因为它包含有一个形象，书中唯一像诗歌般具有良好的震撼力量猛然攫住了你的形象或词语：

那冰冷却又震颤的机身是抚触我温暖与有生命的肉体的

最后一样东西。

可是不应该收入《我死了》这一章还有另一个原因。因为在这里,柯林斯没能控制住自己的笔墨,他写得过于啰唆了,这是书中仅有的一次。因为,虽然也许他开始这么写时是在开玩笑,但是他没有继续这么做下去,因为没有人会拿自己的死来跟自己开玩笑的。因此,这一次他是失控了。但是我想这一点也是可以让他得到原谅的,因为虽然一个人没准在那一天,亦即在发现他与他的初恋爱人不仅会产生情欲而且还想再次产生甚至真的产生的那一天,他会停止对爱情采取感伤主义的态度,但是若说有再不以感伤主义态度对待自己逝去的那一天,那一天怕是永远也不会来到的吧。

但我之所以对此书不以为然,原因倒还不在于此。我不满意的是,它并非我所希望的那样一本书。我原来指望能发现一种胚胎、一个未成形的先驱或象征,它们是速度,是当今的高速度的民间文学的胚胎与象征,我相信这速度在很大程度上更接近于最初掘铁时代的人与器械所能达到的最高极限,与十或十二年前人们开始真正迅速行动的时代相比,这速度与极限之间的距离已经小得多了。不是指机械的极限,而是指驾驶它们飞行的人的极限:达到了这个极限,即使拐个小弯以免越出县境时,人的血管与内脏都会爆裂,更不要说在距离与深度上达到协调与透视的效果了,即使有人发明或是发现某种办法进一步改变降落速度的最高限度法则,(而不是靠机翼上的阻力板)使得所有的飞行不一定非得从某个大湖上起飞与降落。今天的精确飞行员甚至都必须有绝对完美的协调能力与深度透视力了,因此说不定,为了要达到十全十美,这些将会在把速度提高到无限上起作用。但是人们仍然需要对飞行员的血管与内脏下些功夫。也许他们会致力于创造某种新人类或新种族,他们过去不是也创造出、培养出新品种的歌手与阉人的吗，如墨索里尼的阿吉洛，他每小时能飞行超过四百英里呢。他们将既不是圈起养膘的牛也不是斗鸡，而是阉鸡：每一代的孩子将从小就用规则甚至机器来对他们加以挑选，让他们与世隔绝，在某种意义上是对他们做了去势手术，训练他们驾驶，而对这样的训练，我们这些普通人是只会觉得到处格格不入的。他们得从小就给管起来，因为今天精确的飞行员是从十几岁开始接受训练的，到三十多岁时便该退役了。这些人将是一种新人类，到一定时候会成为一个种族，到一定时候他们自会创造出一种民间文学来的。不过也许到那时我们这些凡人都读不懂它了，也许甚至都听不到这声音了，因为我们已经有了别的物件能超过他们自己的声音，因此他们的歌手只好在对我们来说是不透声音的真空中旅行了。

  不过我所设想的民间文学并不是这一种。那样的民间文学还得过好多年才能产生出来呢。我曾想到过一种，即使现在也是可以存在的，我曾希望这本书能成为它的象征，成为第一个摸索前进的先行者。这种民间文学既不是关于速度时代的，也不是关于制造它的人的，而是关于速度本身的，充塞于其中的主体与人类毫不相干甚至都没有生命，而是聪明、任性的机器本身，携带着的都不是出生过必须死去或是甚至能忍受痛苦的，那些主体移动，却没有完整的目标，亦不朝任何可以辨认的目的地，制造出一种文学，内里没有爱，也没有恨，自然也没有怜悯或是恐惧。那会是生命最终从地球上消失的故事。我会望着他们，那些小小的卑微的生命，消失在一片广大与无时间的空洞里，那里充塞着莫名其妙的引擎的声音，在其中狂暴的流星飞驰在没有中介碰撞的乌有空间中，既不停止亦不陨落，永恒地自毁与相互毁灭。

  （原载《美国水星》，一九三五年十一月号。）

评欧内斯特·海明威的《老人与海》

　　这是他最优秀的作品。时间会显示这是我们当中任何一个人（我指的是他和我的同时代人）所能写出的最优秀的单篇作品。这一次，他发现了上帝，发现了一个造物主。迄今为止，他笔下的男男女女都是自己形成的，是用自己的泥土自我塑造成的；他们的胜利与失败也都掌握在每一个对手的手里，仅仅为了向自己、向对手证明他们能做到何等的坚强。可是这一回，他写到了怜悯，写到了存在于某处的某种力量，是这种力量创造出了他们全体：那个老人——他一定要逮住那条鱼然后又失去它，那条鱼——它命定要被逮住然后又消失，那些鲨鱼——它们命定要把鱼从老人的手里夺走；是这个力量创造出这一切，爱这一切，又怜悯这一切。这是很对的。赞美上帝，但愿创造出、爱与怜悯着海明威的那种力量——不管那是什么——约束住海明威，千万别让他再改动这篇作品了。

　　（原载《谢纳道厄》第三卷，一九五二年秋季号。）

五　公开信

致《芝加哥论坛报》书评版编辑①

　　这是一个很难回答的问题。我可以随随便便开列几部我愿意写成的书，即使仅仅是为了能拥有特殊权力去重写其中的一些章节。可是我敢说今天高空中有为数众多的天使（特别是还有新近来自美国的那些），他们俯瞰凡间世界，不无遗憾地寻思，上帝在创造世界的狂热中所干下的活儿，若是当初承担的是他们，肯定会干得漂亮得多。

　　我想，我不自量力斗胆认为"希望自己能写成"的那本书是《莫比·迪克》。它具有古希腊式的那种纯朴：一个性格刚烈的人为自己阴郁禀性与阴沉历史包袱所驱使，不顾一切地走向自我毁灭，把身边的世界也一起拖向灭亡，他专横到了极点，全然不顾周围的那些也都是一个个活生生的人；不同的自然风貌汇聚成的那个精彩的景点（那也是被动的，仿佛早已知道会有无法改变的厄运）亦被扫到主人公死胡同般的轨道上去——宛如埋藏心脏的一个各各他②，在崩溃的巨响中像青

---

①　该版编辑曾向一些作者提出问题，请他们谈谈自己最愿意写出的是怎样的一本书。福克纳是接受提问中的一位。——原注

②　Golgotha，《圣经》中所说耶稣被钉上十字架的地方。

铜般的不可摧毁；一切都映衬在大地的庄严、悲惨节奏之前，用的是它最没有时间性的语言：大海。而他们厄运的象征则是：一条白鲸。此刻，该轮到一个人走向死亡了；这里没有你们肉眼看不见的食草的小动物徜徉的懒洋洋的牧场。书中每一个字里都有魔力。一条白色的鲸鱼。白，这是一个崇高的字眼，像是众多号角的突然奏响；大海兽的名字里自有一种宁静而粗犷的美。这时，把这一切都凑在一起，那该是何等样的效果！！！这犹如阿喀琉斯的死亡，而帕特莫斯[①]圣洁的少女哀悼他，在她们的金发上用纤纤素手弹拨出忧伤。

不过，当我忆起莫尔·弗兰德斯[②]和她种种热闹、喧腾的作为时，那像是一个市场，在这里，所有能活到那个时代的人都会经过并驻足，又如，我想起了《当我们非常年轻时》[③]，我自然会非常一厢情愿地希望，我能够比米尔恩先生更早就想到了其中的一切。

（原载《芝加哥论坛报》，一九二七年七月十六日。）

致美国作家联盟主席

我最衷心地希望能把我的看法记录在案。我坚定不移地反对佛朗哥与法西斯主义，反对一切破坏合法政府的行径，反对一切反西班牙

---

① Patmos，希腊小岛。

② 莫尔·弗兰德斯，英国作家丹尼尔·笛福(Daniel Defoe, 1660—1731)出版于一七二二年的小说《莫尔·弗兰德斯》中女主人公的名字。后面有"能活到……"之语，是因为当时伦敦发生过大疫。

③ When We Were Very Young，英国幽默作家 A.A. 米尔恩(Alan Alexander Milne, 1882—1956)出版于一九二四年的一部儿童诗集，他还著有《小熊维尼》等作品。

共和国人民的暴行。

威廉·福克纳

（原载《作家选定立场：四百一十八位美国作家关于西班牙内战的信函》，纽约，一九三八年。）

致孟菲斯《商业呼声报》编辑

我从报上看到第二军的将级指挥官认为有必要整饬他属下一个单位的纪律，因为有人对着打高尔夫的人与穿短裤的女士高喊"哟嗬"。由于这一点，这位高级军官已经受到了指斥，指斥他的是每一个气鼓鼓的平民、国会内外超过服兵役年龄的军事与人事方面的专家。

我与他们意见一致，由于也安全地超过了征兵年龄，即使还未能混入国会，虽然可能也是够气鼓鼓的。那样的惩罚与冒犯行为是完全不相称的。一个对着穿短裤的姑娘喊"哟嗬"的男子是不会打算对她施加什么伤害行为的，不管她穿的是短裤、别的什么或是连短裤都没有穿；他也不会去伤害任何别的人，除非他在态度上起了相当大的变化。

对这样一个人严加约束不是军长该管的事。那应该交给相关下级军官来处理，我不知道她的军阶是什么，但是一个国家，让它的将军来为纪律方面的小问题操心伤神的国家，让它征集来的部队中的精选的"优秀分子"不得不趋于女性化的结局的国家，肯定是不缺少军阶与军衔越来越高的人的。下士班长，自然可以当女主人，中士便可以当招待所的女主任了，军士长如果是结了婚的，满可以当院长；倘若还未结婚，那就屈尊当副院长吧；团一级的少校如果想要当，甚至都能弄个女主席当当了呢。由此再往上，就进入高级军官行列了，需要拉上一道温柔纱幕了，因为没有一家报纸会透露夫人们之间是怎样互相称呼的。

《阿肯色军团周报》发掘出法拉格上尉与来自阿尔芒蒂埃尔的女士的名字。我也很同意那样做。我自然很希望听到对一个朝穿短裤的姑娘叫"哟嗨"的穿卡其军服的人，法拉格或是那位法国小姐会叫他什么。

李尔将军错了，这是毋庸置疑的。他应当受到每一位曾带来、求到或是赢得一张选票的海军与陆军专家的严惩。他的制度（教育部队他们是军人而不是乘坐载干草的大车出游的乡村滑稽演员）落后了二十五年，那应该是一九一七和一九一八年的做法了，当时，部队不仅没有教会美国军人他们也是会打败仗的，而且甚至都没有教他们认识"战略撤退"一词的意义。我顺带也不禁要琢磨，那个单位里有多少个士兵会给起诉上军事法庭，认为他们超出了埋怨的程度，正常的、自然的说说怪话那是每一个士兵不可剥夺的权利与特权，官高至总司令，包括李尔自己，都誓死，不，即使是死后，也会加以捍卫。

威廉·福克纳　密西西比州奥克斯福镇

（原载孟菲斯《商业呼声报》，一九四一年七月十二日。）

"他生前的名字是皮特"

他生前的名字是皮特。他只不过是一条狗，一条十五个月大的猎狗，还只能算是一条稚嫩的小狗，虽然他经历过一次狩猎的季节，学习过怎样在两三年之内（如果他能活那么久的话）当好一条狗。

可他仅仅是一条狗。他没有过去也绝不会永生不死,对于他来到的这个世界他所要求的并不多:食物(他不在乎是什么,也不在乎给他多少,只要是慈爱地给予就行——手的抚触、一个声音,他认得这声音,虽然不理解所讲的话也无法回答),还有就是可以奔跑的土地、可以呼吸的空气、四时八节的阳光雨露,以及他最爱吃的鹌鹑,这是他的天性,早在他熟悉大地、感觉到阳光之前他就具有这种天性,早在他自己嗅闻到之前,他的健壮、忠心的先辈就已经使他能辨别出这种禽鸟的气味了。这就是他所需要的一切。可是要填满他自然生长的一生那八个、十个或者十二个年头,这些已经足够了,因为十二年并不算长,并不需要多少东西就能把它们填满。

然而十二年虽说短,在正常情况下他的寿命本应超过四辆那种杀死了他的小汽车——那种上坡速度快得竟然无法躲开一只老大不小的猎狗的汽车。可是皮特的寿命连四辆汽车里的第一辆都没能超过。他并没有去追赶汽车;在让他上公路之前他就学会了不去干这样的事儿。他当时是站在路上,在等他那位骑在马背上的小女主人赶上来,以便护送她安全回家。他不应该待在路上。他没有交公路税,没有领司机执照,也没有投过票。也许他的问题出在他住的那个院子里的那辆汽车是有喇叭和车闸的,他还以为所有的汽车也都有呢。要说由于汽车处在他和黄昏的斜阳之间,所以他没有看见那辆汽车,这个理由是说不大过去的,因为这样就会把视力的问题牵扯进来。显然,任何一个人,背向太阳却看不见一只站在笔直的、两个车道的公路上的老大不小的猎狗,都是绝对不敢让自己开车的,何况是一辆没有喇叭、没有车闸的汽车,因为下一回这个皮特没准是个小孩,要知道用汽车撞死小孩是违反法律的。

不,那个开车的人有急事:这才是原因。也许他还有好几英里的路要赶,而他吃晚饭的时间已经晚了。正因为这一点,他才没有时间降低速度、刹住汽车或是绕过皮特。既然他当时没有时间这样做，自然事后他也就不会有时间停下来了；何况皮特仅仅是被撞得骨折肉绽给扔在路旁沟里嚎叫的一条狗，再说反正那辆车已经超越皮特，太阳现在已经是在皮特的背后，因此又怎能指望那个开车人听得见他的嚎叫呢？

不过皮特还是原谅了这个司机。在皮特一年零三个月的一生中，他从人类那里得到的除了仁爱之外再也没有别的；他甘愿奉献出一生中剩下的六年、八年或是十年，以免有一个人赶不上自己的晚饭。

（原载《奥克斯福鹰报》，一九四六年八月十五日。）

致《奥克斯福鹰报》编辑

贵报所刊主张保存法院建筑一文精彩已极。不过我担心你们的主张已然失败了。我们早先已经清除了环绕法院庭院与排列在广场四周的那些林荫树，也拆掉了为人行道遮过阴的二层骑楼；我们此刻仅仅剩下了邦联军人纪念碑、法院和监狱，是这些才足以使一个南方古镇饶有特色，使得它与从堪萨斯到加利福尼亚刚建成的千百个小镇有所区别。干脆把它们也拆掉，盖上带霓虹灯与扩音器的什么新房子得了。

你们的主张是注定要失败的。古建筑必然会走上坎伯兰老教堂的老路。一八六一年它矗立在本地；一八六五年时它是广场上以及附近一带唯一的建筑物。它比战争还要坚强，比北军少将旅长切尔默斯以及他的炮兵、他手下拥有炸药、撬棍以及一桶桶煤油的全体工兵还要坚强。可是它不如一台现金出纳机响起的铃声坚强。它必须给拆掉——拆散、铲走、不留下一丝痕迹——以便从波特兰、缅因到俄勒冈覆盖全美国的那条无处不及的章鱼,能把待处理的便宜货、香蕉与手纸输入本地。

他们把这叫作进步。可是他们没有说这是通往何方;再说我们当中还有一些人很想借这个机会说上一句,我们愿不愿意搭这辆车前往那还得另说呢。

威廉·福克纳

(原载《奥克斯福鹰报》,一九四七年三月十三日。)

致孟菲斯《商业呼声报》编辑[①]

全体密西西比州本地人都会一起来夸奖阿塔拉县的。不过除了感到骄傲与有希望之外,我们最好也朝焦虑、忧伤与羞耻这方面多想一想;不是为死去的孩子感到忧伤,而是因为我们做得不够而觉得焦虑与忧伤;那其实只是比什么都不做稍好一些,不是为了公道甚至都不能算是惩罚,正如你是不会对疯狗或响尾蛇讲什么公道与惩罚的;大家应该感到焦虑与忧伤,因为我们的做法已经被外地人记录在案,外地人急于向我们显示,我们做得有毛病,应该如何修正,我们把杀害三个儿童的价码估算得和抢三家银行或是偷三辆汽车一个样了。

可是我们当中生于密西西比并且一直在这里生活的人,在这里持续生活了四五十年的人,为此付出了一定的代价做出一定的牺牲的人,仅仅因为我们爱密西西比,爱它的生活方式、习俗、泥土与人民;因为有

[①] 一九五〇年三月,有三名白人因杀害密西西比州阿塔拉县的三个黑人儿童而受到控告。其中两人被判终身监禁,另一人被判十年徒刑。——原注

那样的爱我们随时都准备与愿意保卫我们的生活方式、习惯、风俗,免得受到外地人的攻击,我们相信他们不理解我们的种种特点,但我们还是也有点感到害怕为好,——要生怕我们确实是做错了;我们热爱与保卫了不仅是不必保卫与热爱,而且是不配保卫与不值得热爱的东西。

看来,救了一个杀人犯的那两位陪审团成员,至少是不会具有那样一种恐惧的吧。

但愿,不管他们救凶手的理由会是什么,那理由也是足够充分的,使得他们两人,从现在起大约十到十五年之内,晚上睡觉时不会做噩梦,直到那个杀人犯得到假释、宽大或是重获自由,接着自然是再谋杀一个儿童,估计——说这话时,人们要感到忧伤与失望——这一回至少与凶手自己是有同样肤色的了。

威廉·福克纳　密西西比州奥克斯福

(原载孟菲斯《商业呼声报》,一九五〇年三月二十六日。)

致孟菲斯《商业呼声报》编辑

我刚刚读了星期天贵报所刊克莱顿·史蒂文斯所写的信,那是评论我谈特纳案件的那封信的。

我所采取的立场与发出的抗议是反对任何一个醉汉的,我不管他的肤色是什么,谋杀的是三个儿童或者仅仅是一个。我不管他们或他的肤色是什么。

在我看来,把种族问题扯进这个悲剧的人,是在批准或是制造一种局面,让所有我们的北方批评家不用花一个子儿,就得到机会来发表老一套的声明与抗议，却是以一百倍的残酷、一千倍的不公正与一万倍的不够理解，对我们因我们的错误而产生的问题与忧伤的不够理解——亏得还有我，一个南方本地人与共同犯下我们的错误的人，正好在此时此地赶在前面对这个问题说了话表了态。一个南方人，对此也应该感到满足了吧。

威廉·福克纳　密西西比州奥克斯福

（原载孟菲斯《商业呼声报》，一九五〇年四月九日。）

致美国艺术文学学院秘书

奖章收到，麦克利什先生的授奖文本亦一并收到。能得到同行们经过考虑所做出的评判的具体明证——金牌与所表达的声音，这的确是件非常美好的事情。一个人总是为一些相当简单的——有限的——东西而工作：金钱、女人、荣誉；得到它们都让人高兴，不过其中最好的还是荣誉，而同辈同事们的称赞又是至高无上的荣誉，那就像一个士兵得到并非来自普通人而是来自别的士兵的表扬，这些士兵本身也是内行，也是勇士。

但是在我看来，我仍然觉得没有办法评价自己的成绩。我写下的那些东西没有一篇能让我完全满意，每回我写下最后一个字时我总是想，要是能重头再写过那就好了，我会写得更好一些的，没准甚至正对路子呢。可是我太忙了；总是有另一部作品要写。我总是告诉我自己，也许我太年轻也太忙了，所以无法正确判断；等我五十岁时，我就能看清作品有多好或是有多糟了。后来有一天我真的满五十了，我回顾我的作品，我认定它们全都挺不错的——这时，就在那一刻，我明白最糟糕不过的事情来到了，因为那仅仅说明我更加挨近那个时刻、瞬间、夜晚了；那是黑暗与睡眠：到那时我会将我曾为之痛苦与流汗的作品全都撂在一边，它们再也不会让我操心了。

威廉·福克纳

密州奥克斯福　一九五〇年六月十二日

（原载美国艺术文学学院与全国艺术文学学院会刊，第二辑，一九五一年。）

"致奥克斯福选民"

以下为对公民小 H.F. 芬格、约翰·K. 约翰生与弗兰克·莫迪·珀泽付费刊印传单的订正。

一、"啤酒因为有害于一九四四年由公众投票决定禁止饮用。"

啤酒于一九四四年被投票禁止，是因为许多饮用啤酒或不反对别人饮用啤酒的人远在欧洲、亚洲保卫奥克斯福，使那些宁愿留在家里不想去打仗的人可以在一九四四年就是否禁止啤酒问题举行投票。

二、"一瓶四度啤酒所含酒精为一量杯威士忌酒精量的两倍。"

一瓶十二盎司四度啤酒所含酒精量为零点四八盎司。量杯的容量为一点五盎司（据字典）。威士忌含酒精量自三十度到四十五度不等。一量杯三十度的威士忌所含酒精量应是零点四五盎司。因此一瓶四度啤酒所含酒精量怎么也不会相当于一量杯威士忌的两倍。除非是高于三十二度的威士忌，一瓶啤酒含的酒精量便不会与一量杯威士忌的一样多。

三、"用于饮用啤酒上的金钱应当用在购买食物、衣服与别的主要消费物资方面。"

若是此点能成立，我们便应再举行一次投票，决定花店、电影院、收音机行与旅游车展销场能否在奥克斯福开业了。

四、"斯塔克维尔与水谷已经投票通过取缔啤酒；奥克斯福为何不可以呢？"

由于斯塔克维尔是密西西比州的发祥地，密州的橄榄球队又打赢了密西西比大学队，奥克斯福既然是密大所在地，自应将斯塔克维尔尊为楷模了。可是我们又为何将水谷奉为榜样呢？我们的高中队打赢了他们的高中队，这难道不是事实吗？

在下主张有一个更为自由的奥克斯福，在这里酒店老板可以在一星期当六天遵法守纪的酒店老板，而上帝的传道士则能一星期里每天都当上帝的好传道士，就像他们宗教的创建者告诫他们的那样，当时他命令教士们别去理会时下的政治问题，他的原话是这样的："该撒的物当归给该撒，上帝的物当归给上帝。"①

普通公民　威廉·福克纳

（原载一九五○年九月一日前后在奥克斯福所散发的传单。）

---

① 见《圣经·新约》《马太福音》第二二章，第一五至二二节。从福克纳的结尾文字判断，前面所列举之发传单者应为本地的三位牧师。

致《奥克斯福鹰报》编辑

  我注意到贵报将我列入啤酒合法支持者的名单之中。对此我表示愤慨。我是自由、开明与进步的不折不扣的死敌,同时,对于任何在奥克斯福投票或禁酒的举措,亦是同样的不齿。

  我们的小镇已经过于拥挤。倘若我们这里能购买合法的啤酒与烈性酒,售价仅为私酒贩子索求的一半,另外,还有游戏场——网球场与游泳池——以及高中的体育馆与公共图书馆,那里开设有一些县政府拥有与管理的期限四年的酒品商店,有了从那里得到的收入,我们就会吸引外来者,一些拿得出三四万美元年薪的商号与工厂也会来开设分号,届时,我们这些老居民在街上都快要迈不开脚步了;收银机叮叮当当响个不停,老板们会睡不成午觉,而我们这些老居民甚至都无法挤进店去免费翻阅杂志或借打电话了。

  别折腾了;还是让我们过原先的日子吧。我们那些十来岁的孩子有汽车,要不就是他们的朋友有;他们要买啤酒或烈性酒,总可以驾车去田纳西州或奎特曼县买的,而我们这些长了花白胡子不想出门跋涉的人也总可以打电话订购,我们一直就是那样做的。自然,东西送到你家门价钱就要贵上一倍了,而且你总是喝得太多,超过你必须站起身到镇上去喝的那个分量,可是宁愿(那样)也别生生拆散主张公投禁酒的先生与私酒贩子之间漫长而快乐的婚姻关系呀,因为有这一层关系,我们这个可爱的州才能提供这样的一个最后的圣殿与堡垒的呀。

  事实上,在最近的这次选举上,我对啤酒问题的关切仅仅是第二位的。我是在做一次抗议。我反对任何一个人发表一个公开声明,那是任何一个有一支铅笔与一张纸的四年级学生都难以赞同的。我更加反对的是一位教士如此蔑视他的听众的智力水平，竟以为自己有权发表任何声明，不管它是否虚假，而且因为有他的法袍护着，任何一个听者都是不应或不敢去查证这主张是否正确的。但是最最重要的是，——这些教士所属的教派并非自治的，也是有长老会或主教团或是别的什么团体领导管理的，这些教派应该对这样的情况有所考虑——我反对上帝的使者违反他们神圣崇高的职业的戒律与清规，利用他们职位的力量与地位，试图对一次民间的选举施加影响。

威廉·福克纳
密州奥克斯福　一九五〇年九月八日

（原载《奥克斯福鹰报》，一九五〇年九月十四日。）

致《时代》周刊编辑

关于沃[①]在十月三十日一期的《时代》上谈海明威之事（沃批评了那些对海明威的新小说《过河入林》持贬义的批评家）：

沃先生干得好。他的那些话是我自己也很愿意说的，当然不会是与沃一式一样的话而是福克纳会说出的同样意思的话。我之没有说，原因之一是，写出了《没有女人的男人》中的一些篇章、《太阳照样升起》与一些写非洲的作品（以及不妨说所有其他题材的某些——大部分——作品）的那个人，是无须保护的，因为扔口水粘起的纸团的那些人并未写出《没有女人的男人》中的那些篇章、《太阳照样升起》、非洲作

[①] 沃（Evelyn Waugh, 1903—1966），英国讽刺小说家。

品与其他作品,而未能写出《没有女人的男人》某些篇章、《太阳照样升起》与非洲作品与其他作品的那些人在扔口水纸团的时候是没有立足之处的。

其实沃先生是不需要我来写这封信的。不过我希望他能接受我为他的肩并肩的战友。

威廉·福克纳　密州奥克斯福

(原载《时代》周刊,一九五〇年十一月十三日。)

为威利·麦基一案对报界所做的声明 ①

我不希望威利·麦基被处决,因为这会使他成为一个烈士,并且在是我家乡的这个州里散发出持续的臭味。

如果他被指控的罪行不是属于强制与暴力型的——我不认为后面这一点已经得到证实,那么,对本案或任何类似性质案件的惩罚,都不应是判处死刑。

我与民权大会的代表们没有任何共同之处,只除了一点,那就是我们都说我们希望让威利·麦基活下去。

我相信最近来访问密西西比的女士们是受人利用了;威利受处决其实倒是对她们事业的最大帮助。

---

① 麦基为一黑人,被定罪为强奸白人妇女,一九五一年五月一日于密西西比州劳瑞尔被执行死刑,这是在美国最高法庭两年内三次拒绝对死罪进行重新审理的四个月之后。福克纳于三月二十六日向报界发布本声明,是为了要纠正报上刊载他此前一星期接受民权大会妇女代表们访问的消息时对他的话所做的错误引述。——原注

我的确对她们说过，如果她们想救威利，她们应该去和厨房里的妇女谈话争辩，而不应该找男人，找政治家。

（原载孟菲斯《商业呼声报》，一九五一年三月二十七日。）

致《纽约时报》编辑

致上此函系为一意大利客机偏离跑道在艾德威尔德机场坠毁之事，该机三次试图降落均未能遵循仪表指示进入滑道，倘能进入滑道，它是能降落到跑道上去的。

致上此函是因为想到（或许只能算是假设吧），早在驾驶员无法让飞机遵循仪表所显示的运作之前，那个仪表或是那些仪表——显示高度与偏离度的仪表——就已失灵或是老早就失灵了，早就无法操作或是准确度不高了。

写此信时本人感到不胜忧伤。不仅是为了失事中丧生者的遗族心中的伤痛，为了航空公司，为了公众运输公司，它在出售机票时是承诺或者至少是非正式地保证飞行的安全的，我之所以忧伤，也是为了机组成员，为了驾驶员本人，他会因这次事故受到责备，他的记录与对他的看法亦会因此受到影响，可是他与他的不知情的乘客一样，都是受害者，不仅是受害于那些失灵的机械，而且也受害于对器械的神秘的、不容怀疑的、几乎是宗教般的畏惧与敬重，我们的文化一直训练我们要敬畏器械——任何器械，只要它是足够复杂、足够神秘与足够贵重的。

我设想，甚至在第一次遵循仪器滑道失败之后，在第二次之后就更加不成问题了，他的本能——他屁股对座位的感觉，你愿意怎么说都可以——在空中度过那么长时间的丰富经验所造成的本能，肯定会告诉他有什么地方不对头了。他有当过四引擎水上飞机机长的经历，这也许会告诉他毛病出在哪里。可是他不敢接受那个看法并且按照新的情况来行动。（这是建立在这样的一个假设上的：即使第二次失败之后他仍然剩下足够的油可以飞抵他能看清的一个飞机场）

很可能是在四次企图着陆的某个时刻，非常可能是在那最后那很紧张的几秒钟里，紧接着他就要无可挽回地将飞机——结合着体积、重量与速度的那一大团东西——撞向地面了，他的副驾驶（或是机械师与当时可能在驾驶舱里的任何什么人）或许会对他说："嗨，咱们干得不对呀。快把襟翼和操纵舵拉起来，让咱们离开这鬼地方吧。"可是机长不敢。他不敢如此狂妄大胆，即使是他自己的生命也濒临灭亡之际，我们这种文化迷信机器、器械、小构造不会有错——认为其能量甚至比古希伯来人心目中的上帝更加巨大，我们的文化信仰是丝毫也不顾及个人的。

他可不敢那样去亵渎神圣。如果他这样做了，那么下一步他做的只能是打开驾驶舱的小门，并且（作为一个罗马人）投身于摆弄某个舱内推进器的那些转动翼板上。我为他，也为那一时刻的牺牲者感到哀伤。我们大家最好都来哀悼，为了被这种文化控制的所有的人，这种文化把任何机械上的优越性置于任何人之上，仅仅因为这一方，因为是机械性的，所以是不会有错的，而另一方呢，因为除了是人此外什么都不是，所以不仅是隶属于失败而且是注定会失败的。

威廉·福克纳

纽约　一九五四年十二月二十二日

（原载《纽约时报》，一九五四年十二月二十六日。）

致孟菲斯《商业呼声报》编辑

　　本人刚刚满怀兴趣地读了六日星期天贵报刊出的田纳西州荷亨沃德县沃尔斯坦霍尔姆先生写给贵报的信，在信中他提出建议，孟菲斯贫民窟里的黑人居民如果不是太懒散的话，大可把他们那些老鼠洞般的居所钉死；而白人投资集团则大可以去路易斯县寻求发展，在那里他们会发现有许多白人很值得他们为之出力投资。
　　这是不是说，要是谢尔比县的黑人有一个老鼠洞，路易斯县的白人就有两个呢？这不可能是正确的，因为白人，由于不是黑人，是不懒散的；因此，若说田纳西州谢尔比县或是路易斯县，或是密西西比州的拉斐德县的黑人，都拥有一个老鼠洞，那么白人是连一个也没有的。那样的老鼠洞是连水都盛不住的，因为，原因很简单，老鼠的数量要比人多，有一些不可避免、不可逃避的原因，使得白人，不管是多么的不懒散，将会有一个老鼠洞。因此，有什么道理在黑人的不住老鼠洞的比例上，白人要得到一个，赚到一个，至少是拥有一个老鼠洞呢？难道不懒散要比懒散两倍的不懒散，使得白人得到两倍于黑人的老鼠洞，或者是不是这个逻辑会把我们引导到业余物理学家的那个永远也无法解决的老问题中去呢？那就是：零度的两倍有多么冷？

威廉·福克纳
密州奥克斯福　一九五五年二月十日

　　（原载孟菲斯《商业呼声报》，一九五五年二月二十日；本文据福克纳打字稿。）

致孟菲斯《商业呼声报》编辑

我们密西西比人早已知道我们现在的学校是不够完美的。我们的青年男女每一年都向我们证明了这一点,用的是这样的事实:当他们当中那些最拔尖的需要最好的教育时,这原是他们有资格与够水平去得到的,不仅是在人文科学方面而且也在专业技术、技艺方面——法学、医学与工程学,他们还不得不走出州界去寻求。而且往往是——这种情况太经常了,他们一去,从此就再也不回来了。

因此可以说,我们目前的学校甚至对白人来说都是不够好的;我们目前州的最高学府质量还不够高,甚至都还不足以解我们的白人青年男女求知的干渴呢。在这样的情况下,它又怎么能去满足黑人的需求呢,他们显然是更加干渴,更有需要,否则联邦政府怎么会通过一道法令,强迫密西西比州(当然,还有其他一些州)尽可能让我们的教育机构对黑人开放呢。

反正,我们目前的学校甚至对白人来说都是不够良好的。那么,我们又是在怎么做的呢?是把它们办得好一些,尽可能地予以改进吗?不是的。我们是在想尽办法搜刮钱财,增加税赋,以便建立另外的一套教育体制,充其量它只能达到第一套已经是不够良好的体制的水平,它已经证明对黑人来说也是不够水平的了;我们将拥有两套相同的体制,没有哪一套对任何一种肤色的人民是足够优秀的。问题并不在于人能愚蠢到什么样的程度,因为显然,这方面是没有底线的。问题是在这里:如此愚蠢地浪费一元一元、一分一分的钱,更不用说是虚掷男男女女的青春生命,我们承担得起吗?

威廉·福克纳　密州奥克斯福

(原载孟菲斯《商业呼声报》,一九五五年三月二十日;本文据福克纳打字稿。)

致《纽约时报》编辑

我不知道要到什么时候我们才能明白,那样的日子早就过去了,当时,一个人,仅仅靠了一面美国国旗与一本国际法初级读本,就可以去解决甚至是全国性政策地方法案那样的问题,更不用说是涉及外事方面的问题了。

我此刻想到的是那些人,他们负责与涉及将俄罗斯东正教的都主教驱逐出美国的事情,这样做的结果是美国天主教的比索内特神父从俄国被驱逐出来。我想到的有两种人,一种人能够驱逐俄罗斯的都主教,却显然从来也没有想到过,他们是必须对什么人做些解释的;我还想到了另一种人,他们居然能一厢情愿地认为,他们是能够向共产党人解释或是证明自己这样做是有道理的,共产党人正因为有那样的意识形态,必定是所谓的基督宗教的不可调和的敌人,不管他们主观上想这样做还是不想。

我指的不是国务院的成员们。也就是说,专业人员们,事业心很重的那些人,那些年轻人,他们年纪轻轻却很有才华,教会了自己(可不是他们所代表的政府教会他们的;我们从不训练我们的官员与代表如何对待人,对待纯朴、难以改变、不肯屈服的人心,而只教会他们如何面对数字与汇兑率)熟谙人性上的问题,使他们能胜任自己献身的事业。我自己对他们有足够的了解,知道他们是可以更有头脑的。不过他们是没有什么可选择的,是没有发言权的,因为从他们第一个星期六领工资的那天起,他们就受控制受压制于他们的主人——而那些人之所以获得指挥权仅仅是因为普选使他们偶然先决地被挑选为部门的首脑,或是作为补偿,因为他们利用自己的职权让另一些人当上了官,那些人则是十足的官儿迷。我想到的正是这样的头头脑脑。

我不知道,在公众报刊把"都主教"①这个词语披露出来引起他们的注意(以及,我希望,还有惊愕与恐惧)的时候,政府与国会里有多少成员,能够在一百乘标准时间十秒之内,正确界定此词的意思,十秒,那是电冰箱或洗衣机智力答问的标准时间,而要回答的则是这一类的问题,比方说,七月四日②是哪个月的哪一天呀?

密州奥克斯福　一九五五年三月十八日

(原载《纽约时报》,一九五五年三月二十五日。)

致孟菲斯《商业呼声报》编辑

我刚刚读了三月二十七日贵报所刊尼尔先生、马丁先生和沃玛克先生所写的信函,那是针对发表在三月二十日贵报上我的那封读者来函的。

对马丁先生和沃玛克先生所提的第一个问题的回答是:不论目前

---

① Metropolitan,此词用得最多的意义是"大都会"。
② 美国的独立革命纪念日,亦即国庆节。

我们全州学校体制的费用是多少,我们必须得再筹集同样数目的款子来建立起与它相当的另一个体制。那还不如拨出那笔新款子中的一部分,把我们现在的学校,包括幼儿园一直到人文科学、科学与专门技术的高等学校,办成不仅是美国而且是人类能办成的最最优秀的学校;到那时,学校本身就可以接纳莘莘学子,包括白人也包括黑人,他们自然也就想不出有什么可以闹的事由了。

接下去,这笔新款项的剩余部分可以用来新设或改进职业、技术学校,接纳那些学生,那第一套机制,学术水平高的体制,早就把他们淘汰了,还不等他们来得及在自己虚度的金色年华里,在拥挤不堪的教室里,在当苦差工资过低的教师手底下,闯出更大的祸害,正是这些恶劣的条件造成了教育水准的普遍变质与降低;更不必说那第一套体制未能尽可能好地利用我们培养出来的男女青年了。我们所需要的是更多的美国人站到我们这一边来。如果所有的美国人都站在同一边,我们就无须贿赂外国——它们并不总是能经受得起贿赂的诱惑的——来支持我们了。

不过我承认这只能解决种族混合的问题:不能消除在这个问题上的情绪冲突的僵局。但至少它是遵奉了最古老最聪明的格言之中的一条的:你如果打不赢他们,那就参加到他们当中去。

对沃玛克先生最后一个问题的回答是:我没有从任何学校那里得到过学位和文凭。我念过旧制度的六年级中学。也许正因如此,我才对教育那么敬重,我似乎难以静静地坐着,眼看它在一种人类皮肤颜色所造成的情绪激动状态中其重要性变得越来越差。

威廉·福克纳　密州奥克斯福

(原载孟菲斯《商业呼声报》,一九五五年四月三日;本文据福克纳打字稿。)

致孟菲斯《商业呼声报》编辑

  我刚刚读了四月三日贵报所刊的墨菲先生来函。我也收到了密西西比州立学院工程系主任弗林希先生看法大致相同的一封信。如果我的信有说得不对或是与事实不符之处，我愿意收回并表示歉意。

  我的目的并非要损害我们当前的学校体制，而是想利用未来可能提供的任何变化来改进我们的学校，使它们不再是目前那样的成了一个居民生活区或是州政府资助的看管小孩的地方，在这里，学生在法律或习俗的约束下，不得不度过一天中的许多个小时，除了一些工资往往过低的教师之外，没有人来关心他们学进去多少东西。

  不要让教育水平沦为阶级或等级集体的最低公分母。让我们把它提升到最高的水平。

  让我们给予每一个未来的学生以受教育的平等权利，而且是我们祖先用平等权利与自由这些词语意义下的平等权利：不是领救济品上的平等权利，而是他发挥才能的机会上的平等权利，获得最高标准的自由的平等权利——只要他有能力去得到它；或者是，如果他没有才干或是不想努力，那么也得让我们能及早知道，免得他走错门道，做出太大的危害。

  如果我们真的要建立两套教育制度，那就让那第二套专门为不合格的学生而设立，并非因为他们肤色如何，而是因为他们不是不能便是不愿完成第一套学校里的那些作业。

威廉·福克纳　密州奥克斯福

（原载孟菲斯《商业呼声报》，一九五五年四月十日。）

致孟菲斯《商业呼声报》编辑

对于四月十日贵报所发表的寄自密州道赛署名"学生"所写的那封信，我愿意说一声"写得真好"。我们真应该向密西西比州的年轻人做一番社会调查以了解他们的想法的，我指的是正在我们的学校里上学即将升入种族混合学校的那些，倘若这样的学校将会出现的话；他们肯定是非常有意思的一些人群。

我们南方人面临着两个明显无法调和的事实：一个是，全国性的政府已经下令要在教育方面贯彻各种族之间的绝对平等；另一个则是，南方人民认为此点是绝对不可行的。但是这两件事又必须加以调和。我相信密西西比州也有许多年轻人认为调和是能够做到的，他们是爱我们这个州的——不是只爱白人也不是只爱黑人，而是爱我们这片土地：我们的气候与地理环境，我们人民的气质，包括白人也包括黑人，爱他们的诚实、宽容和公正待人，爱我们光荣的传统与光辉的历史——很多很多，足以试着把两者调和起来了，即使需要道赛的那位年轻的写信人冒些风险，尽管他并未在信后签上自己的名字。而这又是对我们怎样的一种评价呢：在密西西比州，成年公众的看法可以情绪亢奋，激动不已，而我们的男女青少年，由于很可以理解的肉体上的恐惧，却不敢在发表反对意见的信上签上自己的名字。

威廉·福克纳　密州奥克斯福

（原载孟菲斯《商业呼声报》，一九五五年四月十七日；本文据福克纳打字稿。）

关于埃米特·梯尔案件

于意大利罗马为美联社所写的电讯

我们要到何时才能明白这一点呢？若是密西西比州里的某一个县想存活下去，那就必须是整个密西西比州都得是活的，它才能活下去。如果密西西比州想存活下去，那就必须整个美国都得是活的。同样，若是美国想存活下去，那么首先，整个白人种族都必须得是活着的。

这是因为，整个白人种族，在全世界白色、棕色、黄色与黑色居民当中，仅仅占四分之一。所以，我们要到什么时候才能明白下面这一点呢？白人再也没有资本，他们就是不敢做出其余四分之三的人民会提出异议的行为，并非因为这样的行为本身有什么罪过，而是仅仅因为挑战者与反对者在种族上不是白人。

就不去说另外的那些雅利安人了，他们由于政治意识形态的关系，已经成为西方世界的仇敌了。我们，能犯下与宥恕那样罪行的美国白人，难道已经忘记，仅仅十五年之前，仅仅是日本人———个已经崩溃与破产的岛国的为数仅八千万的居民——已经对我们做出过什么样的事情吗？

那么，我们又怎么指望能熬过下一次的珍珠港事件呢，万一真会再出这样一个事件的话，这回，联合起来反对我们的不仅是所有的非白人了，而且还包括所有政治意识形态上不同于我们的人——在我们让他们明白这一点之后（我们此刻正在做这样的事呢）：我们嘴里在讲自由与解放的时候，我们其实根本没有做这两件事的意思，而且我们也不打算实行安全与正义，甚至也不想保存种族上与我们不一样的那些人的生命。

不想保存的不仅仅是波尔战争中南非的黑人,而且也包括生活在美国的黑人。

因为如果我们美国人想要生存下去的话,那就必须这样,我们选择、决定并且坚决保卫这一原则:至关重要的是,全体美国人面向全世界时,是以一个平等、不可摧毁的整体战线出现的,不管我们是白色美国人还是黑色、紫色、蓝色或是绿色的美国人。

也许现在我们会发现我们能生存还是不能了。也许在我的家乡密西西比由两个成年白人对一个黑人儿童所犯下的这个可悲、惨痛的错误的目的,就是为了要证明我们值得生存下去还是根本就不值得生存。

因为如果我们美国人在我们垂死的文化中已经到达必须谋杀儿童这一步,不管是为什么理由、什么肤色,我们都是不配,或许也真是不会,再继续生存下去了。

(原载《纽约先驱论坛报》,一九五五年九月九日。)

致《生活》周刊编辑

自从《生活》刊出我的《致北方的信》之后,我从南方以外的地方收到许多回信。不少信都批评信里面的说法,但是直到今天还没有一封似乎觉察到信后面的没有点明的苦衷,之所以渴望尽快尽量广泛地让它得到传播的隐藏的原因;上面所说的那一点倒给信中所提出的一个论点加重了分量,那个论点是,南方之外的美国并不了解南方。

那封信背后的用意是,某个个人,企图通过免除奥瑟琳·露西小姐的死亡来拯救南方也拯救美国。她刚刚被亚拉巴马大学延缓做出决定;已经定下一个日期,到时候一位法官将对这一延缓是否有效做出裁决。我相信当法官做出裁决废除这一延缓时,这一点他是必然会做的,支持她作为一名学生企图进入大学的那些力量便会让她再那样做。我相信如果他们那样做,她很可能会丧失生命。

由于并未派她回学校,因此这封信在这个方面的目的就落空了。我倒希望它永远也不起作用。不过倘若含有同样悲剧种子的局势再次出现,没准这封信还能起到一些作用呢。

威廉·福克纳　密州奥克斯福

(原载《生活》周刊,一九五六年三月二十六日。)

致《报道者》编辑

从我收到的信件以及在《时代》与《新闻周刊》上所见到的来函摘引看,我觉得伦敦《星期日泰晤士报》对我所做的访问记里,某些部分是不准确的,访问者在告知我之后便将文章交给你刊发表;无须说,在访问记付印之前我未曾过目,发表之后也还来不及拜读。

倘若在付印之前能让我先看一下,那么,这些不准确的声明[①],是绝对不可能强加到我头上来的。这样的声明绝非神志健全的人所能做出,在我看来,也不会为任何一个神志健全的人所相信。

---

① 在伦敦《星期日泰晤士报》驻纽约记者拉塞尔·W.豪所写的访问记里,福克纳对记者说:他将"为反对美国、为密西西比州而战,即使这意味着他将走上街头向黑人开枪"。在福克纳三次声明他没有对访问者说过这样的话。拉塞尔·豪接着又在四月十九日的《报道者》上撰文反驳。他强调访问记准确可靠,他说,全部材料都是"一字不变地从现场速记笔记翻译过来的"。

就我所知，南方并没有武装起来对抗美国，因为美国既没有打算强迫南方，也不会允许南方反抗或是脱离联邦。

说我或是任何一个人会选上任何一个州去反对它之外的整个联邦，为此甚至不惜付出在街上向其他人开枪的代价，这样的声明不仅是愚蠢的也是危险的。说它愚蠢，是因为在今天，没有一个头脑清醒的人是会挑选一个州去反对联邦的。一百年前嘛，倒有可能。时至一九五六年，是绝对不会的。说它危险，因为这样的想法倒会进一步煽动南方的少数人，他们没准仍然相信这样的一个局面是有可能出现的。

威廉·福克纳　密州奥克斯福

（原载《报道者》，一九五六年四月十九日。）

致《时代》周刊编辑

在我们这个因种族隔离而变得动乱不堪的时代里，至关重要的就是别让任何人为他脑子里根本不存在因而也是从来没有发表过的意见而背上黑锅。上个月在纽约……我接受了伦敦《星期日泰晤士报》的一个代表的采访，他（在我同意之下）把访问记转给了《报道者》发表。我在访问记付印之前没有看过。如果我看过的话，《时代》所刊登的那些摘引的话便不可能强栽到我的头上来，因为那些看法是我想都没有想到过的，那些主张是没有任何一个神志健全的人会做出的，而且在我看来，没有一个神志健全的人会相信的。我或是任何一个神志健全的人竟会主张让任何一个州去反对除它之外的整个联邦，直到不惜开枪杀戮别的种族的地步，这样的主张不仅愚蠢而且也很危险。愚蠢，是因为今天没有一个神志健全的人会去做这样的选择,即便他有机会去做选择。若说在一百年前,那还有可能,时至一九五六年,那是绝对不可能的。说它危险,是因为这样的想法会进一步煽动南方一小部分人的情绪,他们说不定仍然相信这样的局面有出现的可能。

威廉·福克纳　密州奥克斯福

(原载《时代》周刊,一九五六年四月二十三日。)

致《时代》周刊编辑

对于英国最近在埃及所采取的行动①,公众与我们的报界发表了不少的批评与谴责。不管这一行动是对还是错,我们的批评者有没有一直记住,英国相信它必须如此做,理由不完全存在于英伦三岛的内部呢?如果这一行动是错误的,我们的谴责者有没有一直记住下面这一点呢?英国到现在为止已经两次阻遏住敌人的进攻,因而给予时间使我们终于明白,是不能通过花钱躲过战争的而是不得不以战争来对付战争的。我们是否能这样呢?把我们的批评与谴责理解为一种担心,生怕到现在,即使是英国,也无法再给我们提供一个无须必得参加战争的机会了。

威廉·福克纳　密州奥克斯福

(原载《时代》周刊,一九五六年十二月十日。)

---

① 指当时以色列入侵埃及,法国与英国出兵重新占领苏伊士运河一事。

致《纽约时报》编辑

如果法国、英国和以色列在埃及的所作所为是一种犯罪,那么,把它的果实扔下只会更加糟糕:那将是一桩蠢事;我不相信任何地方的任何国家还能有本钱做蠢事。犯罪嘛,倒还可以;做蠢事,那是绝对要不得的。

我们这个国家此刻所需要的并不是一个打高尔夫球的人而是一个玩纸牌的人。一个高手——大胆,勇敢,血管里流着的是冰水,此等好手是我历来连见都未曾见过的。他手里刚接过以色列人、英国人和法国人白送给他的牌,还不必为补牌而付出筹码,他没准不单能摆平中东问题,而且还可以让全世界今后五十年内太平无事呢。

威廉·福克纳
密州奥克斯福 一九五六年十二月十一日

(原载《纽约时报》,一九五六年十一月十六日。)

致《时代》周刊编辑

我们陈旧的外交政策很像赌场的行为准则:接受赌徒所下的全部赌注,认定每一个下注者都是押错宝的,单靠赌场由骰子、纸牌或轮盘那里得到的恒定、微薄的抽头来维持。而我们的新政策却像是赌场经理在向他的后台老板提出要求，允许他场子里抱台脚的保镖可以带手枪。

威廉·福克纳　密州奥克斯福

（原载《时代》周刊，一九五七年二月十一日。）

致孟菲斯《商业呼声报》编辑

　　几年前，最高法院提出了一个看法，那是我们南方人所不喜欢的，于是我们拒绝接受它。

　　其结果是，上个月有一份法案被提交给国会，其内容对我们大家来说，危险性要远远超过于黑人儿童能进白人学校就读或是黑人可以把票投进白人投票箱——那种危险性显然是只有一位专家才能看出来的。

　　国会原本是会通过这道法案的，仅仅是因为那位专家正好在场，所以才没有通过。于是我们逃过了一劫——这一回总算是逃过了。

　　我们仍然是在抵制那个意见。只要我们继续把黑人视作二等公民——也就是说，交税和服兵役是要老实执行的，但是选举这样的政治权利是享受不到的，在经济、教育方面也是不可加入到抽他们税让他们服兵役者的行列中去参加竞争的——只要我们继续这样做，国会便会继续收到提交审定的法案，它们包含着相同或类似的危险，那是只有一位专家才能识别出的；但是总有一天专家无法准时出席，于是这样的法案之一便会得到通过。

威廉·福克纳　密州奥克斯福

（原载孟菲斯《商业呼声报》，一九五七年九月十五日。）

致《纽约时报》编辑

小石城的悲剧是在于它终于将一个事实带到光天化日底下来,我们早就知道这个事实是存在的,但是一直到它被迫曝光之前,我们可以用假装看不见的办法来忽略它。这个事实就是,白人与黑人互相不喜欢、不信任,而且也许是永远也无法相互喜欢与信任了。

不过,没准这毕竟还不能算是一个悲剧。如今,在这个事实曝光使我们不得不直面、承认与接受它之后,说不定我们能够理解,相互喜欢与信任对我们来说并不是什么重要的事。友好、平静地生活在一起,好歹凑合着相处,对于我们,甚至也不能算是件了不起的大事。重要、必须与迫切(真的是很迫切:我们此刻已经到达一个再没有多余时间的地步了)的是,我们要联合起来,形成一个共同的统一战线,不是为了乏味的平静与友好,而是为了作为一个民族、一个国家,能够生存下去。

很可能为时已经太晚;作为一个国家、一个民族,我们可能已经走上穷途末路。可是我不相信这一点。我拒绝相信,在危机中我们不能重新振作我们的民族性格,拿出同样的勇气与坚强,比方说像英国人曾经是的那样,当时在整个欧洲,只有英国一个国家挺身而出,为了人类应该自由、可以自由的国家原则而战斗。我们所面临的任务将更为艰巨,不是因为威胁更加严重,而是因为我们,不是作为一个洲的诸国之中的一个,甚至一个半球的诸国之中的一个,而是作为一个在敌意世界的包围中处于少数的最后一个为自由而举国团结一致的民族,我们必须屹立不动。

我们反对那样的原则，它以暴力强制人们消灭自己的个性，以融入国家至上的铁板一块的状态，我们，由于刚好具备地理上的有利条件，可以出来代表剩下的团结一致的民众，坚持与之相反的原则，那就是，人是可以自由的，但那是通过自愿消灭一己的自由融进与汇入所有想要自由的个人的集合体的自由。我们，由于有幸具备尚未浪费完、尚未糟蹋尽的历史资本，可以成为一个集合地，让所有的人都来参加，不论他有什么样的肤色，说什么样的语言，只要他们愿意联合起来，成为一个整体，这个由自由的个人组成的整体的基本信念是，自由的、有个性的人不仅必须活下去，而且一定能够活下去。

威廉·福克纳　密州奥克斯福

（原载《纽约时报》，一九五七年十月十三日；本文据福克纳打字稿。）

启　事

承市长、市参议员锡克、市工程师洛与市司法办公室关照，使立于泰勒路本人家前门处的商业广告牌得以拆除，对此，福克纳太太与本人不胜感激。

威廉·福克纳

（原载《奥克斯福鹰报》，一九五九年九月二十四日。）

启　事

奥克斯福城区范围内本人地产上竖有木牌示明产权之树林中，有数只温顺松鼠生息于斯。某些对自己森林技艺与枪法信心不足之猎人在危险的凶悍的野松鼠面前难免心存怯懦，容或会乐于将它们权当枪靶。此数处树林亦为本人放牧马匹与奶牛之地；迟来之猎人还会发现此处除牲畜外还有为数甚伙的先来者。兹特祈请后到之猎人先生万勿将枪弹对准上述两种动物，至盼至盼。

威廉·福克纳

（原载《奥克斯福鹰报》，一九五九年十月十五日。）

致《纽约时报》编辑

关于 U-2 飞机驾驶员鲍尔斯一事①：现在，俄国人在今后十年内将要把他像关在一只笼子里的猴子那样，在非西方的世界里到处展示，作为一个活生生的例子，显示时至今日，美国得如何不顾一切地依靠莽撞、愚忠和忍耐，才能活下去。要不就是做得更漂亮一些，立刻将他释放，轻蔑地表示，一个不顾一切地自轻身价的国家是不值得任何人尊敬与畏惧的，它的冒险行为的执行者，也是不够资格充任烈士，甚至都是不值得花钱去养活的。

威廉·福克纳
密州奥克斯福　一九六○年八月二十四日

（原载《纽约时报》，一九六○年八月二十八日。）

---

① 一九六○年美国间谍飞机被苏联击落，驾驶员弗朗西斯·加利·鲍尔斯被俘，他被苏联以间谍罪判处十年徒刑，但于一九六二年获释回国。

《福克纳随笔》增补版

福克纳生前曾想出版一本散文随笔集，可是限于精力没有如愿。兰登书屋版《福克纳随笔》出版后，得到了许多研究者和读者的好评。美国小说家与批评家乔治·加雷特说福克纳的散文"像他写其他所有作品一样用心写的，是他毕生作品中的一个部分……是用他自己的风格与语言写成的……另外，读者还有必要知悉一篇文章与别的文章之间的关系、与他全部作品之间的关系"。

二〇〇四年，《福克纳随笔》的编者、福克纳研究者詹姆斯·梅里韦瑟在一九六六年版的基础上，新增了一些福克纳早期的书评、图书推荐语及一些从未公开发表、鲜为人知的书信，共计三十九篇。詹姆斯·梅里韦瑟说："从这本非小说性质的文集的每一个篇页，都可以窥见作为艺术家以及作为人的福克纳的某个方面。这些篇页，在向我们显示出这位极其热诚、异常复杂、非常隐秘的作家在职业生涯的后四十年愿意向公众揭示的那些部分的同时，也使我们得以更进一步地了解他的为人与他的作品。"

本部分据《福克纳随笔》增补版编排。

一　散文

诗歌，旧作与初始之作：一个发展历程

十六岁那年，我发现了斯温伯恩[①]。或者不如说，是斯温伯恩发现了我，他从我青春期某处受尽折磨的乱树窠丛里跳出来，像一个剪径强盗似的俘获了我。在那个阶段，我的精神生活表面上被如此全面、平滑地贴上了一层看来颇不诚恳的木皮——这在当时对我来说显然是不可少的，为的是好让我在个性的完整上不至于受到损害——直到今天我仍然说不准确斯温伯恩对我的震动有多么深刻，他行程的脚步又在我心灵里留下多么深的印痕。现在回想起来他对我来说不是别的，而是一个富有伸缩性的载体，在里面我可以放进自己模糊不清的情感形象，而不至于把它们挤碎。多年之后，我才在他的诗里发现更多的东西，多过于聪明、痛苦的声音，也多过于由血液、死亡、黄金以及必不可少的大海所组成的满足人的要求的一根金光闪闪的饰条。的确，我也浏览过雪莱与济慈——在那样的年龄，谁不读他们的诗呢——可是他们没有打动我。

我不认为自信心在这里起了多大的作用，仅仅是我的自满与一种

[①] 斯温伯恩（Algernon Swinburne，1837—1909），英国诗人。

年轻人的病态心理，才抵消掉他们的影响并使我保持冷静。我当时并不是为诗歌而诗歌才对诗歌感兴趣。我读诗，利用诗，首先是为了进一步多姿态地调情，当时我正在这样做；其次，是为了完成我当时正在塑造的青春形象，我当时有意把自己打造成小镇上的一名"另类"青年。稍后，我对通奸的兴趣一点点冷淡下来了。我的兴趣遂不可避免地转向诗歌，我发现那里有一种更能让人满足的情感对应物，理由有二：一、无须女伴；二、操作起来简单得多，只需阖上一本书，出去散步就行了。我这么说并不意味着我在斯温伯恩那里找到过任何与性有关的东西：斯温伯恩作品里是没有性的内容的。有数学家，这是不成问题的；也有情欲主义，就像任何能见到的形式、色彩上以及作为一个运动来说是属于情欲主义的作品那样。可是并没有性受虐的内容，像——比方说——戴·赫·劳伦斯的作品那样。

　　当时，有一个习惯做法极受推崇，那就是对着自己的情妇朗诵欧玛尔[①]的诗歌，作为两人结合的一种伴奏——这是夹在叹息声之间的必不可少的弦乐独奏。我发现诗歌不仅可以用来使精神暂时对肉体的不雅姿势视而不见，而且还可以使事情的整个进程速度加快。啊，女人，有着她们那饥渴的、一心想捕捉什么的、卑微灵魂的女人！在一个男人那里，那是——往往是——为艺术而艺术；可是在一个女人那里，那就永远是为艺术家而艺术了。

　　不管我在斯温伯恩那里找到的是什么，反正它完全地满足了我也充实了我的内心生活。我现在不能理解，我当时是怎么能以那样愚蠢的自满心态看待别的诗人的。当然，如果一个人多多少少为斯温伯恩所打动的话，他必定是不免会从斯温伯恩的前辈那里找到一些亲切的东西的。也许，正是那个斯温伯恩，在接受了他的精神遗产并将之推

---

　　① 欧玛尔（Omar Khayyam，1048—1122），波斯诗人，《四行诗集》（亦译《鲁拜集》）为其代表作品。

向极致，使得后来的任何一个后补诗人都绝望地叹为观止时，他也是粗糙化了他的诗歌遗产的，他是要刺激最最迟钝的味觉神经，同时又是撩拨最最敏感的神经，正如废水既能让猪猡喝也能供奉给神道一样。

因此，我相信，我是以没有偏见的心地尽可能地去接近诗歌的。当时，我正按惯例追随着一个年纪稍大的人，不过操纵我的那几根线总是松垂着的，因此我的观点几乎没有受到影响。其实当时我也没有什么观点，我后来形成的一些看法都很牵强做作，也都被我抛弃了。我毫不畏惧地走近诗歌，仿佛是在说："行了，现在让咱们瞧瞧你有什么货色吧。"在利用过诗歌之后，我现在愿意让诗歌来利用我了，如果它做得到的话。

当战时有组织的混乱为和平时期无组织的混乱所取代时，我认认真真地念起诗来。没有任何背景的我参加到那些把当代诗歌乱号乱叫的人的行列中来。我并不总能讲清楚诗里面表达的是什么，但是我告诉我自己"这可是真东西啊"，我像许多人一样，相信如果你大声吼叫，把周围的喧闹声全压下去，让别人相信你确实是个"懂行的"，那么你自然就是个授了勋的贵族了。我参加了一个感情上的"爱心保护麋鹿爵爷团"。

南方的美——精神与物质上的美——之所以存在，是因为为了它，上帝做了那么多而人类却做得那么少。我享有这一种美，为此，我得感谢任何一个有关的神道：是他，让我把根全都扎在这片泥土里，以致与当代诗人的一切联系都是不可能的，除了通过印出来的文字。

对我来说，这一页是永久地翻过去了。我心怀愉悦地读罗宾逊和弗洛斯特，还有阿尔丁顿；康拉德·艾肯[①]的小调音乐仍然在我的心中回响；可是除了这几位之外，那个阶段像是从来也没有存在过似的。

[①] 罗宾逊（E. A. Robinson，1869—1935）、弗洛斯特（Robert Frost，1874—1963）、康拉德·艾肯（Conrad Aiken，1889—1973），均系第一次世界大战后出现的美国诗人。阿尔丁顿（Richard Aldington，1892—1962）是英国诗人。

我再也没有试着去读其他那些人的作品。

结束这一个阶段的是《什罗普郡一少年》①。我在一家书店里找到一个平装本，打开来时，发现那里存在着一个秘密，现代派诗人野狗般地在黑森林一条冰冷的小路上边吼叫边追踪的正是这个秘密，不错，他们偶尔也会发出一下清澈优美的声音，但终归脱不了是野狗。这里显示出了有必要降生到这样一个稀奇古怪的世界上来的原因，那就是：去发现坚忍不拔这种品质所具备的光辉，去发现甘当泥土的美，这样的美像一棵树，傻瓜能围绕着它吼叫，幻灭、死亡与失望的风也可以剥它的树皮，让它病弱，却不能使它痛苦；这是一种哀愁的美。

从此时开始，道路变得明朗了。我读莎士比亚、斯宾塞，还有伊丽莎白时期的大家，以及雪莱与济慈。我读"你委身'寂静'的、完美的处子"②，发现这里有一潭静水，不过除此之外它又是很坚强和具有活力的，平静，却自有内在的力量，而且像面包一样管饱。那样美丽的知性，对自己的力量是那么的有把握，因此是无须用狂暴的行动来制造幻想的力量的。就以《夜莺颂》《希腊古瓮颂》，还有"让人听的音乐"③等等来说，这里自有一种精神美，那是现代派诗人苦苦追求却一无所获的，但是在这精神美的底下，我们知道，有内脏；还有阳刚之气。

我偶尔也在杂志上见到现代诗歌。在四年里我只发现一桩值得玩味的事；这些诗人中存在着一种倾向，要重新返回到正规的押韵方式与传统的格式上来。莫非他们也见到墙上的文字④了吗？我们仍然能心存希望吗？或者，在这个时代里，在这十年中，是无法创作诗歌的

---

① 英国诗人阿·爱·豪斯曼（A.E. Housman，1859—1936）的代表作，发表于一八九六年。
② 济慈《希腊古瓮颂》开首的一句。
③ 莎士比亚十四行诗第八首开首处的文字。
④ 典出圣经《但以理书》第五章，喻"不祥的征兆"。

吗？难道我们当中连一个有心拨响自己的鲁特琴来讴歌世界的美的雏形济慈都产生不出来吗？与雪莱像只燕子似的朝南飞去以逃离无法容忍的英国冬天的那个时代相比，生活也并没有什么不同嘛；生活方式也许有些变化，但生活本身并没有什么不同。时代改变了我们，但时代本身却没有什么变化。仍然是同样的空气，同样的阳光，在这里面雪莱曾梦想在银色的世界中有不死的金子般的男子与女子，而年轻的约翰·济慈则写出了《恩底弥翁》，企图挣得足够的银子来娶范尼·布劳恩并且开一家药剂师店铺。难道我们当中竟出不了一个人，能写出美好、热情、哀伤的诗歌而不是令人失望与伤心的诗歌吗？

（原载《两面人》，一九二五年四月号；后由卡维尔·柯林斯收入《威廉·福克纳：早期散文与诗歌》一书，一九六二年；本文据福克纳的一份打字稿，上面标明的日期是"一九二四年十月"，收录在一九七九年出版的《威廉·福克纳的密西西比诗歌》一书中。）

论批评

沃尔特·惠特曼说过——这话是夹在大声怒吼与绷紧肌肉发出的陈词滥调之间说出来的——如果想要有伟大的诗人，那么也必须要有伟大的读者。如果连沃尔特·惠特曼都理解这一点，那么，在今天这个无线电收音机的时代，很明显，应该让我们以及那些所谓高品位的杂志知道，我们应该懂得这一点了；至于文学讲坛上的个人接触，那就更不用说了。但是，期刊和教授们在培养我们的伟大读者或是伟大作家这个方面，又做了什么呢？这些西比尔[①]有没有轻轻拉着新入门

[①] 西比尔（Sybil），古希腊传说中的女预言家。

者的手，向他传授文学趣味的基本原理呢？他们甚至都没有试着去向新手们灌输对基本原理神秘之处的崇敬心理，（这就连批评的情感上的价值都给剥夺了——但是不通过情感，你又怎么能控制住那群新手呢。莫非世上还有什么讲道理的暴民吗？）于是，我们便没有了传统，没有了团队精神；能否参加进文学批评队伍的唯一条件就变成你有没有一架打字机了。

他们甚至都不试着去为新手塑造见解。诚然，替任何一个人塑造见解都几乎是不值得的，不过，为了一个人的灵魂，把他的见解从一种谬误引导到另一种谬误，那也未尝不是一种娱人的消遣呢。美国批评家，像个变戏法的，试着去发现自己到底能让观众看到多少东西，而且还可以从舞台上一溜了之——这就是障眼法的妙用了。他以用一种乐器弹奏机巧的艰深琵音的办法来检验这篇作品。这也未免太大学生二年级水平，太无用场了吧；好像短号手等乐队来齐时玩儿几下"让耳朵走钢丝"的技艺。但是不同之处还是有的：短号手吹了一会儿之后觉得累了，便停下了。可是批评家却孤芳自赏起来了，这岂非咄咄怪事呢。他们是不是还会捧起别的批评家的文章，互相交换对读呢？这令人不禁想起理发师互相为对方刮胡子的有趣景象。

美国批评家不仅使他的读者，而且也使他自己连最重要的基本事实都视而不见。他的行业成了一种精神上的体操表演：他成了快乐回忆中穿插表演里的乱翻筋斗，让乡巴佬们看得心醉神迷，不是因为他说的内容而是因为他表达的方式。在连眼睛都看不过来的烟花艳俗表演的面前，他们都不会思考了。谁没有听到过这样的交谈呢？

"你读到上一期的……（随便填个名字便是）？琼斯·布朗这回写得够棒、够锋利的；他……呃，那是本什么类别的？是本小说吧，我想是……都来到舌尖了，……就是那老小子写的呀。总之，琼斯说他是美学上的童子军。文章写得棒极了：你不可不读呀。"

"是的，我会读的：布朗一向写得挺棒的，你记得他是怎么说那谁的吗：'一只既不能飞连骂人都没学会的鹦鹉'？"

可是，当你问到那本书作者叫什么名字，书名是什么，或者内容是什么时，他竟然都没法告诉你！他要就是根本没有读过，要就是不仅还未被它打动而且还在等布朗的评论帮他形成意见。可是布朗什么样的意见都没有提供。也许布朗自己也拿不出任何意见。

在英国，他们做这类事情可要比美国的做法强得多了！自然，在美国，也有同样清醒、宽容与修养到家的批评家，但是除了少数几位之外他们都没有什么地位；确定调子的刊物没有把他们看在眼里；或者是，这几位发现条件不尽如人意，他们干脆不理这些刊物往国外一走了之。在最新一期的《星期六评论》里，杰拉尔德·古尔德先生在评艾尔弗雷德·诺伊斯①的《隐藏的祈祷者》时，这么说：

"一般人不这么说话……记录下普通人的普通话语是不可行的；那通常会变得很死板……提供死气沉沉的细节会引人误入歧途。"这才是深得批评的真髓呢。如此公正、清楚而且完整：再没有旁的什么可以说的了。这样的批评，不但是公众，连作家本人读了也同样会获益匪浅。可是什么样的美国批评家会这样从轻发落呢？我们的文学权威中有谁会放过这样的机会，不给诺伊斯先生起个"美学童子军"，或是同样轻慢人的外号呢？而我们什么样的读者才能在捡起这本书时，心中不存偏见，不居高临下与不怀有隐隐约约的怜悯感呢？……倒不是对于这本书，而是对于诺伊斯先生。恐怕是一百个当中只有一个吧。而什么样甘愿受苦，甘愿让牛虻般的批评家叮咬的作家，能够从被称作美学童子军中获得任何益处与营养？怕是连一个都没有吧。

心志健全，这才是应该尊崇的那个词儿。得自己活也得让别人能

---

① 艾尔弗雷德·诺伊斯（Alfred Noyes，1880—1958），英国诗人。

活嘛；应该按评判的标准来批评，而不是用俏皮话。英国书评家批评的是书，美国批评的却是作者。美国的批评家胡乱塞给读者公众一个扭曲的丑角形象，在他的影子里，形形色色毛边本的书名朦朦胧胧地浮现出来。的确，倘若有两种行业内部不应存在职业性嫉妒的话，那么它们就是娼妓业与文学创作了。

可是现在的情况却是，竞争成了相互残杀。作家可没法重起炉灶去与批评家一比高低，他写自己的作品还忙不过来呢，而且他天生就不宜去从事这种竞争。而且即使他有时间也适当地武装了自己，那也会是不公平的。批评家，一旦为读者习惯于倾听，就会被他们认为是不可能犯错误的；而且他与读者的接触很直接，足以使他成为最后的发言人。对于美国人来说，最后的话总是最有分量，那会起关键性的作用。说不定因为它给了批评家一次机会，自己来说一些话。

（原载《两面人》，一九二五年一至二月号；后收入卡维尔·柯林斯编的《威廉·福克纳：早期散文与诗歌》，本文据该书。）

舍伍德·安德森

出于某些原因，人们似乎对安德森先生感兴趣的并非他作品里所写的内容，而是他的文学渊源。大部分探究他文学根源的人都认为他学的是俄罗斯人。如果真是如此，那他倒是回归老家了，《鸡蛋的胜利》已译成俄文。一小部分人则认为他受到法国文学的影响。新奥尔良的一位细木匠发现他酷似左拉，但他怎么会是这样的我可看不出来，倘若硬要找出他们的共同点，那就是左拉也握笔写书。

如同大多数的猜测一样，这一切都很有趣不过却毫无用处。人是从土壤中长出来的,像玉米与树木一样:我倒愿意认为安德森先生是他家乡俄亥俄州的一片肥沃的玉米地。正如他在自己的故事里所讲的那样,他的父亲不仅肉体上为他播下种子,而且往他身上灌输了做一个作家必须具备的那种信仰,那就是相信自己的感情是很重要的,父亲另外还灌输给他一种欲望,迫切希望把自己的感情诉说给别人听。

这里是一片青青的嫩苗,从土里挣扎而出,要生存成长,受到饥饿的乌鸦的威胁;这里还有安德森先生,在马棚与跑马场里打杂,在一家工厂里拆卸自行车,直到有一天要讲他的故事的冲动太强烈了,使得他再也无法抗拒。

《俄亥俄州的瓦恩斯堡镇》

书的标题何等的简单!那些故事也是写得非常简练:很短,他讲述故事,戛然而止。正是他的缺乏经验,以及他的极其不愿浪费时间或纸张,教会了他掌握天才最基本的要素之一。一般地说,作家的初作总显示出较多的虚张声势,要不就是很啰唆乏味。但是《瓦恩斯堡镇》里这两种毛病都没有。安德森先生在写他的乔治·威拉德们、沃许·威廉斯们与银行家怀特的女儿们时,是小心翼翼、不显露自己的,仿佛他是在想:"我算是什么人呀?竟然去刺探那些人的灵魂,他们跟我一样,也是从这同一片土地里蹿出来的,也和我一样,忍受着同样的痛苦。"我在《瓦恩斯堡镇》里能找到的作者个性的唯一迹象便是他对那些人物的同情,倘若此书是一部长篇小说,那么这样的同情就会变成廉价的感伤了。神道们又一次保佑了他。这些人物都是活的,会呼吸的:他们都很美丽。这里有那个组织棒球俱乐部的人,有那个双手"会说话"的人,还有人已中年的伊利莎白·威拉德,还有一个年纪偏老的医生,他们之间存在着一种爱,那是班波枢机主教做梦都希望得到的。

对于他们这样的爱专门有一个希腊词儿,这个词安德森先生怕是从来未曾听说过的。在他们所有这些人的背后,是一片肥沃的土地,上面长着玉米,不论是青翠的春天、迟缓、丰收的炎热的夏天,还是严酷、阳刚的冬天,都没能伤害这些玉米,反而倒使它们更加强壮。

《前进中的人们》

正如玉米中有的棒子结得稀稀拉拉,有的棒子长得格外壮实一样,安德森先生的书目中也有弱一些的作品与强一些的作品。继《瓦恩斯堡镇》之后出版的《前进中的人们》就不免令人失望了。不过,跟《瓦恩斯堡镇》相比,当时别的美国作家所写的任何东西,也都是令人失望的。

《饶舌的麦克佛逊的儿子》

在读了《讲故事的人的故事》之后,我们就能理解饶舌的麦克佛逊是从哪里产生出来的了。而且我认为,两相比较,便可以清楚地显示安德森先生已经成长到何等样的地步。无论是在《前进中的人们》中还是在《饶舌的麦克佛逊的儿子》里,都从根本上就缺少一种幽默感,而且还严重到如此地步,使这种缺乏对作者起了妨碍的作用,不过,话又说回来了,成长中的玉米又哪有时间顾及幽默呢。

《穷白人》

这棵玉米仍然在成长。饥饿的乌鸦再也妨碍不了它,也无法把它的根叨离土地了。在这本书里安德森先生似乎又把手指、脚趾重新插入泥土,像他在《瓦恩斯堡镇》里所做的那样。再一次,在这里,又是古老、灿烂的土地与人回应了劳动、食物与睡眠的硬性要求，连它们的情欲都是非理性的。一位年轻的姑娘感觉到青春期甜蜜的惊惧必然会来临，便恬静地接受下来，就像一棵树接受自身的向上升涌的树液，她看到带来这一现象的春天变得像夏日般沉闷与睡意蒙眬，春天的工作就这样完成了。

《多种婚姻》

按我看，这只棒子没有长好，因为这不像是安德森先生的作品。我不知道它由哪里来的，不过我很清楚，它不是《瓦恩斯堡镇》与《穷白人》的合乎逻辑的发展。这本书里的男主人公是个工厂主，一个布尔乔亚，这人是个"当头儿的"，因为他是自然而然被迫管理起他的工厂来的，而厂里的工人则是没有自己的工厂的。在安德森别的书里没有出现过"当底下人的"，因为那里也没有"当头儿的"——有的只是环境的决定性作用，在这样的时候，你的真正的民主也就变成了君主制。而作者也因此而离开了土地。他一离开土地，便会迷失方向。再一次，幽默是全然没有的。一个四十岁、过成天坐办公桌生活的人，在房间里走来走去，说个没完，准是像什么衣服都没穿，挺可笑的。他会怎么处理自己的那双手呢？你有没有见过一个人踩着重重的步子走来走去，说个没完，却不把两只手插在兜里的呢？可是，这个故事却赢得了当年的日晷奖，因此我很可能是看法错了。

这篇作品被译成俄语，还曾改编为戏剧在纽约演出过。

《马与人》

这是一部短篇小说集，让人想起《瓦恩斯堡镇》，但是它却更加老到。在读过此书后你不由得想把《瓦恩斯堡镇》找出来再重读一遍。

这会令人产生疑问，短篇小说没准不能算是安德森先生最最合适的形式。这里没有故弄玄虚的情节，不会让你困倦欲眠；有的只是对人的片段性的尖锐刻画，用安德森先生那种时断时续的探询口气写来，真是再恰当不过。依我之见，《我是一个傻瓜》真能算是美国最优秀的短篇小说了，它写的是一个男孩对自己的职业（赛马）与身体的青春期的骄傲，写他深信会出现一个美好、热情的世界，这个世界是专为精英们赛马而创造出来的，还写他年轻人异教徒式的欲望，想让自己显得壮美一些以博得他心目中那位女士的青睐，正是这一点使他最终大为出丑。这里表现了一种个人的情绪，但是能引起人类很大的共鸣。

马！这在人类历史上是一个多么有煽动力的字啊。诗人们把马当作一个象征，多少王国都是亏得有马才能打到手的；有史以来，马在王者运动项目中都是不可或缺的组成部分，从振响起雷霆般马蹄声的古罗马的四马双轮战车比赛起一直到现代的马球比赛。马的历史和人的历史是密不可分的；一旦拆开两者都生存不下去，合在一起他们便能参加到诸神的不朽之中来。没有别的动物能在人类的生活中占有同样的位置，连狗都不能。有时候，人会无缘无故就对狗踢上一脚的。

在安德森先生出生的地方，马是土地自身的一部分。他的祖先和马一起开垦处女地，和马一起，他们与土地苦苦搏斗，驯服了土地，使它贡献出玉米来；无数人与马的遗骸使土地变得肥沃。因此，为什么马儿就不该得到它帮助收获的谷物中属于它的那个部分呢？为什么它们中的优秀分子就不该不加约束地尝到速度的恣肆与辉煌的滋味呢？

一点儿不错。它，它的族类中的优秀分子，在人这个族类中的精英分子的帮助下，在一条泥土跑道上再一次变得不朽：让它更为愚钝的兄弟去为人类中较为愚钝的那些去拉犁破土好了，让这些兄弟拉着大车进城，拉着大车在薄暮时分的星光底下拖着步子慢吞吞地回家好了。经过劁割、丧失了雄心壮志，拉着吱嘎作响的大车进入谷库，或是一声不响地拖着辆破马车,在月光底下玉米地之间的土路上慢悠悠地踱着步子,那可不是骏马该做的事呢。

在这本书里有人物,走动与活着的人物,还有古老、坚实的土地,土地让人付出伤心的劳动,偿还时想必还很吝啬,但是比播下的种子还是多出一百倍。

《讲故事人的故事》

在这里,安德森先生打算做一件事,实际上却分别写了两本书。前半部,那显然是打算刻画他的身体图景的,实际上却是根据一个人物——他的父亲——而写成的一部小说。我记不起来别的任何作品里有跟他完全相似的人物——一个介乎于洛男爵和高迪洒①之间的中间人物。书的第二部分,那是描绘他精神肖像的部分,则与前面颇不相同:它使我稍稍有一种感觉,其实它应该是单独成为另外的一本书的。

在这里,安德森先生探究了他自己的内心,也是那么的小心翼翼,正如他探究那个工厂主内心时一样。直到这里为止,他从来都不是哲理性的;他认为自己对这一方面所知不多,总是让读者自己去下结论。他甚至都不提供意见。

可是在这第二部分里,他有时候对自己采取了一种大象般粗笨的幽默态度,而完全不是刻画他父亲形象时的那种尖刻的幽默。我觉得这是因为安德森先生对于自己对旁人的反应很感兴趣,却很少对自己感觉兴趣的缘故。也就是说,他缺乏强烈的自我意识来成功地刻画自己。而乔治·摩尔②让人觉得有趣的时候,仅仅是在他讲自己心爱的

---

① 巴尔扎克作品里的两个人物。
② 乔治·摩尔(George Moore,1852—1933),爱尔兰小说家,《一个青年的自白》是他一八八八年的自传。

女人或是讲他说过的聪明的话的那些地方,道理正在于此。不妨设想,让乔治·摩尔来写《马与人》!或是让安德森先生来写《一个青年的自白》,那将会有什么样的效果!不过玉米还是越长越茁壮了:我认为《讲故事的人的故事》的前半部是他所做过的最好的人物刻画;不过作为整个的一本书来看,我同意卢埃林·波伊斯发表在《日晷》上的看法:它还不能算是安德森先生对美国文学的最佳贡献。

我自然无意说安德森先生缺乏幽默感。他是有的,他一直是有的。不过直到最近他才让他的短篇小说多少表露一些这种韵味,那仍然不是有意识地去写一篇为幽默而幽默的作品。有时候我怀疑是不是一直到这些人物已久久进入他的脑子之后他仍然抽不出时间来写;他很珍惜他们,但是到头来他对他们的看法已经稍稍有些走样了。这就跟我们一样,我们珍惜我们心爱的人,有时候觉得他们挺可笑,但永远也不是幽默。觉得可笑,是说明我们有一种优越感,可是在我们珍爱的人的身上还发现永恒的辛辣的幽默感,这可就会让人稍稍感到不安了。

不过,没有人能够指摘他在这本近作里对父亲的描述缺乏幽默感。这一点,我认为,说明他仍然还未成熟,尽管他到目前为止已取得很大的成就。能构思出这样的人物的人,是有潜力在日后做出更大成绩的。

我们曾一起在河上的一条船里共度周末,安德森跟我。我睡不好因此走出船舱来看日出,阳光一时之间居然把密西西比河的泥滩也变成了人间仙境,这时,他走到我的身边,一边乐不可支。

"我昨儿晚上做了个有趣的梦。让我告诉你那是怎么回事。"这是他的开场白——连早上好都没说一声。

"我梦见我睡不着,梦见我骑了一匹马在乡间兜来兜去——连骑了好几天。最后,我终于遇到一个人,我拿那匹马跟他交换,换的是一个晚上的安睡。这件事发生在早上,他告诉我该把马牵到哪里去,等天黑下来的时候我准时到达了,站在他房子的前面,牵着马,准备快快冲上床去睡觉。可是这家伙根本没有露面——让我牵着马在那地方站了整整一夜。"

居然有人指责说他受到俄罗斯作家的影响！要不就是任何别的人的影响。他最亲密的朋友中的一个称他为"阳具崇拜的契诃夫"。他可是一个美国人，不仅如此，还是个中西部人，是泥土之子：他是个自成一路的典型的俄亥俄州人，就跟哈定①，在他自己的路数上，也是典型的俄亥俄州人一样。安德森有一片充满故事的玉米地，也有一条讲故事的舌头。

我无法理解美国的这种热情，非要给本土的东西起上一个异国情调的名字，什么"马里兰"烤鸡啦！"罗马"口味啦！奥马哈的"济慈"啦！而舍伍德·安德森又成了"美国"的托尔斯泰！我们像是得了地理上东拉西扯的毛病。

不管怎么说，俄国人是怎么也不会梦想到那一匹马的。

（原载达拉斯《晨报》，一九二五年四月二十六日；后收入卡维尔·柯林斯编的《威廉·福克纳：新奥尔良札记》，一九六八年；本文对讹误与不统一处略作修订。）

文学与战争

西格弗里德·萨松②能打动读者，他曾亲自步行跋涉去阿拉斯③或

---

① 哈定（Warren Gamaliel Harding，1865—1923），美国第二十九届总统，俄亥俄州人。
② 西格弗里德·萨松（Siegfried Sassoon，1886—1967），英国诗人。
③ 阿拉斯（Arras），法国北部加来海峡省省会。

是相关地带，他在铺道板上踩过，听到与感觉到它们在湿泥里发出啪嗒啪嗒与咯吱咯吱的声音，他见到过伤亡的士兵在阴雨连绵的弗莱芒天空底下发臭变烂，他闻到过战场上可怕的臭气——那是吃剩的食物、排泄出来的食物、睡觉处的湿泥与污秽、汗臭的衣服的混合气味——他曾因为连着四天喝不到威士忌而臭骂总参谋部。(在战争中士兵们是不咒骂上帝的：谁知道无处不在的那一位是不是恰好就在跟前呢)

还有亨利·巴比塞①，他也能打动读者，他曾躺在稀烂的山腰上，让雨水泡得全身湿透，一直到连泥土的分子本身像是都浮到了大气的顶层，空气呢则与泥土合成了一体，人想站起来都简直不可能，连炮火也似乎穿不过去。

读者还能为鲁伯特·布鲁克②所打动，即使是上面说到的事情他全都未曾参与，即使战争对于他来说是皇家禁卫军师的无休无止的表演，光荣的阵亡者在同一时间之内既能坐在马鞍上又能塞进棺材里，驻守的地方当兵的既不需要食物也不会烟瘾大发。再说这里还不下雨。

不过，还需要 R.H. 莫特拉姆③利用最近的这次战争来完一次成功的文学历程呢，正如南北战争需要它的斯蒂芬·克莱恩④来把烂醉如泥的黑人上士们从大宅子的客房里清出去，并且把脏兮兮的乌黑鬈发剃干净一样。

照常营业。多么了不起的口号！谁曾指摘盎格罗—撒克逊人老是以感伤主义的态度对待战争？人类的情感历程很像他的听觉历程：有

---

① 亨利·巴比塞（Henri Barbusse, 1873—1935），法国作家，《炮火》为其代表作。
② 鲁伯特·布鲁克（Rupert Brooke, 1887—1915），英国诗人。第一次世界大战时参加海军，因血液中毒去世。
③ R.H. 莫特拉姆（R.H.Mottram, 1883—1971），英国小说家，著有以第一次世界大战为背景的小说《西班牙农庄》。
④ 斯蒂芬·克莱恩（Stephen Crane, 1871—1900），美国作家，著有以美国内战为背景的小说《红色英勇勋章》。

些东西人就是感受不到,就像有些声音他就是听不见一样。而战争,总的来说,就是这些东西之中的一件了。

(原载《密西西比季刊》,一九七三年夏季号;本文据福克纳大约作于一九二五年初的打字稿。)

那么现在该干什么了呢

他的曾祖父是从田纳西州山区徒步来本地的,在那里他杀死过一个人,他干活,节衣缩食,买了一小块地,靠打牌、掷骰子又弄到一些钱,可是却死在一支手枪的枪口之前,当时他打算通过选举当官再多捞一些钱;他的祖父耳朵聋,人倒是很正直,总穿一身白布衣服,把继承得来的钱都浪费在政治活动上了。他有一间法律事务办公室,不过他一天的多半时间都是坐在法院的院子里度过的,这么一个陷入沉思的、脾气执拗的老人,耳朵太聋无法参加到大家的谈话中去,甚至是最愚笨的小孩跟他下棋都能赢他。他的父亲喜爱马匹更甚于喜爱书本与学习;他开了家马车行,这男孩就是在这里长大的,整天吸进去的都是马匹散发出的浓烈的阿摩尼亚气味。十岁时,他就能站在一只木箱上给马儿套挽具了,他让马儿夹在轻便马车的两根辕木之间,动作快得几乎跟大人不相上下,像只蛐蛐儿那样灵活地在马肚子底下钻过来钻过去,给它扣紧皮带,一边还用蛐蛐儿那样尖细的嗓音咒骂马儿;到十二岁时,他已经从黑人马夫们那里学到掷两颗骰子的好本领了。

每一年圣诞节前夕,他的父亲总会提来一只篮子,里面放满了一品脱装的威士忌酒瓶,父亲站在办公室门口,背对火光,此时,在黑洞般的马棚里,黑人们便会凑拢过来,眼球在眼眶里滚动,闪光的牙齿相互碰击，使马棚里充满了因高兴而发出的喷气声与蹬脚声。男孩此时已经是个半大小子了，因此也帮着喝；他嘴巴里的酒气有时让老太太们闻出来，于是她们便试着去拯救他的灵魂。接下去，他十六岁了，却开始对他父亲的行当怀有一种自卑情结了。他上完了文法学校和中学一年级，男女同学们（遇到下雨天，他总是赶了一辆父亲提供的马车，在附近几条街上兜来兜去，免费接送同学，最后马车里塞得实实足足，连多一个也挤不下了）的父亲不是律师便是医生和商人——反正做的都是上等职业，连衣领都是上了浆挺括括的。直到此时之前，他都是很不自觉的，很赞同只要能挣到面包干什么工作都无所谓，愿意干什么只管去干就是了。可是如今他的看法改变了。一切改变都起因于他正在起变化的身体。青春期以及这之前，他对女人的了解都是从修理马车的黑人和白人更夫那里得来的，是通过道听途说才略有所知的。如今，在街上，他看着一些姑娘的背影，她们就是他过去用父亲的马车送去上学的那几个人，他望着她们逐渐变得丰满的腿，想象着她们正在发育的臀部，便不由自主地产生了一种逆反的自卑心理。他内心把自己设想为一个巨人，可是这个巨人的肌肉却是不灵活的。那些少年人，医生、商人和律师的儿子，在药房门前的街角上晃荡。他们掷起两粒骰子来却没有一个比他灵的。

　　镇上开来了一辆汽车。马儿们都用转动的眼球傲视着它，一边警惕地喷着鼻息。一次战争爆发了，从遥远处传来消息。他十八岁了，三年来他一直没有正经上学；那辆发锈的马车如今静静地躺在马棚院子的杂草丛里，是在喂蛾子呢。他不再是一身的阿摩尼亚味儿了，因为随便哪个星期天他都可以在火车站附近小公园里靠双骰子赢他个二三十块钱；在药房前的街角上，一帮姑娘香风也似的穿过，互相用指尖或手臂轻轻接触，这时，你都无法把他与律师、商人或医生的儿子区分开来了。姑娘们倒不歧视他，她们有越来越丰腴的大腿，有双唇，这些跟别的说不清楚的东西一起，让你晚上无法入睡，到底是什么东西呢？——为丧失纯洁品质而感到的羞耻、男子汉的骄傲、像毒品一样的欲望。现在，身体变得不纯净了，骄傲也蒙上了污垢。可是却又是为了什么呢？

　　一个姑娘遇到麻烦了，于是他紧紧抱住铁路货车的梯子，或是躺在空荡荡的无盖货车里，听寒星底下铁轨接头处发出的咔嗒咔嗒声。寒霜尚未打在棉花株上，但已经抚触到两旁排列着橡胶树的肯塔基公路和广阔的牧场，也降落在月光下俄亥俄州农场里没有思想准备的玉米秆上了。他仰卧在俄亥俄的干草堆上。温暖的干草几乎盖没了他的大腿。干草吸收了整整一个夏季的阳光，将他托起在干燥、发出咝咝声的温暖之中，他蠕动着，睡不着觉，用胳膊托着脑袋，在想家。姑娘们是没有什么不好的，可是到处都有这么多的姑娘。她们有这么多，一个男人务必得很有礼貌地从满世界的姑娘当中穿过去。这就意味着要很有技巧。千万别对她们做出什么损害。劈开双腿也就意味着把自己的头脑的接受能力劈成两半。这一切他就早已知道，可是现实生活就像是读一篇小说接着又看根据它改拍的电影似的，还带配音什么的呢。温柔乡。隐秘，却很像是陷阱。就像去寻找某件你想要的东西，却落入了蜘蛛网丛。你拿到了那件东西，但紧接着你还得把蜘蛛网清除掉，而每回你摘下一片，它又粘回在了你的手上。即使在你对那件事再无需要之后，那些网仍然死死地缠住你。直到最后，你可记住了蜘蛛网怎样让你奇痒难忍，当你又需要那件事时，只要想一想那股难受劲儿就行了。不。是流沙。没错，正是流沙。真的一直趟过去，你也就走出去了。可是男人又不愿意这样。他居然还想什么地方都涉足过；结果呢，爬上对岸时人全瘫了。但是什么事情都还未做成呢。不得不重新回去，再让蜘蛛网粘满全身。"基督呀，你得向她们袒露那么多的事儿。连你的脑子都不够使的呢。而她们永远也不会忘掉哪次你做成了哪次没有做成。她们到底想要怎么样呢？"

　　排成V字形的大雁在月亮前面滑过，它们凄凉的鸣叫声在冰冷、高傲的星星的光亮里漂浮，穿过惊悚的庄稼与供人仰卧的土地，声音孤独、悲哀又狂放不羁。冬天：是犯罪与死亡的季节。大雁南飞，可是他的方向却总是朝北。一天晚上，在俄亥俄州的一个小镇上的一家小酒店里，他认识了一个人，那人骑着匹慢慢踱着步子的马，从一个县府小镇走向另一个县府小镇，在四处的集市上摆摊子。那人很狡狯，领子上连饰条都没有，对自己那匹马走的步子赞不绝口，激动得直流泪；他们一起朝南漂流，他的外套一次又一次地吸饱了阿摩尼亚的气味。马儿们的气味又让他觉得很好闻了，那股阿摩尼亚味儿真冲呀，马儿的耳朵却耷拉着，像被霜打蔫的藤叶。

（原载《密西西比季刊》，一九七三年夏季号，根据可能写于一九二五年春或初夏的显然是未完成的手稿刊出；本文据该季刊的文本。此文的不寻常之处，在于包含很明显的自传性内容。福克纳可能原本想将它写成一篇短篇小说，因此并非所有情节均能与现实对应，但在已完成的部分中，福克纳加入了比以往任何一部虚构性作品分量都大的自身经历。直到二十五年之后，写作半虚构式散文《密西西比》时，他才再次如此明显地把笔墨集中在自己的经历上。）

关于《坟墓里的旗帜》的创作、编辑与删节[①]

大约两年前，有一天，正当我在懒洋洋地思考时间与死亡问题的

[①] 一九三四年三月，福克纳从家乡奥克斯福给他在纽约的文学代理人莫顿·戈德曼寄去一份两页的稿子，里面提到他的第三部小说《坟墓里的旗帜》（虽然稿子里并未出现这个书名）写作、被出版者拒绝以及后来由另一个人（那是他的朋友和未来的经纪人本·沃森，名字亦未写明）编辑、删节的情形。这份手稿显然是写于更早些时候，可能是在一九二八年深秋或一九二九年初，也说不定是在一年之后。福克纳并没有让代理人设法发表。因为笔迹非常潦草，难以辨认，估计他是想作为作家手稿出售以换得一些生活费。福克纳当时经济上非常困难。字迹后来由约瑟夫·布洛特纳设法辨认誊清，发表在一九七三年一月号的《耶鲁大学图书馆公报》上。——原注

时候，我忽然想到，既然我的肉体无疑是越来越顺从呼吸的标准化的强制操作，那么，总会有一天，我的灵魂的上颚必定也会对世界上最简单的面包与盐都不做出反应的，——那个动作，是我在开始懂事的年龄就学会的，——那么同样，不久之后，除非用只块菌来拨撩，我肉体的上颚也是会不起反应的。于是我就开始像头猎狗似的嗅来嗅去，查找起事情的根由来了。

我真正希望得到的真实很简单，仅仅是一块试金石，一句简单的话或是一个姿态；可是这之前的两年，我都是处在词语的诅咒之下，两回在墨水的痛苦的面前都一无所获，除了我费尽了气力，于一本书的封面与封底之间，创造出一个世界，这个世界是我已经准备丧失与为之感到遗憾的，同时以年轻人的病态心理感觉到，我不仅已处在衰老的边缘，而且逐渐进入老境是整个熙熙攘攘的世界中唯独我单独一人才会有的经验，我还渴望，倘若不能像保存一根树枝或一片树叶以显示失去的森林那样，将那个世界摄下与定影，至少也应把那片腐烂的叶子能引人遐思的筋脉留存下来的吧。

于是我开始写了，没有太多的目的，直到我明白，要使作品有真正的感染力，还必须有个人色彩，为的是不仅仅在作品里保留我自己的兴趣，而且在再普通不过的面包与盐的内容里保存我的信仰。于是我把人物放入作品之中，因为除了再现人物还有什么是更具有个人色彩的呢，它在两种意义上具有个人色彩，审美上的意义与哺乳类动物的意义。实际上，还是只有一种意义，因为审美上的那种也仍然是女性的原则，那是一种欲望，要去感觉骨头在伸展与分开，用某种自我产生的，由肉体的抗议性的释放所孕育的活生生的东西。于是我得到了一些人物，有些是我想象出来的，别的则是我从黑人厨子们与各种年纪的马夫讲的故事里生化出来的，讲故事者中有独臂乔比，当时十八岁，他教会我写自己的名字，用红墨水写在他穿的防尘风衣上，他当时干嘛要穿这样的一件衣服我们俩都记不起来了，还有老洛维尼亚，她记得哪些星辰什么时候"掉落"了下来，也记得哪些人熟不拘礼地用教名称呼我的祖父，后来她死了，在某个催人欲睡的漫长下午。我说生化出来的，因为写他们，部分是根据他们在真实生活中的情形，部分则是依据他们本应是的实际上却并未如此的情况：就这样我改进了上帝的工作，他老人家本身的事迹虽然很有戏剧性，但是他却没有戏剧的意识与感觉。

其实这种意识与感觉我也同样没有，因为我投寄去六百多页稿纸的第一个出版家表示拒绝出版，理由是它太混乱，既没有头也没有尾。我简直是大吃一惊；我情绪上的第一个反应是盲目的抗议，接着我又变得客观了一小会儿，就像被告知自己的小孩是个小偷、白痴或是麻风病患者的父母那样；好长一段时间，我在惊愕与绝望中沉思这件事；接着像那对父母那样，我在反抗的愤怒之中闭上了双眼。我顽固地紧抱着自己的幻想；我把稿件拿给几位朋友看，他们也都对我说了同样的一般看法——说这部作品缺乏任何形式；最后，一位朋友拿去给另一位出版家看，这位先生建议好好删节、编辑一下，看看是否还有些东西。

这时，我已经拒绝再与它有什么关系了。这之前我与被指派编辑此书的那个人激烈地争辩了一场，我认为他肯定在一切方面都会吃力不讨好，最后也不会有好结果。我说，"一棵白菜长大成熟了。你看看这棵白菜，它长得不对称；你说，我来修削一下，让它变得更像艺术；我要使它变得像是一只孔雀、一座宝塔或是三只油炸甜面包圈。好得很呀，我说：你来干吧，改完后这棵白菜也就死了。"

"那我们还是可以把它腌成酸菜的呀，"他说，"同样多的酸白菜，比起白菜来，可是够多一倍的人吃呢。"一两天之后他拿了稿子上我这儿来。"问题在于，"他说，"你这里有大约六部作品的内容。你想在同一时间里把它们全都写下来。"他显示给我看他所指的意思，又给我看他删改后的情况,我这才第一次了解到我已经比我所知道的要做得好得多了,我有责任要去完成的那部长长的作品也在我的面前展示了出来,我感觉自己周围是地狱的边缘,在那里有一些阴暗的幻影,那一大群变化着还未完全成形的人,每一个都有其逼真的成分,等待着成为一个完整的形象,我有某种理由相信,它们在这个世界上不应该完全置于人们的记忆之外,我又沉思,这些晦暗却很聪明的身影,靠了他们的努力我可以怀着大量的谦卑,在这个真实却又不稳定的世界里重新树立我创作的自我冲动力量,我琢磨着时间与死亡的问题,寻思我有没有发明出一个应该为之献出生命的世界,或者是这个世界有没有寻找到我,赋予我一种迅速幻想的能力。

麦克·格里德的儿子[①]

　　大约一年两回,查利·海斯和我总要找个地方安营扎寨,或者说是去飞机场钓鱼[②]。遇到冬天往往在霍尔姆斯先生办公室的火炉前,要是在夏天有点儿遮荫的地方就成,甚至在飞机翅翼底下也能将就。我

---

　　① 文章题目为《福克纳随笔》的编者所加。《战鸟:一个无名飞行员的日记》(纽约,一九二六),为艾略特·怀特·斯普林斯所著,为一部半小说半自传作品,叙述第一次世界大战期间皇家飞行团与皇家空军一名美国飞行员的生活与死亡的情况。斯普林斯书的一小部分材料取自他的朋友约翰·麦克加伏克·格里德的日记,格里德牺牲于一九一八年六月。《战鸟》最初出版时未署作者名,但是一九二七年再版时斯普林斯添加了一篇前言,里面暗示,此书确系一位亡友的日记,他只是加以编辑而已。不久后一般人都普遍错误地认为,此位未署名的飞行员与日记作者即是约翰·麦克加伏克·格里德。福克纳是知道这部书的,他也接受了对此共同的错误认识。——原注

　　② 福克纳在这里采用一种当时流行的调侃口气。下面提到的一些地名、方向与行动也都是无须认真对待的。

们基本上是在加拿大或是大湖地区一带,虽然过去的两年里我们曾一直往南去到利尔福湖甚至是阿肯色;有时候我寻思,我们真的相信我们是在打算干件什么正儿八经的事呢。

因此(那是一个星期前的星期六;我弟弟正打算在市政府飞机场给我们的飞机加足油以便飞回家去,我上盖耶太太小铺去买些口香糖),我走进门,看到海斯和另外一个人待在柜台跟前,我立刻系上一只苍蝇并且着手把一些细线清除掉。海斯和那个人没在吃东西。他们都戴着风镜,因此,还不等我看见海斯拿着笔与纸在画机翼的结构图,我就知道那人是个学生了。

"这是某某先生,"海斯说:我是那样地听到名字的,完全不在那种用心听以便一下子记住的状态之下。此时海斯和我已经要离开芝加哥去北密歇根湖了,也许是我做出了错误的姿态,把手伸进兜里要摸只角子出来买口香糖,这时,另外的那个人向我递过来一支香烟。我这才明白,我拿硬币时把火柴盒也一起带出来了,此时我突然想到,记起来了或者仅仅是碰巧意识到:格里德?是格里德吧?

"麦克·格里德的儿子,叫乔治。"海斯说。此时我第一次正眼看了看那人,记起了我进房间时瞥见他背影时他的模样:那种大学里学生互相说起别人时的模样,因为即使从背后看他也正是那样的。仿佛他在某个二年级拳击训练班里似的,肩膀很宽,但别处倒都是紧紧凑凑的,穿了件敞领衬衫和一条薄薄的夏季布裤子,有一张年轻的脸,双眼之间距离正合适,嘴巴和下巴很细巧,那是你简直都不会料到的。

"哦。"我说。此时海斯和我已经差不多决定要改去苏圣玛丽了,因为天气示意图说明天要变冷,而我们已经射杀了一两只驼鹿了。这时我弟弟在叫我了;我们一起往外走去,我放慢步子好让格里德跟上来。

"飞行的滋味如何呀?"我说。

"不错的,"他说,"我干这个差不多有一个星期了。"

"一个星期。"我说。

"是的。我并没有迷得特别厉害。不过,还是挺喜欢的。"

那天是星期六。星期三我又去飞机场了;我走进盖耶太太的小铺,他也在那里。他跟以前没什么两样,只是这回抽的是一只板烟斗,他在玩玻璃罩里的小型弹球游戏,啪地把弹球打出去。他认出了我;我知道他认出我了,但是他连看都不看我一眼,最后,还是我开的口:

"哈啰。"

他对我瞧了瞧。"哈啰。"他说。接着又去看桌子上的游戏了;他很用心地让球滚到活塞前面来。"昨早上我单独飞出去了。"他说。

"什么?"我说,"什么?单独飞出去了?"他星期六告诉我他学这个大约有一个星期了。"那很好呀,"我说,"干得不错嘛。"

他很用心地放松活塞,把球打出去。"是的,"他说,"让我觉得挺过瘾的。飞机也准是挺过瘾的吧,我猜。"

这就是我们当时所说的全部的话。后来我看到他和一个年龄相仿的小伙子一起,穿过停机坪,朝他用来学习飞行的那架飞机走去。他们带着一只照相机;后来我见到飞机上用印刷体写上了他的名字,我可以想象他不定怎样跟海斯纠缠,要让自己站在飞机旁边照一张相片,并且问海斯,是不是认为这样做有点装腔作势了。

麦克·格里德的故事对于孟菲斯的人来说并不是新闻,我想;对于读过《战鸟》一书的人来说肯定不是。他是赴海外空中服务的美国第一个连队的一员。那是在一九一七年,当时国内还没有可供他们驾驶的飞机,他们上船时都不知道要去什么地方,而等到抵达时马上就成了军事孤儿,既无官阶也无军衔(有时连军饷也领不到),可是在国内的那些部队,九十天甚至还不用那么久,就制造出了一批军官,全须全尾的,连马刺都不缺。

美国连队到达英国后被送进在牛津的英国军事航空学校,在那里又被打散，分配到皇家飞行团，经历了基本与进一步的飞行阶段，接着又进了驾驶员大队，在那里处在一种非驴非马的不规范状态之下，是美国军人却拿着英国的飞行员执照，他们再次遭到冷落，直到国内的政府记起了他们，决定该怎样对待他们；这以后，他们终于一个接一个地崭露头角了，驻扎在赴法的英军空军中队营地里，与美国部队、皇家陆军航空队并肩作战。

那是在一九一八年的春天。威廉·毕晓普少校领导了英国空军中队，下属七十四架匈式飞机以及他的V.C.，他的加固型D.S.O.和他的M.C.，此刻他已经太珍贵，不能再让他冒险出战了，在那儿没准会有个初次上天的德国新兵一不留神把他打下来的。因此他被召回英国，上级交了一个中队给他；他有权亲自组织队伍，可以选用他想要的任何一个人。

他选中的人里有三个是美国人：艾略特·斯普林斯、劳伦斯·卡拉汉和格里德。飞行中队出征法国，在那里被编为S.E.5的六十五中队，开的是单座驱逐机，该中队具有特殊荣幸，轮流由三位功勋英国空战英雄来指挥，他们是加拿大人毕晓普、英国人麦克顿与爱尔兰人曼诺克。格里德在一九一八年八月某日的一次出航未能返回，在这之前他有一次击毁敌机的正式记录。他的遗体在里尔空战处被发现，那是在德军防线的后面，他是由德国红十字会辨认与埋葬的。

那天我就那样地站在停机坪上，看着格里德的儿子和他的朋友在摆弄照相机，此时，海斯走到我身边来。

"听着，"他说，"我要你干一件事。给报纸敲出篇东西来。用你的打字机敲这么一篇东西出来：讲讲这件事：麦克·格里德的儿子。二十二岁。安纳波利斯大学二年级。一星期内单独飞行。"

"是一星期吗？"我说，"他真的七天之内就单独飞行啦？"

"是的。就算是差不多吧；他二十八号一定得赶回学校去的。因此有些项目也只好略过去了。这些项目他没达标也不丢人。"

"要是一星期之内能单独上天的是我,我可不愿意有什么地方落下话柄的。"

"你明白我的意思就行,"海斯说,"干你的就是了。"

他们站在那架飞机的旁边,不经心地摆弄照相机,二十二岁的人总是那样的。

"挺难弄的,"我说,"我不知道我写得出来不。不过,我试试就是了。"

他们终于把照相机摆弄好了,也对好焦距了,不管是准还是不准,反正是对完了。他还是穿着那件敞领衬衫,那条薄布裤子,戴着那副风镜,上面的玻璃也就是普通的平板窗玻璃,那大概是他借来的,新的时候也绝对不会比两块钱贵出多少。

情况就是这样。如果他登上报纸时带着学生假条和一副骑快车时用的平板玻璃挡风镜,那你也无须大惊小怪的。也没准他会穿着已故父亲穿过的同样的旧时军服出现,山姆·布朗式肩带、高筒靴什么的一应俱全,于是许多女士会对着照片大喊大叫,连男士们也不会对他过于苛刻地要求了。

可是他并未如此:他仅仅是站在那里,正对着太阳,穿着他去剪后院草坪时也会穿的衣服,与此同时,他的伙伴眯缝着眼在取景,摆弄着快门什么的。

"快点儿呀,"他说,"我很讨厌我这张脸盘儿老给这么晾着呢。"

(原载孟菲斯《商业呼声报》,一九三四年九月二十三日;《密西西比季刊》一九七五年夏季号重新刊出;本文据季刊的版本。)

关于《寓言》的一点说明[①]

　　这不是一本和平主义的书。恰恰相反，本书作者对和平主义与对战争一样，仅仅有过极其短暂的信仰，原因是和平主义不起作用，根本对付不了制造战争的那些力量。事实上，如果说这本书有什么目的或寓意（其实它并没有，我是说，在整体观念上并没有刻意营造的目的与寓意，因为就我所知和所想做到的，它很简单，仅仅是企图表现人、人类的冲突，跟自己的心灵、冲动、信仰、艰苦持久而无生命的土地舞台的冲突，在这个舞台上人类的忧虑与希望必定是让人感到痛苦的），它是想用富于诗意的类比和比喻来显示，和平主义是不起作用的；本书想显示的是，要结束战争，人类必须找到或是发明某种比战争、比人的好战性、比人的不顾一切的权力欲更为有力的东西，要不就是用战火本身来对抗战火，扑灭战火；人类也许最终不得不动员自己，用战争工具武装自己来结束战争；我们连续不断犯下的错误就是，为了结束战争挑动一个国家来反对另一个国家，挑动一种政治意识来反对另一种政治意识；本书还想显示，不想要战争的人可能必须武装自己准备上战场，通过战争的方式来打败权力联盟，它们死死抱住过时的信条仍然相信战争是万能的;应该教会他们（上面所说的权力联盟）去厌恶战争，不是为了道德或是经济上的理由，甚至还不是为了简单的面子问题，而是因为他们害怕战争，不敢冒险发动战争，因为他们知道在战争中他们自己——不是作为国家、政府或是政治意识，而是作为简简单单的人、很可宝贵不应战死与受伤的人——会首先成为被

[①] 标题系《福克纳随笔》的编者所加。——原注

消灭的对象。

书中的三个人物代表着人的意识这三位一体的三个方面——莱文，年轻的英国飞行员，他象征着虚无主义的那个三分之一；那位年老的法国军需官将军，他象征着被动的那个三分之一；而那位英国的军营里的奔跑者，他则象征着主动的那个三分之一——莱文，他见到了恶，以毁灭自我的方式表示拒绝接受；他说，"在虚无与邪恶之间，我宁愿选择虚无，"他实际上是在毁灭邪恶的同时，把世界也给毁灭了，这里指的是，代表着他，代表着他自己的那个世界——那位老军需将军，他在最后的一场里说道，"我不是在笑。你们见到的其实是眼泪；"这就是说，世界上是存在着恶的；对于这两者，即恶与世界，我都会加以忍受，并为它们感到悲哀——而军营里奔跑的那个人，那个明显可见的疮疤，他在最后的一场里说，"那很对；正是颤抖。我不打算死——永远也不打算。"也就是说，世界上存在着恶，对此我是准备采取一些行动的。

（原载《密西西比季刊》，一九七三年夏季号。此文原系一份打字稿，当作于一九五三年底或一九五四年初，是为《寓言》一书的护封勒口而作，或供小说首发式附带分发的宣传品之用的一份材料。该部作品是一九五四年八月出版的。）

二　演说词

在卡罗琳·巴尔大妈葬仪上的布道词
孟菲斯《商业呼声报》，一九四〇年二月五日

　　由于是我父亲的长子，我也算是一家之主了。但是这样的关系从未在"大妈"和我之间存在过。我们几兄弟全都是她从小抚养大的。她不仅仅是行为准则与知识信息的一个源泉，而且也是我的感情、尊敬与安全感的赐予者。她是我最早的一个伴侣。我从一出生起就认识了她，如今又由我来将她送离她的亲人，这真是一种荣幸。
　　挚爱与忠诚就是她的天性。大妈对任何人都不会提出什么要求。她不幸生来贫苦，皮肤黝黑，又是处在美国历史上的黑暗时代。她不要求别人照顾，接受命运对自己的不利安排，同时尽量发挥自己为数不多的有利因素。她将自己的命运与一个家庭维系在一起。那个家庭接受了她，表示了一定的赞赏。对她的奉献固然是给予了回报的，但那只能是金钱而已。天堂一定是有的，同样，大妈也必定会去到那里的。

（一九四〇年一月三十一日，福克纳家的爱仆卡罗琳·巴尔大妈去世；二月四日，福克纳为她做了葬仪上的布道词。该布道词于二月五日发表在孟菲斯的《商业呼声报》上。本文系报上的文本。另一修改后的文本见本书前面内容。）

在文化自由大会上的讲话
一九五二年五月三十日于巴黎①

主席先生，
女士们先生们：

我很希望能用法语来说下面的这些话，因为这本来是应该由一个美国人用法语来表达的。

我不是一个擅长演讲的人。我也没有专门做准备上这儿来发表演说。但是这个问题应该由一个美国人来讲一讲。很久以来我便得知，美国人在欧洲表现得相当不好。

我寻思大多数的欧洲人都不知道为什么会这样。我们美国人仍然按这样的思路来考虑问题：一片大陆逐渐得到开发，它不是被征服而是逐步走向成熟的，而各个地方的人都能在国旗上占到一颗星的位置。现在，要我们想象有些人不能在我们的国旗上占有一颗星，这对我们来说是很困难的，但是我们知道得很清楚，不是所有的人都能这样的；

---

① 一九五二年五月三十日，福克纳在文化自由大会组织的以"二十世纪作品"为名称的会议上，用英语（最后一段用法语）发表了一篇简短的演说。它的英语原文与法语译文刊载在会议出版的一本小册子上。法译文后来又在巴黎出版的《艺术》一九五二年六月号上发表。这里的英语文本（最后一段为法语）系根据小册子所载刊出。——原注

地球要比我们的那片北美大陆大；我们的地球，它是整个世界。

我们的行为会变得好一些的，我们也应当做得更好一些，我相信我们会比现在行为更规矩一些的。我相信，在场的法国成员的智慧再加上美国人的肌肉，这乃是欧洲走向解放的基础。

我认为几乎每一个美国人都是对法国欠下情分的，我也相信，全世界所有自由的人都是应该为这个国家多少做出一些贡献的，对于人类自由与人文主义思想来说，法兰西永远都是大家共同的"母亲"。（鼓掌）

在美国文学研讨会上的讲话

一九五五年八月五日于日本长野

在东京的一次讨论会上，我的一个声明文句被错误地组合了，如果不说是被错误地引用的话。按照那样的说法，我的意思便成了我相信美国是没有文化的，美国人全都是没有思辨能力、不具备精神传统的野蛮人。

我没有说过这样的话，因为我并不认为事情是这样的。按照我的看法，没有两个民族是拥有共同的文化的（除非他们恰好都基本上信仰同样的东西），就像有的民族推崇自由，而另一些民族却相信农奴制度。

我相信所有的民族与种族集团都拥有自己独特的文化。例如日本文化，那是一种理性主义的文化，而英国文化，则是一种岛国心理的文化。也就是说，每一种民族文化造就了它自己的民族性格。

同样，我们美国的文化不仅意味着成功，而且还意味着与成功在一起的慷慨———一种因成功而产生的慷慨的文化。我们渴望成功,努力工作以得到成功,为的是慷慨地付出成功的果实。我们从给予中所得到的精神喜悦是与我们从索求中所取得的相等的。所有这些文化都是重要的,而且从某个意义上说,它们都是相互依存的。

对我来说,这一点的证明就是我们相聚在日本这个事实,日本离美国有一万英里远,可我们却聚在这里用英语来讨论美国文学——也就是说,我们是在比较与对比产生了我们的民族文学的两种不同的文化。与日本的文化相比,我们的便显得粗糙、笨拙甚至是太不风雅了。可是从这种粗糙与笨拙中却生发出一种力量,这种力量又产生出美国文学,正是这种文学,使你们认为有必要在这里加以讨论。

从我们的粗糙与笨重之中生发出一股力量,它产生出一些作家,他们具有足够的重要性,能够在知识分子们的研讨会上占一席之地,而主办者的民族又是创造出了智者的文化的民族。

我认为,是我们以成功与慷慨为内涵的美国文化,使我们美国作家今天有可能在这里向你们提供一些东西。我认为,就像我们物质上成功的文化一样,我们的作家感兴趣的不仅是成功而且也包括着那种慷慨。我们对能成为自己国家的成功作家感到兴趣,同样,也对能向别的国家的作家提供有用的东西而感到兴趣。我想,与自己当一个美国作家的问题相比,我们更加关心的还是全世界的文学创作。

我认为我们的美国文化促使我们的作家仅仅在次要的意义上认为自己是美国作家,我们首先还是认为自己是致力于称为文学的那种带普遍意义的产品的男人和女人。我相信我们并没有真正试着去创造美国文学,甚至都没有想去提高它的声望。我相信我们是在试着去提高普遍意义上的文学的声望。我相信当我们看上去显得笨拙和乡土气十足时,那是因为我们本来就是乡土气十足。

正因为我们知识分子的文化是那么的历史短暂,所以我们把一种天真心态带入到文学的技艺中来，因为我们涉猎这种技艺为时太短所以还未能把这种天真心态褪尽。这样的美国式天真的一个明证就是美国作家之间并无性别上的妒忌心理，说到物质成功上的妒忌心理那就更少了。没有美国作家认为男作家天生应该更具有才能，或是在文学上更应该比女作家占据重要的位置。

　　作为一个国家来说，美国人一直是很幸运的。我们逃过了别的民族不得不忍受的许多困难与忧伤，对这一点我们是很清楚的，而我们成功与慷慨的文化的一部分内涵便是，如果做得到的话，将这样的良好命运与不那么幸运的民族共享，通过这种精神的质量，同样也通过袖珍本的图书；美国作家既为自己在世界文学中的地位感到骄傲，同时也并不妒忌任何别的国家。

　　我想，外国绝大多数的文学家都不太能想象，美国人能当上一位作家却并不一定也是一个思想家。欧洲的作家，如果当上了作家，必然自身也是所有其他相关的智力活动的成员之一。美国作家却可以成为一个作家而全然与理念的世界无关。对他起作用的理念可以完全不是什么理性的思维，而可以是与人心有关的普遍真理的某个信仰的感情观念。我们怀着最最骄傲的心情去参与和分享的正是这一点。

　　（一九五五年八月福克纳访问日本时经常接受采访，他的言论在日本报纸上被广泛刊登。为了纠正或阻止他的某些言论受到误解，他写了一篇声明并且在八月五日长野的会上作为发言发表。这篇发言最初根据国际通讯社电文在一九五五年八月二十八日孟菲斯《商业呼声报》上刊出，后又根据一份不是福克纳自己打的打字稿发表在一九八二年夏季号的《密西西比季刊》上。本文据季刊与福克纳打字稿。）

在接受安德烈·贝洛奖时的讲话

一九六一年四月六日于加拉加斯[①]

艺术家，不论是自愿选择的还是并非自愿选择的，总会发现他已经被奉献给单独的一项事业，这项事业是他永远也无法逃离的。这就是，他试着，用他所掌握的，他想象中、经验中与观察到的每一种方法，以比他自己脆弱与转瞬即逝的生命更耐久的形式表现出来——用颜色、音乐、大理石或是书的封皮——那是他在呼吸的短暂间隙里学会的——去显现在人类境遇中处于自我内心斗争中的脆弱、软弱却又是不可战胜的人的激情、美、恐惧与幽默。解决这样的困惑并不是他的职责，他甚至都不指望能活得比这些困惑更加久长，他只想用大理石、色彩、音乐与有组织的字词，把形式、意义、回忆留存下来，有朝一日他必定要将它们留在世界上。

这当然就是他的不朽之处了，也许还是唯一的不朽之处呢。很可能，迫使他献身工作的其实也就是那个愿望，能在他自己先得进入的最后的那扇通往湮灭之门的旁边，涂上这几个字："基尔洛依到此一游。"

其实，当我今天站在这里的时候，我已经尝到那种不朽的滋味了。我，一个在乡下长大的外国人，在好几千英里之外遵循着那条献身的道路，努力试着在不长的时间和不多的篇页之内，捕捉与模仿处于人类困境中的人类希望的真理，今天在这里，在委内瑞拉，我接受到官

[①] 一九六一年四月，福克纳访问委内瑞拉时被该国政府授予安德烈·贝洛一级勋章。他用西班牙语发表了受奖演说，这是译员休·詹克斯根据他的英语原稿翻译的。福克纳把他的英语原稿送给了他妻子与前夫所生的女儿维多利亚·弗兰克林·费尔登。后来此文被收入一九八六年出版的《书目学研究》第三十九卷。此处依据的即是该刊所载的文本。——原注

方正式的赞许，它实际上是告诉我：你的献身并未白白浪费。你所找到与试图模仿的确是真实的情况。

在市立剧场的讲话
一九六一年四月六日于加拉加斯①

任何一个像我一样从抵达委内瑞拉开始便获得那么多荣誉的人，会以为不可能再剩下什么新的荣誉让他去领受的了。可是他错了。在这场"委内瑞拉舞蹈"的表演里，他见到的不仅仅是一个美洲国家对来自另一个美洲国家的客人的又一次温暖与慷慨的姿态。他看到了被捕捉、固定在一个光辉夺目的动人瞬间里的委内瑞拉的精神与历史，一些青年男女用优雅、精巧的动作把这样的瞬间表现出来，给人以一种印象，他们这样做，是出于对描写他们国家的历史和人民的生活的诗歌与传统的爱与骄傲，是出于想让那位外国人、异邦客，能看到、理解并且带回去对这个国家的更充分的认识，其实他已经是在开始崇拜了，——让他永远也别忘记这些舞蹈姿势与灵感来自布兰科②与别的诗人，也许甚至包括一些无名诗人的诗歌，他们所致力的就是记录下国家与人民的历史，而奥索纳先生又把这样的历史演化为优美与含意深刻的动作，他也不能忘记导演拉蒙·依·里维拉先生以及演出的青年男女。他谢谢大家。他是不会忘记这次经验也不会忘记使它成为可能的那些人的。

---

① 一九六一年四月六日晚，福克纳参观了市立剧场的一次"委内瑞拉舞蹈"的演出。为此他写了一篇简短的感谢词。休·詹克斯将其译成西班牙语，并向演员与观众做了诵读。之后詹克斯向《福克纳随笔》的编者提供了一份福克纳的打字稿，此文得以发表在一九七四年夏季号的《密西西比季刊》上。本文据季刊的文本刊出。——原注

② 布兰科（Andrés Eloy Blanco，1897—1955），委内瑞拉诗人。

三　序言

《喧哗与骚动》前言两篇①

《喧哗与骚动》一九三三年前言

艺术并不是南方生活的一个组成部分。在北方,情况似乎并非如此。它是曼哈顿大楼基石上的那块最坚硬的矿工之石。它是街上垃圾与破烂的一部分。箭头般向上耸立的建筑物从它那里往上生长,也正因为有了它才生长,才被推倒然后又再次箭也似的向上耸立。会有一些人

---

① 一九三三年夏天,福克纳为兰登书屋计划出版的《喧哗与骚动》的一种版本写了一篇前言,后因计划变动此种版本未能出版,福克纳的文章一直存放在兰登书屋的办公室。一九四六年,兰登书屋要将《喧哗与骚动》和《我弥留之际》合在一起出版,编辑罗伯特·林斯科特找出此文,寄还给福克纳,希望他做些修改以便用作序言。福克纳认为此文不宜采用,表示他将另写一篇。但是后来两部小说合集出版,前面未附序言。《福克纳随笔》的编辑在整理福克纳的遗稿时发现有几种已完成的与未完成的《喧哗与骚动》的序言,它们基本上可以归纳为两篇。其中由福克纳标明日期为"一九三三年八月十九日"的一篇应该即是他曾寄给兰登书屋的那篇,短得多的则应是福克纳于一九四六年修改重写的那篇。前者由《福克纳随笔》的编辑交给《密西西比季刊》,发表在该刊的一九七三年夏季号。后面的那篇曾发表于《南方评论》一九七二年秋季号。——原注

过着小资产阶级的生活(那些数不清的、几乎是看不见的关节的骨头,缺少了任何一根整个骨架子都可能坍塌下来),他们的面包还指望着打这儿生出来呢——通晓几种语言的男孩女孩从开设在廉租公寓的学校毕业,走向编辑部与画廊;操作长条活字铸造机的花白头发大肚子男人买下音乐厅的票子,然后庄严稳重地回在布鲁克林或是郊区小站的家里去,在那里,孩子和孙子们在等待着他们——此时,离开人们像忘记野印第安人和鸽子那样忘掉爱尔兰政治家与那不勒斯诈骗犯的后代,也已经有很长一段时间了。

芝加哥的情况也是大同小异:歌曲的脚韵并不总是跟曲调和谐一致;人们精力充沛、大嗓门、变幻莫测却永远是年轻;从广袤得几乎能算是一片大陆的一条河的流域里,青年男女被吸引到城市活泼的不安里来,然后又给吐了出来,去到新英格兰、弗吉尼亚和欧洲,在那里写芝加哥。可是在南方,艺术为了能让人看见,必须化成一种仪式、一道景观;介乎吉卜赛人营地与教堂义卖之间的某种东西,那是少数几个搞化装表演的外地人张罗的,他们不在抗议和积极自卫上耗尽自己的力气直到再没什么可说,是绝对不会善罢甘休的——花上一个星期,大致如此吧,狂热地工作,就为了星期五晚上可以演出一场,然后偃旗息鼓并且销声匿迹了,只在某个角落里留下一件上面所沾的油彩全干了的罩衫或是一盘破残的打字色带,说不定在吃惊、困惑的小商人手里留下了一张买包干酪布和彩旗的小额账单。

或许这是因为南方(我是在这样的意义上说的,任何一个特定集团的人的天生的梦想都是有其共同点的,也许仅仅是地理上和气候上的共同点,这就把他们经济与精神上的渴望带进城市面貌,带进房屋或是行为的类型上去)早已死亡了。纽约,不管它自己以为如何,却是自从诞生以来一直都很年轻的;它仍然是继承荷兰人传统的合乎逻辑与从未断裂过的一个演进阶段。芝加哥呢,甚至都在夸耀自己年纪还小呢。可是南方，正如芝加哥是中西部而纽约是东部一样，绝对是已经死了，是被内战杀死的。不错，有那么一个东西，被异想天开地称作新南方，不过那并不是南方。那是一块移民者的土地，他们按照堪萨斯、衣阿华和伊利诺斯的城镇的样式在重建城镇，用摩天楼和条纹帆布篷来代替木结构的阳台，还教卖汽油的小伙子和餐厅里的姑娘学会说"O yeah？"（哦，要点啥？）说起话来"r"音特别硬，而且老是在安静多荫的十字路口晃悠，那地方别人是不会去的，除了开着凯迪拉克和林肯轿车的北方旅游者，他们的车速只比马的快步稍稍快一些，他们不停地变换着红绿灯与霸气十足、不容分说的喇叭。

然而这种艺术虽然在南方生活中没有地位，却几乎是南方艺术家的一切。这是他的呼吸、血液、肌肉以及别的一切。倒不能说那是强加于他或是由环境硬行灌入他的身体的；并不是强迫他选择，按照不是贵妇人便是老虎的模式，在当一个艺术家还是当一个人之间做一抉择。他是自己有意这样去做的；他希望能够这样。这对他来说一直是适宜的，而且单单对他一个人如此。只有南方人曾带着马鞭与手枪上编辑部去抗议对他们的稿子处理不公。这事儿——真的带着手枪——是出在过去的年代里，自然，我们已经不再屈从于自己的感情冲动了。但是这种感情仍然存在，仍然藏在我们的心中。

因为南方人写的是他自己，而不是他的环境：打个比方来说，他一只手捏着自己内心的那个艺术家，而另一只手里则捏着他的环境，并且把一样东西往另一样东西那里塞，就像是要把一只乱抓乱叫的猫往一只麻袋里塞。然而他还是要写。在音乐或造型艺术方面，南方人从未达到也许永远也不会达到什么成就。我们需要讲话，需要倾诉，因为讲演术本来就是我们的传统。我们似乎是试着用狂乱的呼吸（或者是写作）的个人空间来对当代场景做出一份控诉书，或是从那里逃避开去，进入一个用刀剑、木兰花和知更鸟构成的有票房价值的领域，其实这领域可能根本未曾在任何一个地方存在过。这两种写法都根植于滥情主义；也许狂暴地、辛辣地写发生在泥地茅屋里的乱伦是最最滥情主义的一种。不管怎么说，每一种写法都是激烈的参与，在其中作家无意识地把自己强烈的绝望、愤怒、沮丧或是他对更加强烈的希望的狂暴预言都写进每一行文字和语句中去。南方作家当中并没有那种冷酷的知识分子，他能心如止水、完全无动于衷，全然没有热情地写当代生活；我不相信存在着这样的南方作家，他能够不撒谎地说写作对他来说是件蛮开心的事情。也许是我们不愿意它成为这样的事。

　　我好像是两种写法都试过了。我试过要逃避也试过要控诉。五年之后，我回顾《喧哗与骚动》，看到它是一个转折点；在这本书里我同时采用了两种写法。我开始写这本书时，我根本没有任何计划。我甚至都不是在写一本书。在这以前我写了三部小说，轻松与愉悦的程度越来越小，报酬收入也越来越少。那第三部我足足推销了三年，在此期间我把它往一家又一家出版社投寄，怀着一种执拗与不断破灭的希望，只想至少要把用掉的纸张与耗掉的时间的价值挣回来。这个希望最终也必定幻灭了，因为有一天突然像是有一扇门悄悄地咔嗒一声永远关上，把我跟一切出版家的地址与书目隔绝开来，于是我对自己说，此刻我可以写了。此刻我可以不顾别的只管写了。因此，我这个有三个弟弟却没有姐妹而且命中注定要丧失襁褓期头生女儿的人，就开始写起一个小姑娘的故事来了。

　　当时我并不明白我试图塑造的是我并不拥有的妹妹与我将要失去的女儿，虽然前面这一点显然很可能与凯蒂有三兄弟有关，这几乎在我于纸上写下她的名字之前就已经是确定的了。我仅仅是开始写到一个哥哥和一个姐姐在小河沟里相互泼水，姐姐跌倒弄湿了衣裳，小弟弟哭了，想到那姐姐打输了说不定是受伤了。也说不定是他知道自己是小娃娃，她不管水仗打成什么样也会停下来安慰他的。当她这样做的时候,当她停下水仗浑身湿透朝他俯下身子的时候,整个故事,这在第一部分里是由那同一个小弟弟讲述的,仿佛都在我面前的纸上展现出来了。

我看见那根树枝的宁静的闪光将变成黑暗、严峻的时间之流,这股流水把她扫向某个地方,使她无法回来安慰他,不过那种单纯的间隔与分开还不够,还不够遥远。还必须把她也扫进不体面与耻辱里去。而且班吉必须永远也不会长大,不超过目前这个时刻;对于他,所有的知觉必须开始并结束于那个生气勃勃、大口喘气、停下来弯下腰的湿漉漉的身影,这身影闻上去像树木。他必须永远不长大,失去亲人的痛苦不会因为明辨事理而变得轻松一些,愤怒会变得缓和一些,如杰生的情况那样,或是忘却会使印象冲淡一些,如昆丁的情况那样。

我看到他们被轰上牧场,让他们在那里待一个下午,让他们离开屋子,因为此时要为祖母办丧事了,于是三兄弟以及黑小子们就可以趁凯蒂爬上树朝窗子里窥看办丧事时仰望她那沾满湿泥的衬裤了,当时大伙儿还不理解那条脏衬裤的象征意味,因为以后拥有勇气的还将是她,她将怀着尊严面对她要引起的耻辱,而这耻辱是昆丁与杰生所无法面对的:一个以自杀来逃避,另一个则以复仇的怒火加以发泄,这股怒火还将驱使他去克扣私生外甥女那点点菲薄的抚养费,这钱是凯蒂好不容易才设法寄来的。因为我已经进行到那个晚上在那个卧室里,迪尔西用沾了泥的衬裤去揩拭那苦命小姑娘光赤的背部——用脏衬裤所剩不多的干净部分尽可能地揩拭那个身子,那个肉体,它象征着、预示着小姑娘的耻辱,仿佛她(迪尔西)已经看到了黑暗的前途与在企图维持那摇摇欲坠的家庭中自己将起的作用。

到这时故事完成了,结束了。这里有迪尔西,她代表未来,她将站在家庭倾圮的废墟上,像一座倾斜的烟囱,高傲、坚韧、不屈不挠;而班吉则代表过去。他必须当一个白痴,这样,像迪尔西那样,他可以不受未来的影响,不过他完全拒绝接受未来,这一点又与迪尔西不同。没有思维或是悟性;没有形体,没有性别,像生命开始形成时某种没有眼睛、不能发声的东西,之所以能存活、能存在仅仅是因为有忍受的能力;是半流质,在摸索着:是太阳底下一团苍白、无助、对痛苦全不在意的物体,还没有到成为自己的时间,只除了他能够每天晚上带进自己睡梦——那迟迟到来的光明形象——的那个生气勃勃、勇敢的小人,对他来说那只是一种感觉,一种声音,在任何高尔夫球场上能够听到的声音,也是一种像树那样的气味。

　　故事到这里,在班吉叙述的第一个部分里,全都有了。我并没有使它晦涩化;当我明白这故事有可能印出来时,我又写了三个部分,全都比班吉部分长,以便把故事说清楚。不过在我写班吉部分时,我可不是为了它能够出版而写的,倘若今天让我重写,我会用不同方式写,因为写成如今出现的这个方式,教会了我怎样写以及怎样读,而且不仅如此:它教会我懂得自己过去所读过的东西,因为在完成这部作品时我弄懂了,就像听到夏日打雷的一系列回声那样,整整十年前我像只蛾子或者山羊那样囫囵吞咽却食而不化的福楼拜们、康拉德们与屠格涅夫们的作品。自打那时起我再没读过任何作品;没有必要了。自打那以后在写作上我只学到一样东西。那就是,它再也不会回来了,写《喧哗与骚动》班吉那节时我所体验到的情绪,那具体、确切然而又难以描摹的情绪,它再也不会回来了——我手底下尚且是洁白无瑕的纸张所完整与不枯竭地持有的那种狂喜、热切、欣悦的信心与惊奇的期盼,它们是再也不会回来的了。毫不踌躇的开始会出现,完成得很美满以及完成得很艰辛所带来的冷冷的满足感,这些会出现也会继续出现,只要我写得还不错。可是那样的感受不会回来。我是再也无法体会到它的了。

　　于是我写了昆丁的部分和杰生的部分,以便把班吉部分说得清楚些。可是我看出来我仅仅是在敷衍其事;我必须完全从书中跳出来。我明白会找到补救办法的,在某种意义上到那时我才能把螺丝的最后一圈拧上而且提炼出一些最纯的精华。可是我足足花了一个多月写下"这一天在萧瑟与寒冷中破晓了",才能把这一点做到。有那么一个故事,说有个古罗马时代的老人,他在自己床边放了一只第勒尼安瓶子,他钟爱这只瓶子,瓶口因为他不断亲吻而逐渐磨损。我给自己制作了一只瓶子,可是我想我从一开头就知道我是不能永久生活在瓶子里的,也许更好的办法是拥有它因而我也能躺在床上看着它;这样肯定会更好,当那一天来临,不仅写作的狂喜消失,而且那种一吐为快与有话值得一说的情况也都荡然无存。想到死去时自己在身后留下了一些痕迹,那是件愉快的事,不过更为美好的是你留下的是你感到死而无憾的东西。倘若留下的是一个苦命小姑娘的泥污的屁股,那就更了不得了,这小姑娘爬上一棵四月里花朵盛开的梨树,为了透过窗户看那个丧礼。

奥克斯福
一九三三年八月十九日

(原载《密西西比季刊》,一九七三年夏季号。)

《喧哗与骚动》一九四六年前言

我写完这本书也学会了怎样读书。我通过写《士兵的报酬》学到一点点写作方面的本领——比方说如何讲究语言与文字;也不用像散文家那样过于一本正经,却要怀着一种警惕的敬意,正如你走近炸药时那样;甚至是怀着喜悦,正如你接近女人时那样;说不定也是同样地暗中不怀好意呢。可是在我写完《喧哗与骚动》时,我发现确实是有些东西,不但值得,而且是必须,让艺术这个干巴巴的术语来涵盖的。当时我发现,我过去读所有的东西,从亨利·詹姆斯起经由亨蒂①一直到报纸上的凶杀消息,是根本不加区别也不加任何消化的,就像一只蛾子或是山羊那样。在《喧哗与骚动》之后,在没心思再打开一本书之后,在夏日闷雷般一连串迟来的反响之后,我发现了福楼拜们、陀思妥耶夫斯基们和康拉德们,他们的书我还是十年前读的。随着《喧哗与骚动》的写成我学会了读书同时也停止了阅读,因为自打那时候起我再也没读过任何东西。

自打那时候起,我也像是什么也没有学会。在写《圣殿》的时候,那是《喧哗与骚动》之后的一部作品,我身上的那个部分,即是知道自己是在写作的那个部分,也许就是驱使一个作家殚精竭虑、孜孜矻矻把七万五千或是十万个字写到纸上去的那股力量,并不存在,因为我仍然像回响的闷雷似的在反刍整整十年甚至更久之前所吞咽的书呢。通过写作《圣殿》我只领悟到缺失了某种东西;《喧哗与骚动》给过我而《圣殿》却没有给予我的东西。在我开始写《我弥留之际》时,我发现了那是什么也知道这一回仍然会缺失的,因为这将是一部刻意而为的作品。我动笔时就是有意把它写成一部 tour-de-force② 的。在我把笔放到纸上写下第一个字之前就已知道全书的最后一个字将是什么,也大致清楚最后一个句号会落在哪里。在我开始之前,我说,我将写这么一本书,必要时,靠了它,我能站住脚跟或是倒下去,即使我以后永远也不再碰墨水。因此在我写完时,那种冷冷的满足感是存在的,如我预期的那样,但是也正如我同时预料的那样,《喧哗与骚动》给予我的那另外一种感觉是没有的:那种有形、具体但又是含混不清、难以描摹的情绪:那样的狂喜,那样的急切、愉悦的信心和惊讶的预期,

---

① 亨蒂(George Alfred Henty,1832—1902),英国儿童文学作家。
② 法语,精心之作。

那正是我手底下那张尚未污染的白纸仍然养精蓄锐信心十足地保留着，准备释放出来的。在《我弥留之际》里这样的情绪是没有的。我那时说，那是因为在开始写以前对这本书我已经知道得太多了。我说，比差不多应该知道的还要多，我以后开始写书时再也不应知道得那么多了，下一回这样的感觉一定会回来的。我差不多等待了两年，然后开始写《八月之光》，我对它所了解的无非是一个年轻女人，怀着身孕，在一条陌生的乡村道路上踽踽而行。我想，这一回我该再次捕获它了，因为我对这本书的了解并未超过我写《喧哗与骚动》面对第一页白纸时对那本书的了解程度。

  它并没有回来。写好的稿纸一张张多了起来。故事进行得比较顺利：我总是每天早上坐下来没有延宕地往下写，但仍然没有那种期待与那种喜悦，仅仅是它们，才使得写作对于我来说是一种愉快。书都快写完了我才默认这个事实，它是不会回来的了，因为现在在每一个字写下去之前我便已经知道人物会如何行动，因为此时我已是费尽心机地在行为的种种可能性与或然性之间掂量选择，用詹姆斯们、康拉德们和巴尔扎克们的标准来衡量与丈量了。我知道我书读得太多了，我已经来到青年作家必须跨越过去的一个阶段，在这个阶段里他相信对于他的行业他已经学得太多。我收到一本印制成书的《八月之光》，我发现自己都不想去看史密斯[①]用的是何等样的封面设计了。我好像是心中已经有了它的幻影，它跟《喧哗与骚动》之后出版的几种书一起，依先后次序排列放在一个书架上，我看着印有书名的书脊，注意力越来越不能集中，都几乎成了一种厌恶感了，越看到后面那几本我越打不起精神来，直到最后，注意力本身似乎在说，感谢上帝，我可再也不用重新去打开内中的任何一本了。我相信那时我知道，我为何未能重

[①] 指《八月之光》的出版者哈里森·史密斯。

新获得那第一次狂喜，以及我是永远再也不能获得它的了；不管今后我写的是什么样的小说，那必定是不加迟疑地写成的，但也同样是不怀着喜悦的期盼的；在《喧哗与骚动》里我已经放进去也许是文学中唯一的、会永久地使我极其感动的东西：凯蒂爬上梨树朝窗子里窥看丧礼，与此同时，昆丁、杰生、班吉和黑小孩们仰望着她衬裤上的那摊湿泥巴。

　　这是我写过的七部小说中唯一的一部，写的时候并未附带有压力或费力的感觉，或是在写完后有筋疲力尽、如释重负或是不胜其烦的感觉。我开始写它的时候根本没有计划，我甚至都不算是在写一本书。我脑子里想的是书籍与出版的事，只不过是从反面来想的，我对自己说，我完全不用操心出版家喜欢它或是不喜欢这本书了。四年前我写了《士兵的报酬》。写成它没花多少时间，它很快就得以出版，还让我拿到大约五百块钱。我当时说，写小说很容易嘛。收入是不多，可是不费劲呀。我又写了《蚊群》。写它就不那么容易了，出版也并不算太迅速，它让我拿到了大约四百块钱。我当时说，写小说，做一个小说家，显然比我所想的要费事呢。我又写了《沙多里斯》。花的时间就更长了，出版家却立刻就表示不愿出版。可是我怀着固执与不肯罢休的希望继续推销了大约有三年，也许仅仅是想证明我写它的时间并没有白白浪费。这样的希望慢慢地灭绝了，但一点儿也没有让我感到痛苦。有一天我似乎关上了一扇门，把所有出版社的地址与书目全都挡在外面。我对自己说，现在我可以写了。现在我可以给自己做一只瓶子了，就像那个古罗马老人置放在床边的那只一样，他不断地吻它，以致把瓶口都慢慢给磨蚀了。就这样，我，一个从来没有妹妹而且命中要丧失襁褓中的女儿的人，便动手为自己创造一个美丽而悲惨的小姑娘。

　　（原载《南方评论》，一九七二年秋季号。）

对《附录：一六九九年至一九四五年康普生一家》的前言式的说明

一九二八年，福克纳写《喧哗与骚动》时，他并未为每一位读者写完此书。一九四六年，当马尔科姆·考利编辑他的《袖珍本福克纳文集》收集材料接触到《喧哗与骚动》时，福克纳发现，甚至对他自己来说，那本书也并未完成。很可能，到一九四六年他才明白这一点，因为要到一九四六年他才能够完成这一工作；一九二八年与一九三八年时他仍然对人了解得不够多，自己都无法想清楚，因此这本书实际上并不是无意识中率意写成让人看不清楚的天才作品，而是家庭作坊里手工制成的试验性的第一架电影放映机——镜头扭扭歪歪的、光线太弱、工艺不过关、幕布也差——一直要等到一九四六年，才可能有清晰的镜头、稳定的光线、转动顺畅的齿轮。当然，到这时毕竟太晚了。书早已出版。对此刻来说都是明日黄花了。福克纳唯一能够做的只是试着去打造一把钥匙。他原以为用一两页就够的。结果差不多写了二十页。下面就是那篇附录。

（福克纳为马尔科姆·考利编的维京版《袖珍本福克纳文集》中所收的《喧哗与骚动》写了一篇《附录》，该文集于一九四六年八月出版。《附录》也曾被收入一九四六年十二月出版的现代文库本《喧哗与骚动》《我弥留之际》的合集。大约在一九四六年五月，福克纳给他的编辑罗伯特·N.林斯科特寄去这篇《附录》，但未被收入合集，打字稿显然已被丢弃无存。但《福克纳随笔》的编者在福克纳的一份《寓言》打字稿的背面发现福克纳的《附录》草稿，曾录出交《美国文学》，在一九七一年五月号发表。本文据该刊的文本。）

四　书评与剧评

评 W.A. 帕西的《在四月里有一次》

　　帕西先生是密西西比州本地人，毕业于南方大学与哈佛法学院。战争初期，他曾是比利时救济委员会的成员，后来在三十七师某部任中尉。他目前住在格林斯维尔。

　　帕西先生——可悲的是，像我们许多人一样——经受着生不逢时的痛苦。他本来应该生活在维多利亚时期的英国，或是追随斯温伯恩去意大利的，因为像斯温伯恩一样，他是热情崇拜美的一个综合体，对于这种美在人类身上的表现与派生物的绝望与憎厌亦是同样的激烈。他的缪斯是拉丁型的——抒情才华的横溢使他痛苦地狂喜，又以美的真正力量为代价换来了短命的非自然的成就。美，对他来说，几乎像是肉体上的痛苦了，它明显地存在于下面这首诗的纯朴之中，此诗可算是全书中最接近于完美的一首——

　　　　我听到一只鸟儿在破晓时分
　　　　从秋天的枝头吟唱
　　　　一支歌曲，它是如此神秘安详，

如此地充满天意和定数,
没有人,我想,能久久聆听
除非是双膝跪在地上。
然而这仅仅是只普通的鸟
在枯死的树枝之间独自吟唱。

对异教美的坦诚崇拜的影响,在他身上是很沉重的,他像一个小孩子,对现代性的阴暗闭目无视,这阴暗威胁着中世纪绚烂的纯朴与多彩的浪漫盛景,这些都充满在他的眼睛里。我们最好还是把他设想为一个小提琴家,他的双眼在莫扎特去世时就已经瞎了,看来他用内心的智慧所见到的最后一个景象就是布朗宁天真地对自己的平庸佩服得五体投地,而帕西先生的《来自科林斯的书简》正是这样的心智活动的一个果实。这首诗显然是全书最优秀的一篇作品,而且还应该更好,倘若不是帕西先生像活着的每个人一样,是自己的时代的牺牲者的话。

就总体来说,这本书保持了抒情美的水平。偶尔它也会变得纯元音化,因为帕西先生寻求的并不总是字词,而是声音。书中有一个因素会比任何东西都有助于它的归于湮没,那就是献给战争诗歌的那个部分。有多少、多少、多少纸张因为写最近这场战争而给糟蹋了呀,这恐怕是没有人能弄清楚的,然而,夜莺仍然佩带着刀剑与红十字会袖章。

帕西先生未能写出一部伟大的书——内中有着对于一本书来说是过于多的音乐,他是一位乐器质量欠佳的小提琴家——不过(这在现代诗歌的书籍中已经是非常不多见的了)仍然是金子的重量超过了渣滓。至于超过多少,我就不便多说了,因为他是一个难以公正对待的人;与斯温伯恩一样,他让心智的地平线变得模糊不清,你要么就是热切地喜爱他，要么就是永远对他无动于衷。

（原载《密西西比人》，一九二〇年十一月十日；后被卡维尔·柯林斯收入《威廉·福克纳：早期散文与诗歌》，立德·布朗公司，一九六二年；本文收入时有数处小的更正。）

评康拉德·艾肯的《转弯与电影》

在由模仿济慈的次品与哭着写出哀悼中西部的祭文的那层当代美国丰产作家心理青春期的厚重阴霾之间，居然出现了一道裂隙，让人见到了上天赐予的亮丽青天——那就是康拉德·艾肯的诗歌。在整个狂吠的群体中他是独一无二的一位，心中似乎很清醒自己要有什么样的目标。其他的人——恐怕只有少数几个是例外——无非仅是迷失在薄薄一层女贞树篱里的大量噪音而已；有些人张大了嘴闭紧了眼使劲地乱打乱闹，有些人或多或少沉溺在布朗宁式的晦涩中，还有些人毫无希望地陷身于平庸的泥坑中难以自拔，反正所有的人是在黑暗仁慈地吞没他们之前进行着最后一次的群魔乱舞。

他们中的许多人也明白，美学与化学一样，也是一门科学，倘若使用得当，便能产生出伟大的艺术，正如某些化学元素倘按适当的比例结合，自会产生某种反应一样；但是唯有艾肯先生一个人下过功夫去探究其中的奥秘并且很聪明地运用研究的成果。从来就没有什么对他来说是偶然天成的，他极其愉快地逃离了我们的民族诅咒：去填补每一个空白，宗教方面的、物质方面的、心理与道德方面的，在他的身边，英国的那些夜莺，有拿着铁皮盘子与铁勺子的维切尔·林赛先生，有石版水彩画风格的克雷姆伯格先生，还有激昂慷慨的芝加哥宣传品风格的卡尔·桑德堡先生，他们都是在多风的黑暗中摸索的众多木偶中的几个而已。

艾肯先生有一个可塑性很强的脑子，他很有技巧地运用变奏、颠倒时序、改变节奏以及这一类韵律上的小花招，他清晰的非个人化倾向不允许他写出蹩脚的诗行。他从来不像那么多的同代人一样充当报纸的代理人。要举出他的一段诗歌作为例子并非易事，因为他写的时候心中是存在着某种乐曲形式的，他作品里与某个方位相关的任何一个分段都可能是一首赋格曲里的一个和弦；不过姑且就看一看《不和谐音》中的三个小节吧：

> 与你一起欣赏的音乐远胜于音乐，
> 面包不止是面包当掰开与你共享；
> 此刻，我失去你，一切归于死寂，
> 曾是美好的一切，如今一片凄凉。
>
> 你那双手抚触过这桌子、这件银器，
> 我见过你的手指紧握着这只杯子。
> 这些东西不可能记得你，亲爱的——
> 但你留下的抚触永远不会消逝。
>
> 因为你是在我的心里摆弄它们，
> 并祝福它们，用你的双手、你的明眸；
> 它们自会在我的心里永远铭记，——
> 因为曾见到过你，那么美丽聪慧，哦。

这真是所有时代中，最最美丽、非个人化得最为真诚的诗歌中的一首了。

艾肯先生作品中最为有趣的现象之一是他以多声部音乐形式为依据所做的抽象三维诗歌试验，如《福斯林的基格舞》与《尘埃之家》。这很有趣，因为这样的试验具有完全无限的可能性，诗人所面临的是一个完整的世界；因为直到目前为止，尚且没有人，在将音乐反应与抽象文件式的反应加以合成上，有过成功的尝试。艾梅·洛威尔[①]曾试着写过一篇多声部的散文，尽管她创造出了一些工艺精湛怪可爱的吹制玻璃小人儿，但那也仅仅是文学上的胀气现象而已；而且这作品后来也只能使她，手执芦笛，天真而惊讶地注视着自己释放的气泡爆裂在空中。

艾肯先生从来也不率意而为，他总是稳步发展，从未有过惊慌失措的时刻，但是我们又几乎无法发现他最初的冲动来自何方。有时候，看来他是在完成一个往古希腊回归的圆圈，别的时候，又隐约可以见到法国象征派淡淡的痕迹，而很像是梅斯菲尔德[②]的那种柔和、宏亮的声调也散见于他的诗行之间；因此，最后，我们还是得返回到出发点上来——他从何处来，他要去何方？静观这一现象将是一件有趣的事：就比方说再过十五年吧，在目前这个慢慢淹没我们的美学不育的潮流终于消退之后，崭露头角的美国第一伟大的诗人究竟是谁呢。说不定就是这位先生呢。

（原载《密西西比人》，一九二一年二月十六日；后被卡维尔·柯林斯收入《威廉·福克纳：早期散文与诗歌》，立德·布朗公司，一九六二年；本文收入时有数处小的更正。）

---

① 艾梅·洛威尔（Amy Lowell, 1874—1925），美国女诗人。
② 梅斯菲尔德（John Masefield, 1878—1967），英国诗人。

评埃德娜·圣·文森特·米莱①的《独幕剧:返始咏叹调》

在我们这个心理青春期的时代,这部作品里确实有足够新颖的东西,使它得以在文坛上立足,这是一场喧闹的搔首弄姿,演出的是我们情绪上的英烈祠的美学救世主,她用一只眼睛盯着戏台,而另外一只眼睛却瞄准了人生这个大舞台。若用时下报界惯用语来表达,可以认为米莱小姐确实是"力拔头筹"了;这样说并没有错,她的同时代人(他们当中从此时起承认她果真做出了"不同凡响"的事)都会暗自寻思,为何先想到这个主意的不是自己呢,他们会这样想也是很自然的。这个剧的主旨思想其实非常简单,使人不禁要感到奇怪,为什么就没有人会想到呢。无疑那原因正是在于它的简单。

这出戏本身很单薄;不过光是它那惊人的新鲜意念便值得让人回眸:一出牧歌悲剧,在一场全然造作的小丑贝罗与哥伦拜恩的组曲之间,由闯入者在一个有纸饰带和五彩碎纸的俗气布景前演出与结束。但这样评论它还是有失公允;因为几乎所有现代剧作家和多产作家提供给我们的仅仅是天真得没有什么想象力的各种思想之间的没有结果的冲撞。《返始咏叹调》所包含的不仅是有技巧地演绎一个聪明的思想,但是要发现是什么让戏得以进行下去却不是件容易的事;这里无法找到不寻常的经验深度,无论是形而上的还是形而下的,有的只是那些特点,那是每一个青年作家都会不经意地获得的,通过他心智成长时期自愿或受迫的阅读。剧的语言很好;押韵的地方既没有因为刻意追求

---

① 埃德娜·圣·文森特·米莱 (Edna St. Vincent Millay, 1892—1950),美国诗人。

而嗑嗑巴巴，也没有因为过于随便而荡然无存；对词语的选择还是心智健全的，只除了一个例外——那是在贝罗的一段台词里，我记不得是什么地方了，有一个词儿用得太粗糙让人无法原谅；另外——亏得上天赐给我们天才——剧本不算太长；也就是说，没有什么填充的废料，也没有用来使命中注定要受苦的、昏昏欲睡的脑袋稍稍舒服些的精神上的沙发垫子。这里存在着一种有力而细腻的简朴；上天赐给了米莱小姐一副坚强的铁腕；虽然单是意念本身并不能损坏或是造就一个作品，但是它还是很起作用的；她的这部作品中的意念将会生存下去，即使艾梅·洛威尔小姐挖空心思地用碎玻璃将它装饰，或是卡尔·桑德堡先生把它的背景移植到蓄牛栏里，使它能在星期天下午给屠宰工人的工会演出。

（原载《密西西比人》，一九二二年一月十三日；后被卡维尔·柯林斯收入《威廉·福克纳：早期散文与诗歌》，立德·布朗公司，一九六二年；本文收入时有数处小的更正。）

美国戏剧：尤金·奥尼尔[①]

有某个人说过——也许是位法国人吧；反正一切妙语都让他们说掉了——艺术最基本的要素就是它的乡土性；也就是说，它是直接由某个特定的时代和特定的地域所产生的。这是一个非常深刻的论点；因为《李尔王》《哈姆雷特》与《皆大欢喜》除了在伊丽莎白统治下的英国是不可能在别处写成的（这一点也从出自丹麦与瑞典各种版本的

---

① 尤金·奥尼尔（Eugene O'Neill, 1888—1953），美国剧作家。

《哈姆雷特》与法国喜剧里的《皆大欢喜》得到证明),《包法利夫人》也只有在十八世纪[①]的罗讷河谷才可能写成;正如巴尔扎克是十九世纪巴黎的产儿。不过这一点也不是没有例外的,正如包含有正确成分的一切规律一样;两个现代的例子便是康拉德和尤金·奥尼尔。此二人可谓是反常的异例,特别是约瑟夫·康拉德;他在这一点上推翻了所有的文学传统。把奥尼尔联系上去尚为时过早,虽然年轻,他已经具有足够的分量,让人对上面所说的道理的真实性产生怀疑。

这倒不算是一件太难的事——在一个人写出作品与逝世之后——追溯他把哪些源泉汇聚到一起,写到纸上,变成他自己的作品。人们可以看到,莎士比亚是如何粗暴地从他的前辈与同时代人那里,攫取他所需要的东西,从而在自己身后留下了一整套的戏剧作品,那是但凡未沾血腥的手都会摘下帽子表示敬意的。德国的戏剧家,都显而易见与有板有眼地遵循了一直到豪普特曼[②]与穆勒的作品为止都仍然是在严守的条顿民族的思想标准,服从着他们的命运;辛格[③]是个乡土性很强的作家,再没有别的现代作家和他一样,带有自己出生的土地的浓郁气味了(辛格如今已不在人世);可是在美国戏剧方方面面都有成就的那个人却是与艺术的所有概念全都相冲突的。

原因可能是在于这个事实:美国本来就没有配称为戏剧或文学的东西,因此也就没有传统可言。如果原因确实如此,我们就必须真的相信,命运给此人开了一个卑鄙的玩笑,竟让他投生在二十世纪的美国,倘若是在一个具有传统的国家里,他原是可以发展到惊人的极端的。不过,有关康拉德(他是个比奥尼尔更加自我矛盾的人)的事实,提供了一个依据,使我们希望,命运为了使这样的一件东西不朽,心

---

① 原文如此。实际上《包法利夫人》是一八五七年出版的。
② 豪普特曼(Gerhart Hauptmann,1862—1946),德国戏剧家。
③ 辛格(John Synge,1871—1909),爱尔兰戏剧家。

肠还是不至于太硬的；而且显示，天才——真是个可怕的词——是怎样的一件无法估算、无法确定的东西。

关于奥尼尔最不寻常的一件事就是一个现代的作家居然会写有关海洋的剧本。咸水的传统在美国文学中断都已经有一百年了。英国人是漂流者，而我们基本上不是。可是这儿有一个人，他还是纽约政坛某位"大佬"的儿子，从小在纽约长大，是普林斯顿大学学生，可是却写海洋。他自己还是个水手，虽然是出于偶然。他被诱拐上了一条驶往南美洲的船，被迫成为一个正儿八经的海员，从里约去往利物浦，以便返回家乡。他体质并不健壮，因为染有肺结核病，照说是必须小心翼翼，不能过于劳累，不能过分暴露在空气阳光底下的，然而，他创作的第一个阶段却为海洋所主宰。

而且他写出了优秀、健康的剧本，而且——说来也怪——纽约居然理解了他这样写也算是一种可能。《琼斯皇帝》是在那里演出的，《稻草》和《安娜·克里斯蒂》今年冬天正在纽约演出。后面这两个剧是稍后的作品，并非写海的，但是里面使戏往前推进的东西和《黄金》《不一样》中使戏剧得以进行的东西是一样的，也就是同样的东西，使琼斯皇帝在他的自我中心与残忍里崛起，装腔作势，最终又在自己祖传的恐惧中死去：它们都具有结构与语言上的清澈性与简朴性。在《花花公子》①之后，再没有人像奥尼尔那样具有舞台语言背后的力量了。《琼斯皇帝》里的"何人吃了豹子胆，竟敢在本大帝的宫殿里吹口哨？"可谓直追《花花公子》里的台词："正是那类东西，会让戴主教冠的圣者，一个个挤到天堂乐园的铁栅栏跟前，为的是看清楚，海伦是怎样披着金色纱巾，迈着猫步，一路款款地走过去的。"

奥尼尔仍然在往前发展；他后来的剧本，如《稻草》和《安娜·克

---

① 指辛格一九〇七年的作品《西方世界的花花公子》。

里斯蒂》,透露出一种正在变化的态度,作者对他笔下那些纯粹因环境关系而变得低下的人物,从保持距离的观察,演变到对他们的喜悦与希望、痛苦与绝望有着更加个人化的关怀。说不定或迟或早,他会写出一些有价值的作品的,就以我们国家丰饶的自然资源为基础,而其中最为丰富的一笔就是我们的语言。一个国家的民族文学是不能产生自民间文学的——虽然老天爷知道,人们经常强迫着这样试验——因为美国太大,民间文学种类太多了:南方黑人的、西班牙、法兰西族裔的、老西部的,因为这些将永远作为口语文学而保存下去;也不会从我们的俚语中产生,那同样也是有限制的地区的土生土长的产物。不过,民族文学倒是可以从有想象力的习语的力量中产生,那样的习语是所有读英语的人都能理解的。今天,除了爱尔兰的某些地区之外,再没有别的地方,像在美国一样,英语让人说得那么富于强烈的泥土气息了;虽然就整个国家来说,我们仍然是口齿不清,词不达意的。

(原载《密西西比人》,一九二二年二月三日;后被卡维尔·柯林斯收入《威廉·福克纳:早期散文与诗歌》,立德·布朗公司,一九六二年;本文收入时有数处小的更正。)

美国戏剧:抑制种种

一

只有依靠命运的某种让人瞠目结舌的盲目播弄,美国才会在未来的二十五年里出现大致算得上健全的戏剧——结构完整,制作讲究,演技精湛。当前，剧作家们与演员们只能听任环境摆布，环境会必不可免地把一切具有想象力的人，——他们的判断力不至于一下子不知偏到何处去——全都驱赶到自以为轻松的各种状况中去；厚着脸皮往弗兰克·克莱因的市场上拉皮条——端着只精神上的痰盂，比方说吧，为某个阶层，不幸的是，在这个国家里就数这阶层的人有钱——上欧洲去；还有就是奔有假冒威士忌的地方去。

　　写点东西的人全都悲惨地受到两种力量的撕扯，一种是想在世界上当个人物，另一种则是对自我的带病态的兴趣——那是西格蒙德·弗洛伊德关于民族混杂会引起精力混乱这一理论移植产生出来的恶果。而且，因为存在着颇具特色的全国性的不安感，有想象力和多少有些才能的人会感到无法忍受。奥尼尔背对美国去写大海。马斯登·哈特利去探究蒙马特尔复仇性的爆竹，艾尔弗雷德·克雷姆堡上意大利去了，而艾兹拉·庞德则在伦敦疯狂地倒卖青铜赝品。他们全都发现美国在美学上已无可救药；不过既然是美国人，他们总有一天会回来的，有少数人会遁入消化不良的自我流放，其他人则会兴高采烈地去写电影脚本。

二

　　在美国，我们有戏剧创作的一个永不枯竭的源泉。有两个题材是任何人都会想到去采用的：旧时密西西比河上的生活，以及铁路带浪漫色彩的发展历史。不过，一提到密西西比河，只有马克·吐温一个人会浮上人们的心头：他实际上只不过是个死用功的写家，放在欧洲，连第四流都排不上的，他玩弄花招，翻造出几个文学骸骨，那都是累试不爽"稳操胜券"的老花样，再添加些乡土色彩，自能勾起浅薄、懒惰的人的兴趣。

但是，健全的艺术，并不依赖现成材料的质量与数量；一个有真正能力的人总能发现足够多的专属他自己的第一手材料。对于那些创作原动力不足，难以从自己脑子里生产出鲜活人物形象的人来说，材料是能帮上一些忙的；材料丰富，比他乞灵于其他方法，总还是多少有用些。不过，在美国，没有人——没有任何一个作家——写东西能完全摆脱掉美国的文学切口和种族屠杀的；写出有价值的作品的人孜孜不倦，但这在成果中并不一定能显现出来，因为他们必须克服种种的自我折磨，必须首先得杀掉他们自己豢养的恶龙。我这儿有一个恰当的例子，那是纽约一家杂志的剧评作家告诉我的，他说：罗伯特·艾德蒙·琼斯，一位舞台布景设计师，发现好些时候以来，他得了一种莫名其妙的毛病。他发现自己工作的水平神秘地下降，他的睡眠与胃口也都受到影响。一个朋友——也许就是帮他发现他情况不妙的那一位——劝他到一位新的心理分析治疗方法的专家那里去看看。他去了，也经过"心治"了，胃口、睡眠立刻就变得正常了，舞台设计方面原来的精力也得到恢复。这样的征象正是每一个受到美国流行文学倾向侵袭的作家都必须抗争的；而且，只要社会主义、心理分析和唯美主义既能生出利润又能是受到欢迎的情形存在一天，那么，与之抗争的状态就得持续一天。

在我们戏剧的地平线上有一弯彩虹：用美国口语写成的台词。与之相比，英国的台词就是星期天晚上面包加茶那样的夜宵了——是在修剪过的规规整整的树篱里唱歌的夜莺，挺悦耳只是有点单调。别的语言的台词这里就不说了：北欧人基本上是诗人和戏剧家，一如法国人是画家，德国人是音乐家。根据健全的规律写作——也就是说，语言上简洁有力，对素材能彻底掌握以及结构上力求清晰——其结果并不总是能够写出一部好戏；如果真能如此，写剧本就是件相当简单的事情了。（对于萧伯纳，语言根本是件无关紧要的事情，如果不是恰好出生在某地，他也很可能会用法语写作的）不过，在美国，由于心理平衡上有所欠缺，语言便成了我们天然的救世主了。只有极少数几位作家才会让他的角色简简单单地说话；这些极端主义者在几位过时的风格家的写法之间变过来换过去——也从而学得了一种大可用来做肥皂与香烟的广告的文笔——其实也就是痴人在说梦。那些懂得语言是我们手中最好的王牌的人，想用俚语和我们"硬气十足"的口语建起一幢大厦，情况很像一个石匠想盖摩天大楼，他打算只用砖头，却忘记砖头里面还需要钢筋结构的。

我们语言上的财富与我们的词不达意（亦即没有能力从语言里汲取到任何物质利益）都是由于同样的原因：我们种族上的动乱不安以及我们本能上总是急于想实现我们比较简单的要求，并且用种种办法来使其得到成功。从国民性来说，我们是勇于行动的人（电影工业的惊人发展即是一例）；就连我们的语言，与其说是思想交流还不如说行动工具呢；那些能够被公允地称为思想家的人一本正经地进行思考，这对他们来说是心智活动灵活性的一种锻炼，也就是颠倒过来的瑞典健身操，而他们还坦率、天真地招呼近旁的人围过来欣赏与崇拜呢。

这是我们养痈成患的九头蛇，在它面前我们成了悲观主义者或是白痴屠杀者；我们，拥有现代最丰富的语言的基本条件；这种语言对于新来到的外国人来说，是一大堆多余的副标题，因为那仅仅是实际行动不可能采用或不宜采用时所用的一种安慰人的工具，所有的阶级都用它，上到哈佛教授，中到爱好园艺的高傲的年轻自由主义者，下到最低贱的在人们跳舞的公园里卖爆玉米花的摊贩。

（原载《密西西比人》，一九二二年三月十七日与二十四日；后被卡维尔·柯林斯收入《威廉·福克纳：早期散文与诗歌》，立德·布朗公司，一九六二年；本文收入时有数处小的更正。）

评约瑟夫·赫格希默①的《林达·康顿》《辛西雷娅》和《亮丽的披巾》

在坡之后，还没有任何一个人像赫格希默那样听任自己受字与词的摆布。不过，在坡那里，那种病态而男人气十足的情绪上的好奇心，到赫格希默这里，却一如小提琴齐奏的变弱，已经跟随时代的风气，堕落为情绪上的有意卖弄风骚了。一桩性毁灭的案件自我逆转：米兰朵拉和班波红衣主教成了某种华美的姿态。作者主观意识很强，足以能用相当泰然自若的态度去忍受生活，可是他又害怕活着，害怕自己用劣质黏土捏成的那个人去对抗机会，对抗环境。

这位作家写的根本算不上是小说——还有待人们去为他每一个单元的作品新设计出一个术语来呢——《林达·康顿》，在这里他达到了他的最高点，却不是一部小说。那更像是一件可爱的拜占庭壁缘装饰小品：在无声中给人留下难以磨灭印象的人影，永远超越时间的限制，像音乐一样困惑着人的心灵。他的人物从来都不是为内在的力量所推动的；他们从来都不创造周围的生活；他们像是牵线木偶，为回应作者的扯动而做出优美却是毫无意义的动作，而且一直会维持着这样的姿势，直到作者重新调整他们的肢体，让他们摆出别的样子，同样优美也是同样的毫无意义。当然，作者老到得达到纤毫毕露与毫无瑕疵的地步——永远都是社交场上的风范。人们可以想象赫格希默潜藏在《林达·康顿》中，就像是躲在一个静静的港湾里，在这里时代不能损害他，

---

① 约瑟夫·赫格希默（Joseph Hergesheimer，1880—1954），美国小说家。著有《林达·康顿》等作品。

世上的传言抵达他时已仅仅是声音所构成的一场毛毛细雨了。也许他写这部书正是为了这个目的：显然，像他这样一个感情纤细、观察敏锐的人是永远接受不了这样的幻想，认为《林达·康顿》真的是一部小说的。

正因如此，这本书烦扰你的心，那是一种执着的最最淡薄的影子；仿佛是一个人从一场梦中醒来，要寻求一片光与影的安静领域，无声的并且是超越于绝望的。正是所谓 La figlia della sua men-te, l'amorosa l'idea[①] 了。

《辛西雷娅》什么都不是——无非是让使徒雅谷做出一个猥亵的姿态。或者不如说，使徒雅谷打算赢得一顶高礼帽与一件晨外衣。是对时下文学流行色调一次可以触知却是无益的戏仿而已。

《亮丽的披巾》要稍好一些。比地摊上卖的一毛一本的小说格调稍高，如《辛西雷娅》一样，里面充塞的是病态的男人和猥亵的女人。但是技巧上还不错；这门行业里的小花招被作者玩到了炉火纯青的地步，除了康拉德再没有人能超过。作品归结到"亮丽的披巾"颇为精彩——作者与披巾对话，足足有一两页，这以后，读者才明白披巾原来是一样东西，此时才把这个名称明白地点出来；这景象就像是在一个满是人的房间里，其中的一个谁也没有认真对他看一眼，但是却始终领会他的存在。

这两本书摆荡到与《林达·康顿》相反的另一个极端。赫格希默试图进入生活，却得到灾难性的结果；辛克莱·刘易斯[②]与《纽约时报》毁了他。他本来应该绝对不试着去写人的；如果非写不可，他是应该把自己的时间用在描写树或大理石喷泉、房屋与城市上的。这样，他写出无懈可击的散文的能力就不至于受到他对人类的猿猴般模仿的低能行为的不满的折磨了。可是现在，他就像是一个毫无男子气势的僧

---

① 似为作者自撰的西班牙语，大意是"心智的凝结，意念的爱抚"。
② 辛克莱·刘易斯 (Sinclair Lewis, 1885—1951)，美国小说家。

侣一样，为他所雕刻、给穿上衣服和涂上油漆的木偶所包围——那可是一个没有动作也没有意义的可怕的世界呀。

（原载《密西西比人》，一九二二年十二月十五日；后被卡维尔·柯林斯收入《威廉·福克纳：早期散文与诗歌》，立德·布朗公司，一九六二年；本文收入时有数处小的更正。）

评约翰·考柏·波伊斯的《德克达姆》

活着即是意味着过枯燥乏味的生活。那就是自然界所要求的一切。对这对那忿忿不平、无事生非，而那些事儿仅仅是人类自己空想的产物罢了。当人们被放在一个自然背景里，让别人怎么看也不顺眼时，人物的重要性也就可以不去计较了：这些人物没有说服力。请试着设想一下：潘趣与朱迪[①]在一个没有顶篷的舞台上表演，效果会是怎么样呢。

像罗克和他那几个女人，还有莱西和他没弄到手的那几个女人，都是应该在舞台上演出的——光是那些对话，也是可以大声朗读的。可是把他们放在一个安静、可爱的英国乡村背景中，这可就是与原来的宗旨对着干了。为什么美国人好像对他们扎下根的那片土地的地表没有感觉呢？约瑟夫·赫格希默，那位过时的佩特[②]，必须去哈瓦那才能写出可爱的散文；而当我们试着描写我们周围的环境时，我们是在生产语言上的年历画，那是印在漆布上的石印画。

材料与美学上的意义可不是同一回事，不过材料的重要性是能够毁灭艺术上的重要性的，不管我们是不是愿意这样相信。这里已经是

[①] 英国传统滑稽木偶剧里的两个主要角色。
[②] 佩特（Walter Pater，1839—1894），英国批评家与散文家。

冬天，而小阳春最后的消息却像是一个疲惫的金发妇人，她那回应的凝眸做得那么到家，使得阿胥欧弗夫人和她的问题以及莱克西与他的即将到来的死亡，都变成为相当有生气的事了，因为像男人那样地忍受气候、温度与季节的压力，一切都是迫在眉睫的，特别是在这个季节里死去，因此他们双方都失去了自己的意义。能够像十二月一样死得壮烈的男人又在哪里呢？莱克西是应该和十二月一起死去，从而得到永生，就像拿破仑的老兵因为统帅而永垂不朽一样。拿破仑死在厄尔巴：他的手下也都死了，尽管事实上他们是在小客栈里苟延残喘。

可是莱克西是活着的，他还在起着一个作用……"邻近的某棵树上传出来他们俩全看不见的有史以来就存在的布谷鸟的叫声！布谷鸟哪！不可征服的预言吉讯的鸟儿的声音。"

"莱克西的脸部表情松弛了下来……'它的声音还没有变！'他喊道，'夏天才刚刚开始呢！'"

像积攒小钱似的积攒着他的一天天、每个小时和分分秒秒。那是莱克西唯一活得像个人物的日子。而他当然是应该活着的；为死亡的阴影所遮蔽的一个热切渴求呼吸的人是应该能活下去的。

这个患神经病的时代！人们仍然都是儿童。老于世故就像一顶帽子的形状。想一想，就说巴尔扎克或是欧·亨利吧，面对一个预计必定或差不多会死的人，他们会怎么样做呢。这个人可以去抢火车，干出些轻率鲁莽的事情，那是一个生怕会活到九十岁的人做不出来和不敢做的。可是这样的事莱克西一件也没有干：他甚至都没有神气活现地去引诱任何人。

> 如果真的到了那一天
> 有那么一个人会扭转屁股，
> 留下他的财富和安乐日子

来一个劲儿地讨好,

公爵夫人,公爵夫人,公爵夫人:

这时候他会看清楚

纵然他是大傻瓜一个,

只要他愿来请教我。

把傻瓜们都聚拢到一起:上帝已经这样做过了。上帝和巴尔扎克都做过。傻瓜总是像我们(所谓的)知识阶层一样,在同样的强迫之下俯首帖耳。那么又为什么要把傻瓜们都围拢过来呢?难道你像亨利·福特一样,有东西要卖给他们不成?

鲁克·艾胥欧弗,莱克西他的兄弟、奈塔和安,还有奈尔和那位牧师,他们守岁,等候新年来到:让最吵闹的那只鸟占着那棵独一无二的阿拉伯树:死亡与分手,还有爱与永恒都已死去。然而痛苦的日子仍然延续下去,在曼纳劳斯的独眼的贺拉斯想着伊荷!太短促了呀!

"苏珊娜和那些长老们!"莱克西喃喃地说……"可是难道他们不是很暴躁很能挑逗人的吗?我希望我们可以藏身在草丛里看它与丽达做爱。"

这就是莱克西。这里还有奈塔,酒吧女郎的后裔,却又一心想装作淑女。自我克制。她为了爱人的利益而把爱人交出去。女人会这样干的吗?也许是她们利用机会达到自己目的的惊人才能促使她们做出一些不好理解(是对男人来说不好理解)的事情。可是想想女人是怎样抛弃那么些有用或可能有用的东西的吧!还是趁早把这个念头忘了吧。

感情得到宣泄:一个被爱的形象给清除掉了浮渣;音乐声本身飘散但是一股残剩的香气或是单只手套留了下来。在这个金钱为动机和偷窥钥匙孔引起激动的日子里,阅读此书是一件了不起的事,但还不是非读不可的。而且明摆着的是,女人不是非得为这本书而心烦意乱的。

男人在懂得什么是安全的同时也明白了贞洁是怎么回事——某件让他特别的临时夫人戴上的桎梏。

因此他说:"贞洁很重要,这是我们的父辈所相信的。他们为了贞洁问题而大发雷霆。可是这一点我不相信:任何一件事我都不相信:人物是黑乎乎的一些影子,为了某个不明不白的目的而操劳。因此我因为自己没有情绪化这一事实而大为感伤。"

请看像教堂执事波特这样的人——"要是神圣的上帝原来打算让我们单独睡,那他老人家是永远也不会让我们产生出想法,挥动槌子打造出这儿的这些双人床来的"——还有特温尼先生——当然,单靠他们是凑不成一本书的;可是,作为泥土气十足的大地的产物,他们让鲁克们和安们显得益发不可取了。

这些人物并不是戏剧性很强的材料。我们通过阅读想了解的是做出我们做不到或是不敢做的事情的人,或是能在我们心中激发出故事的人。要不就是那样的人物:气候的压力暴露了他们原本只有在行动本身结束时才会暴露的面目。

把人物聚拢起来,这很像在一家蔡尔兹餐厅脱掉你的大衣——你这样做得自己承担责任。因为有时候你能写出一部小说来,有时候却一无所获。从一本写得很成功的小说那里你得到一种完成感,一种对形式的满足;也就是说,书里的人物要做的事情正是你自己会这样做的,倘若你依次是里面的这个或那个人物的话。很可能我们全都是傻瓜;而且大多数人对此都是心知肚明的;但是要相信我们所做的事情不重要,这是让人无法容忍的。而且这些人所做的事也确实是无足轻重的,因为他们做的是我们不愿相信我们会去做的事情。

  只要他和我一起前来
  ……在这里他也会明白

尽管他是个十足的傻瓜。

是个十足的傻瓜：要知道，做个十足的傻瓜就跟做一个圣徒一样困难呢。只要是成色足，做什么样的角色都是件了不起的事——私酒贩子也好，搞政治的或是卖春的也好。能诚诚恳恳地撒谎，或是买之前把每一个土豆都捏上一遍，能够真诚地让人觉得跟你一起生活很不愉快——这都是一种本事。不过书里的这些人并非真诚的傻瓜，他们中没有一个人是，从让自己的行为改变了别人的生活倾向这个意义上说，他们都不是。他们毫无意义地颠着拐棍往前走。不过没准这正是波伊斯先生想要做到的。反正能够肯定的是，他们不做的那些事情，作为个人，为了保存我们生活在其中的编造得很好的世界，我们倒是非常愿意去做的。

（原刊于新奥尔良《小时报》，一九二五年三月二十二日，作者署名为"W.F."；后于一九五〇年由卡维尔·柯林斯教授重新发现，于一九七五年在《密西西比季刊》是年夏季号上再次发表；本文据该季刊。）

评吉米·柯林斯的《试机飞行员》

我对这本书感到失望。但是它比我原来预料的要稍好一些。我的意思是，作为一本流行的文学作品它还是不错的。我曾经预期并希望它会成为一种新的潮流，一种要冒冒失失表现自我的文学，倒不是要表现人，而是要表现这整个为快速而快速的新企业；它会是一种胚胎式的作品，而不是去自我显示一个人，他没准还是个挺不错的家伙，事业上小有成就，比起我认得的一些人来有更多的话要说，在某种意义上正好碰上了要写写有关飞行的事。但是这本书结果成了一部关于职业飞行员的生活与经历的规规矩矩、还算是不错的奇闻逸事集。这些故事涉及面很广，价值与趣味高低不等，其中的一篇，那是一个读来犹如小说的真实经历，写得精彩、凝练、结构紧密，不仅生动灵活而且还很耐人寻味。其他的可以归为几大类，从飞机出事但还不至于机毁人亡的故事，到让飞行员自己也会笑破肚子的事情，其中有一件被劳伦斯·斯托林斯称为"飞行员古怪而可怖的幽默感"，而局外人听着则既感到恐怖又是大惑不解。还有一类则是飞行员惯常在飞机库与修理厂聊的笑话，讲的故事，有些局外人也会欣赏，别的人会觉得一点也不好笑，另一些人就干脆听不懂。剩下的那类故事，依我看，编造的痕迹很明显；有些可以从男孩刊物里找到，有一个是带点诗意的报应故事，还有一个脱胎自古希腊神话的格局，写人莫名其妙、任意地被诸神毁灭，这一次是由于机遇和恐惧。另外的一个故事感伤兮兮的，在妇女杂志里经常可以读到。

  集子中没有一篇是写得太长与过于啰唆的（严谨与叙述才能要算是作者最突出的优点了），虽然我觉得有些篇目原来就不值得一写，而且大多数都染上了一种感伤的新闻文学的色彩——那里有那种记者式的嗅觉，像是靠本能立刻就会知道大人物何时进城，你又在何处可以找到他等等——此点在作者对自然景色的描写中表现得特别突出。当作者描写夜晚的天堂、夜晚的大地、落日、月光与大雾时，你一次也没有被他的描写吸引住过；这样的描写你以前都读到过一百次了，它们已经成千上万次在报纸专栏与杂志上重复出现过了。不过，我知道，柯林斯为一家报纸的专栏写作。但是即使他不是这样，这一点也可以适当地得到原谅，因为一位试机飞行员无法不过这样的日子：这种生活不敢一个人孤独地度过，连他的休闲生活地也必定会在人气很旺的地方，这种生活使人不敢退入内省——但得在内省的状态下他才能平静地思考语言的问题，不过若是那样，他就不会再是一名试机飞行员了。不过毋庸置疑，他还是有叙述技巧的;不管他飞行还是不飞行,他无疑是会从事写作的。事实上,这部书本身就说明他显然是愿意写作的,或者至少是,他飞行仅仅是为了弄到钱来养家糊口。而且他是一名共产党员,他自己说的,以令人钦佩的平静单纯的态度说的,他认为他找不到别的经济主张可以信守:因此他会是俄国以外唯一的共产党飞行员了,因为就美国职业飞行员和退伍的空军军官来说,信仰不信仰共产主义是一点意义都没有的。而且"回地面去"会既使你的呼吸急促也会使呼吸停止,"后座同伙"会让你笑破肚皮,"高飞"会使任何一个丈夫破口大骂;只要是一个作家做好自己的工作,显示人和他所创造的世界的冲撞接触永远滑稽可笑却不一定总是很成功,那他就是出色地完成了任务。

因为对书做出损害的并不是柯林斯。他去世了,死于为海军试飞一架飞机的事故当中,军队中有一条不成文的规矩,即不允许自己的成员试开新飞机。全书最后一章的标题是"我死了",里面有柯林斯为自己写的一篇讣文。我无意对二十世纪的出版方法,对当今出版上厚颜无耻的招徕生意的做法做任何批评,为了出版书能够获利,出于令人难以置信的巧合,柯林斯写下了这个文件,我半信半疑,那是在一个朋友的激将下写的,我还半信半疑,他通过写作逐渐攒聚起了一笔收入,所以才肯听话这样做,因为书里说使他丧生的那次俯冲是他打算试飞的最后一架飞机的一组动作里的最后一次。这毕竟应该是一份私人文件,是应该由得到文件的他的朋友私下里让你看上一眼的。你在书中读到是不会感到好受的。这是不应该收到书里去的。至多也只能用转引的方式,而不是作为一份文件那样被引用,转引也只是因为其中有一个形象,书中唯一以诗歌般极大震撼力量猛烈攫住了你的形象或词语:

> 那冰冷却又震颤的机身是抚触我温暖与有生命的肉体的最后一样东西。

可是仍然还有另一个理由证明它不应该被收入。因为在这里，柯林斯没能控制住自己的笔墨，他写得过于啰唆了，这是书中仅有的一次。因为，虽然也许他开始这么写时是在开玩笑，但是他没有继续这么做下去，因为没有人会拿自己的死来开自己的玩笑的。因此，这一次他是失控了。但是我想这一点也是可以让他得到原谅的，因为虽然一个人没准在那一天，亦即在发现他与他的初恋爱人不仅会产生情欲而且还想再次产生甚至真的产生的那一天，他会停止对爱情采取感伤主义的态度，但是若说有再不以感伤主义态度对待自己逝去的那一天，那一天怕是永远也不会来到的吧。

但我之所以对此书不以为然，原因倒还不在于此。我不满意的是，它并非我所希望的那样一本书。我原来指望能发现一种胚胎、一个未成形的先驱或象征，它们是速度，是当今的高速度的民间文学的胚胎与象征，我相信这速度在很大程度上更接近于最初掘铁时代的人与器械所能达到的最高极限，与十或十二年前人们开始真正迅速行动的时代相比，这速度与极限之间的距离已经小得多了。不是指机械的极限，而是指驾驶它们飞行的人的极限：达到了这个极限，即使拐个小弯以免越出县境时，人的血管与内脏都会爆裂，更不要说在距离与深度上达到协调与透视的效果了，即便有人发明或是发现某种办法进一步改变降落速度的最高限度法则，（而不是靠机翼上的阻力板）使得所有的飞行不一定非得从某个大湖上起飞与降落。今天的精确飞行员甚至都必须有绝对完美的协调能力与深度透视力了，因此说不定，为了要达到十全十美，这些将会在把速度提高到无限上起作用。但是人们仍然需要对飞行员的血管与内脏下些功夫。也许他们会致力于创造某种新人类或新种族，他们过去不是也创造出、培育出新品种的歌手与阉人的吗，比如说墨索里尼的阿吉洛，他每小时能飞得超过四百英里呢。

他们将既不是圈起养膘的牛也不是斗鸡，而是阉鸡：每一代的孩子将从小就用规则甚至机器来对他们加以挑选，让他们与世隔绝，在某种意义上是对他们做了去势手术，训练他们驾驶，而对这样的训练，我们这些普通人是只会觉得到处都格格不入的。他们得从小就给管起来，因为今天精确的飞行员是从十几岁开始接受训练的，到三十多岁时便该退役了。这些人将是一种新人类，到一定时候会成为一个种族，到一定时候他们自会创造出一种民间文学来的。不过也许到那时候我们这些凡人都读不懂它了，也许甚至都听不到这声音，因此他们的歌手只好在对我们来说是不透声音的真空中旅行了。

不过我所设想的民间文学并不是这一种。那样的民间文学还得过好多年才能产生出来呢。我曾想到过一种，即使现在也是可以存在的，我曾希望这本书能成为它的象征，成为第一个摸索前进的先行者。这种民间文学既不是关于速度时代的，也不是关于制造它的人的，而是关于速度本身的，充塞于其中的主体与人类毫不相干甚至都没有生命，而是聪明、任性的机器本身，携带着的都不是出生过必须死去或是甚至能忍受痛苦的，那些主体移动，却没有完整的目标，亦不朝任何可以辨认的目的地，创造出一种文学，内里没有爱，也没有恨，自然也没有怜悯或是恐惧，那会是生命最终从地球上消失的故事。我会望着他们，那些小小的卑贱的生命，消失在一片广大与无时间的空洞里，那里充塞着莫名其妙的引擎的声音，在其中狂暴的流星飞驰在没有中介碰撞的乌有空间中，既不停止亦不殒落，永远地自毁与相互毁灭，没有爱甚至也没有永远重新开始的交合。

（原载《美国水星》，一九三五年十一月号。后来，《福克纳随笔》的编者找到了福克纳的打字稿，发现已发表的文字有大段删节，连标题也被改动。本文据发表于一九八〇年夏季号的《密西西比季刊》。）

五　公开信

致新奥尔良《新闻报》①

"婚姻出了什么毛病？"我不认为问题与婚姻有任何关系。毛病出在前去参加婚礼的那对新人的身上。男士若是单纯为了得到什么而去投身于某件事情，其结果必然是收获到不幸福。以自己所拥有的现实条件，却想随心所欲地创造出奇迹，这正是问题之所在。男士女士们都忘了，食物越是好吃，消化起来也越快。

哪怕是两位男士也好两位女士也好———旦组成了一个小单元，倘若两人一直记得对方是有弱点的，深深记得人类是易犯各种各样的错误的，那么，他们就会获得成功与幸福。但是许多男人和女人结婚时似乎都忽略了这一点，那就是：双方都必须记清楚，他们有一个希望去创造并得到的目标，他们务必共同为此而努力，并且还要学会容忍对方。

我们当中没有一个人愿意相信，我们的痛苦都是由自己造成的。我们都认为是这个世界亏欠了我们，使我们没有能得到幸福；在我们

---

① 一九二五年春，新奥尔良《新闻报》每周悬赏十美元，征求对"婚姻出了什么毛病"的每周最佳回答。福克纳去信并得到了奖赏。他的答复刊登在四月四日该报上，前面附有他的照片与编者对他的介绍，说他是"诗人、哲学家、生活的学生"。——原注

得不到幸福时,我们就把责任怪在最靠近我们的那个人的身上。

最初涌现的激情、心灵与身体的贴近,这绝对不能算是爱情。那仅仅是要抵达真正的爱、宁静与满足这平静的大海之前的那圈浪潮。浪花也许很有趣,但是你是无法平安地穿越浪花进入港湾的。自然,已婚夫妇希望共同抵达某个港湾——到了那里,可以回顾金色的年华,在以往的那些日子里,相互的容忍曾让他们跋涉崎岖的地带,而时光又抹平了其余的艰难险阻。

只要人们能记住这一点,世界上就不会有不愉快的婚姻了:激情是会自行燃尽的火焰,而爱情却是燃料,它能向篝火提供燃料,使它永不熄灭。

婚姻本身没有什么问题。倘若真是有的话,人们自会发明出某样东西来取代它的。

(原载新奥尔良《新闻报》,一九二五年四月四日。)

致孟菲斯《商业呼声报》编辑[①]

对于 W.H. 詹姆斯发表在二月二日贵报上谈私刑问题的文章,本人倒还有些看法。

[①] 一九三一年二月二日孟菲斯《商业呼声报》上刊出了一个名叫 W.H. 詹姆斯的黑人的一封信,内中称赞了最近在密西西比州成立的一个反对私刑的妇女组织。詹姆斯在信中说:"奇怪的是,历史上对重建时期以后的私刑行为竟从未有过哪怕是一次的记载。"二月十五日,该报刊出了福克纳对此信的反应。此文与詹姆斯的信后为一九九二年秋季号《福克纳学刊》所收录。这里依据的即是该处所发表的文本。——原注

对重建时期以前的私刑行为，历史上未有记载。理由有几点。

内战之前，无论是奴隶主阶层也好，奴隶也好（私刑行为即因他们之间的关系而产生或可能产生的），此两种人均非有关的代表人物，正如偶发灾难事件不幸祸及的西西里移民或是芝加哥店里买东西的女人均非欧洲移民或美国妇女、儿童中的代表人物一样，他们亦与芝加哥得以产生的柯克斯将军与乔治·罗杰斯·克拉克斯毫不相干。

其次，未到重建时期之后，是无施行私刑的必要的。

再次，受到私刑的黑人并非黑种人民的代表，正如私刑他们的人也不是白种人民的代表一样。

我相信，没有一个心态平衡的人，会相信私刑是具有任何道义上的价值的。可是我们这些美国人，自从立国并掌管我们自己的命运以后，却不断见到各个方面对基本道义的歪曲。像所有新的国家一样，还不等我们了解我们自己的力量，我们就已经成了机会主义者和煽动家的盘中餐；成了那些人的盘中餐，他们认为可以主宰我们的唯一理由，就是因为他们身上没有一件干净的衬衫。因此，有时候我们强制地把眼看着我们曾经心甘情愿地交到贪得无厌者手里的那种正义，重又夺回到我们自己的手里来，这又有什么好奇怪的呢？我不是说我们没有胡乱处理我们"家酿"的正义。我们是乱来过的。但是我们胡来的受害者，本身也是在胡干一气。我还没有听说过，除非从长短篇小说里，一个从无犯罪记录的任何肤色的人，受到了认识他的人的暴力对待。

有人会说，一个黑人的人格标准要严格于白人的标准。这是显而易见的。把这件事当作一个问题，便是挑战与谴责每个人身上都有的天然欲念，那就是：任何人，黑人也好白人也好，都会利用机遇，而不是依靠自己的努力，为自己创造有利的机会。强壮的（心理上与肉体上）黑人，会欺负弱小一些的人；他不仅不会受到指责，而且还会受到法律的保护。其实白人之间也是如此的。因为法律发现，构成一个福利共同体的许多基本的物质因素,只有在某个能够保护它们的人(不问肤色、体型与宗教如何)的管理之下,才会起作用的。

需要积累相当多的情绪冲动,以及对日复一日单调生活的逃避与摆脱,才得以组成一次私刑呢。请注意是对何等样罪行的报复补偿才会引起私刑。那是我们所谓的妇女贞操。那不是一样东西,而是一个反应:如此狂暴、如此含混不清的一个现象,连所有的法律言辞都难以将其界定,因为那些法律言词都是在这样的土地上为这样的人创造出来的,他们有的是时间,能把我们美国的情绪化提升为(也没准是他们承担不起)声音很响亮的词语。

私刑是美国的一种特色与独一无二的现象。由黑人来承受,这是他们的不幸,正如这也是他们的不幸,得由他们来承受以下这些白人的情绪冲动。

让詹姆斯上他所在的县的税务处去,那边的人会告诉他(他的那个县是一个很有代表性的山区,与三角洲截然不同),白人拥有土地出售的交税率要比黑人的高,虽然犯罪率倒是差不多的。这也是有道理的,白人的道理:比如说,事实证明,有色人种从来也不拥有对土地的所有权,他们一般总是用两三个人的不同名义与政府的贷款协会打交道或是从那里借钱,这样就可以把这块土地用上一年而不纳税,然后一走了之。这样:乔依·约翰逊跟一个白人和一家银行安排好要买一块地。他眼看要有一次好的收成了;他是个干活不惜力的庄稼汉;也许还在住地附近开了家铁匠铺;他的日子一点点红火起来。接下去有一天银行的出纳和土地出租的秘书核对单据,他们发现某一个约翰·琼斯借过七百元,对其用作抵押的土地的地形描绘与那个乔依·约翰逊暂时拥有的那块地相一致。那就没什么好说的了,乔依·约翰逊,或者叫约翰·琼斯的那位,欺骗了两个白人。"嗯,得了,"两个白人,出纳和秘书,这样说,"他是个不错的家伙。他会把事情摆平的。"他不仅可以摆平，也很愿意搞妥，而且他没准通过辛勤劳动获得了一次丰收。可是他首先是自己犯了一项重罪，而且又盗用别人名义犯了第二项，任由一个大大咧咧的种族上当受骗，这个种族的人相信《圣经》的说法，认为犯罪者必定会亲身当即受到严厉的惩罚：好一个滥情主义者呀。

有那么一个黑人，他是我的一个朋友，在我困难时帮助过我，我在他困难时也帮助过他，他受过我的接济，在他和我之间，都早已不去计算谁力量出了多少该不该补偿这样的问题了，早已让更好的地方去加减乘除了，这是他的希望，他时不时地跟我说起他的兄弟，他们俩是奴隶的儿子。他兄弟多年前去了底特律，到那里后写信回来说：自己都有十五年没干过一点点活儿了，因为那儿的白人给他提供食物。他唯一需要做的就是在某个特定的日子到某个特定的地方去排队，领取食物或是相应的印好的单子，然后他把单子卖给英语还讲不利索的意大利和匈牙利的移民，让他们省掉些中间人的盘剥。

在欧洲，人们倒是不用私刑处死人。可是，比方说在法国，或是西班牙，一个人十五年之久啥活儿都不干能活下来，这你能想象吗。天底下，除了在美国，任何别的地方都不会有这样的事。

詹姆斯说到"那么谦卑而恭顺，有如……"让他不妨这么想想。谦卑与恭顺往往是弱者等待对自己有利的时机来临时所采取的姿态，倒与肤色无甚关系。谦卑与恭顺是黑人、同样也是白人在社会防御中所采用的一种假动作。他们并非真的需要它。当了社会中的有身份的一员（企业主、商人；或是任何一个这样的人：每天有工作可以拿到可观的工资，眼下可以用它来过舒适的生活，老了也有所养）之后，黑人也就没有理由假装谦卑了。于是他便不去谦卑了。事实上，有那么一个阶层的黑人，他们拿谦卑当作商品来做交易。正如有那么一个阶层的人，拿人类别的弱点与罪恶来做交易一样；巧的是黑人恰好善于做谦卑交易，正如爱尔兰人是政治交易的天才一样。

詹姆斯提醒我们，历史上并无重建之前有私刑的记录。其实历史上亦无重建之前北方佬特殊的或值得注意的移居或短期逗留南方的记录。特别是新英格兰人，他们从有史以来有一段时间习惯于将一些人吊死，只因为这些人的行为不讨人喜欢①。我在密西西比生活了三十年，可是我所得知的大多数私刑行为都是从外地报纸上读到的；例如我在巴黎待了九个星期，却三次从法文报纸上读到私刑的消息，一次发生在华盛顿州的俄勒冈特区，另一次是在美国亚拉巴马特区的赫尔玛，第三次则是发生在一个叫涅夫·契格②的地方。新闻都附有照片，火焰什么的一应俱全，但是图片里的男人都盯着看照相机。大多数的人都穿着工作服，前排的一个男子脚上穿的是木鞋③。

我是不相信私刑的。没有一个心态平衡的人会否认，群体暴力根本不能起任何作用，正如他会承认我们的许多自然和逻辑法理也同样是不起作用的一样。反正事情就是如此，我们——施加暴力的和被施加暴力的——生活在这个时代。我们会对付着活下去，死在我们的床上，这是指我们当中值得如此和有幸如此的那部分人。自然，人口如此之多，我们当中总有些人没有这么好的福气。有些人死时还富得流油，有些人却要被捆在吸饱了汽油的十字架上死去，好让别人过一个欢乐的节日。不过暴众方面有一件饶有意味的事。像我们的陪审团一样，他们自有办法使自己显得正确。

威廉·福克纳　密州奥克斯福

（原载孟菲斯《商业呼声报》，一九三一年二月十五日。）

---

① 指美国早期历史上新英格兰驱巫案中曾吊死过一些"巫婆"一事。
② 这些地方与美国真实地名都不相符。
③ 穿木鞋是荷兰人的特征。

为詹姆斯·汉利《在黑暗中的人》所写的推荐语[1]

活儿干得漂亮。出色的是它的语言：既非英语，亦非美语，不是南非，不是艾伯瑞街也不是芝加哥：仅仅就是语言。它几乎像一次刮得很干净的旋风或是一剂盐药，因为现如今，大多数的书听着就像是同性恋男子或是种马写出来的。

为推荐促销事致克利夫顿·卡思伯特函[2]

"我刚刚读完你写的书，"威廉·福克纳写道，这是他在写给克利夫顿·卡思伯特的一封信里说的，这位作家的《欢乐街》不久前由威廉·戈尔丁出版公司出版。"我即使应该上床睡觉了，也很不愿放下此书。我真是难以相信（除了文笔极为清新这一点之外）这是一部处女作。的确，在技巧方面，它知道什么地方该说，什么地方不该说，这就使它成了

---

① 此段赞语刊载在詹姆斯·汉利的小说《男孩》美国初版（纽约克诺普夫公司，一九三二年）的封套上。——原注

② 在克利夫顿·卡思伯特的小说《有雷无雨》（纽约，一九三三年，威廉·戈尔丁出版公司）的第一版的封套上，刊登了福克纳夸奖卡思伯特第一部小说《欢乐街》的赞语，那可能写于一九三一年年底或一九三二年年初，曾发表于一份未加标明的纽约报纸上。存于加利福尼亚州伯克利的《威廉·福克纳：卡尔·彼得森档案》中藏有这份剪报。封套上的文本与剪报上的文本有细微的不同。——原注

我所读过的最优秀的处女作里的一部。"

(原收入《威廉·福克纳:卡尔·彼得森档案》,伯克利,一九九一年)

"故事非常吸引人;我即使应该上床睡觉了,也很不愿放下此书。我真是难以相信(除了文笔极为清新这一点之外)这是一部处女作。的确,在技巧方面,它知道什么地方该说,什么地方不该说,这就使它成了我所读过的最优秀的处女作里的一部。"

威廉·福克纳

(见《有雷无雨》封套,纽约,一九三三年。)

刊登于孟菲斯《商业呼声报》的分类广告①

对于威廉·福克纳太太或埃斯特尔·奥尔德姆·福克纳太太所签的赊款、欠条、发票或支票,本人概不负责,特此声明。

威廉·福克纳

---

① 此则广告刊登于一九三六年六月二十二日孟菲斯的《商业呼声报》与六月二十五日的《奥克斯福鹰报》。福克纳此前不久从好莱坞回到家乡,发现自己不在时"妻子四面八方的赊账欠款已高达一千元"(见福克纳致米塔·卡彭特信)。本文据布洛特纳所著的《福克纳传》。——原注

拉斐特县第二次世界大战阵亡者纪念碑铭文 ①

阿非利加　阿拉斯加　亚细亚
欧罗巴　太平洋战区
从一九四一年十二月七日到一九四五年九月二日
他们保卫了并非一己的,
而是所有人的自由,
离开家乡如此遥远
直至这次最终的牺牲。

致孟菲斯《商业呼声报》编辑

我刚刚收到奇克索县一位公民的来信,那儿即是一次杀人事件发生的地方,也是有关者所生活居住之处,信中提到奇克索—卡尔洪县的那次悲剧,在该事件中三个白人将一名未携带武器的黑人农民从他的大车上拖下来,当着他的妻子、孩子们的面,用修汽车的工具将其殴打致死,该案件已转交卡尔洪县审理,几个被告于法庭上声称行动系出于自卫,故应以无罪论处。

---

① 此纪念碑于一九四七年立于奥克斯福法院北侧,铭文上未署作者名。但一九四七年二月十三日《奥克斯福鹰报》报道时,说明铭文作者为福克纳。本文据《福克纳杂录》《福克纳随笔》的编者。——原注

这封信没有署名。

不署名的理由，我想我是能够理解的：那种人，即使在以三对一的形势下，为了保存自己，可以采取极端手段，他们自然会再次毫不手软，用同样的自卫手段，来对付向他们的行为提出任何批评的人了。

所以，在这里，我也就不引用那封信的正文了。没有这样做的必要了，因为那几个人的律师已经顺利完成转移到异地去审判的程序，以避开本县的父老乡亲，他们对这几个人的底细，具有深刻的了解。

但是我要引用下面这几段：

（奇克索县的）人们是知道马尔科姆·赖特的。

这个黑人租种某个人的田地，此人安排好，万一土地的所有者先租户而死，那么这块地就归租户所有；也就是说，赖特耕做了多年的那小块地将按照遗嘱划归给他。

我的黑人小保姆，一个已婚的年轻女子，说："妈妈总是对我们小孩子说，如果我们规规矩矩，不做错事，那么什么时候都是不会受到任何伤害的。可是马尔科姆·赖特总是规规矩矩，不做错事的呀。"

问题的严重处就在这里，不仅是很悲惨，而且还令人震惊。黑人所有的一切，都得自于我们白人。也就是说，他们的生活方式和习惯，也是我们的生活方式和习惯，因为为了在我们当中生活，他们必须学习与模仿我们的生活方式和习惯。我们教他们说一种语言，认一种文字，像我们一样地吃饭和思考，穿同样的衣服，想开同样的汽车，玩同样的游戏，用同样的方式侍弄同样的土地，让同样的棉花和作物生长出来；我们甚至创造出宗教让他们信仰与避开罪恶；那家常的原始的崇拜，还有麦芽威士忌和骰子。

可是现在，我们好像是在向他们提供研究生的课程了。如果这套课程——不仅是深更半夜杀害熟睡在床上的小孩子，或是把没有武装的父亲从公路的大车上拖下来在他的妻子儿女面前用铁橇将他殴打致死，而且将绝望与仇恨的种子与遗产往亲人、后代的血液里灌输——是我们现在着手要教会他们的话，那么，女士们先生们，我们真是应该提心吊胆了。

我们中已经有些人在提心吊胆了——既害怕又忧心忡忡。不过直到目前为止大多数人敢于和能够做的是，像上面提到的那封信里那样地发出些不署名的声音：说说我们这个国家将遭遇到什么样的悲惨境遇，我们美国，由受迫害的人们所建立，为的是让受难者永远有一个避难之处，在这里没有人会去迫害别人，这个国家昨天还在参与一场血腥的战争，以使每一个人的生命与自由都能得到保障，不管是共济会会员、浸礼会会员、犹太人、共和党人、无神论者、素食主义者还是通灵主义者：——将走上一条何等悲惨的道路，当那种做法不仅受到原谅而且还得到支持，因为有了先例而成为固定的判决尺度，因为不管得到支持的是什么，成为先例而变成固定尺度的是什么，那个理由是什么——无知、偏见或是——那是最最卑鄙的——利用无知与偏见来获取金钱与地位，走到这一步之后，一个公民就不敢发出声音来反对暴行和不正义了，以免自己当上烈士。

威廉·福克纳

（原载孟菲斯《商业呼声报》，一九五〇年四月二十日。）]

为格雷厄姆·格林《恋情的终结》所写的推荐语①

……在我看来,这是我们这个时代各种语言中最真实感人的小说中的一部。

威廉·福克纳

一九五七年九月十五日致孟菲斯《商业呼声报》编辑信函的草稿②

信尾处的签名人赞同 M.J. 格里尔(见九月一日读者来信栏目)的对种族隔离问题实事求是的评估。世界上所有的法律都不会非要让白人和非白人混杂,如果双方之中的一方不愿意的话;正如世界上所有的法律都不会非要让他们分开,如果双方都愿意混杂的话。

我仍然不相信黑人愿意与白人"混杂"。我不相信他们会这么喜

---

① 此语见于格林这部小说一九五五年初版本护封的后勒口,原系福克纳一九五二年一月二十二日写给他的英国出版社老板哈洛德·雷蒙德的信中的一句话。全信见《福克纳书信选》。——原注

② 福克纳一九五七年九月十五日写给孟菲斯《商业呼声报》的信已收入本书。但后来又在他的《大宅》打字稿的背面发现两页此信的更长一些的未完成稿。本文据发表在《密西西比季刊》一九七三年夏季号上的文本。——原注

白人。不过，由于三百年来与白人一起生活，他们已经变得多少有点像白人，敢于对一种因为种族与肤色的关系，把他们视为较低劣的二等公民的文化表示抗争了——这种文化，仅仅因为他们的色素，便不让他们享受另一个肤色的种族天生可以享受的权利。他们没有想进入白人的教堂与学校，正如他们无意让白人进入他们的一样：他要的仅仅是选择不进入他们机构的权利。

几年前，最高法院做出了一个决定，那是我们南方白人所不喜欢的，于是我们拒绝接受它。其结果是，上个月国会几乎要通过一份法案，要不是有一位专家在场及时指导的话，这份法案的内容对我们大家来说，危险性要远远超过黑人儿童能进白人学校就读或是黑人可以上白人投票处投票。于是我们逃过了一劫——这一回总算是逃过了。但是只要黑人继续被视作低劣人种与二等公民——也就是说，交税和服兵役是要老实执行的，但是却享受不到经济、政治和教育上的平等，不让他们至少有权有资格选举哪些人来决定怎样征他们入伍抽他们多少税，更不要说是自己被选进去了——国会将继续收到提交审定的法案，它们包含着相同或类似的危险，那是只有一位专家才能识别出的；但是总有一天专家无法准时出席来拯救我国，于是这样的法案之一便会得以通过。不过至少这一点我们是可以满意的，我们知道，除了自己，我们无人可以责怪。

如果我们真的要让我们的学校选择生源从严从高同时又避开国会与最高法院的话，我们所需要做的一切便是提高年级与班级的水平，使得学校本身就能把低劣与不够格的学生排除在外——那本来就是多年前我们应该做的，如果我们真的想训练好教育好我们的孩子的话。可是那样也会把一些白人学生排除出去的，因此……

（未完稿）

遗嘱管理人告示

密西西比州拉斐特县遗产管理人
对穆德·巴特勒·福克纳债权人的通知

一九六〇年十月十八日,密西西比州拉斐特县衡平法院,就已故的穆德·巴特勒·福克纳的地产事项,向下面签名的本人批发核准遗产管理文件,现特通知所有对上述地产持有债权主张者,若有主张,可于六个月之内依法向上述法院书记提出,否则当依过期无效办理。

          一九六〇年十月十七日
          威廉·福克纳,遗产管理人
          杰西·J.哈丁,书记
    核准通知发表者:玛丽·威尔逊,区专员

(福克纳的母亲于一九六〇年十月十六日去世。这份地产管理者的通知发表在一九六〇年十月二十日的《奥克斯福鹰报》上,又于十月二十七日与十一月三日在该报上再次刊登。)

图书在版编目（CIP）数据

福克纳随笔 /（美）威廉·福克纳著；李文俊译．
－北京：北京燕山出版社, 2017.4
ISBN 978-7-5402-4475-0

Ⅰ.①福… Ⅱ.①威… ②李… Ⅲ.①随笔—作品集—美国—现代 Ⅳ.① I712.65

中国版本图书馆 CIP 数据核字 (2017) 第 067237 号

福克纳随笔

［美］威廉·福克纳 著
李文俊 译
主　　编 / 李文俊
责任编辑 / 尚燕彬
装帧设计 / 小　贾　张　佳

北京燕山出版社出版发行
北京市西城区陶然亭路 53 号　邮编 100054
全国新华书店经销
北京市松源印刷有限公司印刷

开本 880×1230　1/32　印张 9　插页 4　字数 223,000
2017 年 11 月第 1 版　2017 年 11 月第 1 次印刷

定价：38.00 元

版权所有　盗版必究

法国画家库尔贝晚年的生活与创作

李华 ◎ 著

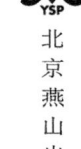

北京燕山出版社

图书在版编目（CIP）数据

法国画家库尔贝晚年的生活与创作 / 李华著 . -- 北京：北京燕山出版社，2017.12
　　ISBN 978-7-5402-4889-5

Ⅰ . ①法… Ⅱ . ①李… Ⅲ . ①库尔贝 (Courbet, Gustave 1819-1877) —人物研究 Ⅳ . ① K835.655.72

中国版本图书馆 CIP 数据核字 (2017) 第 307844 号

法国画家库尔贝晚年的生活与创作

作　　者：	李　华	
责任编辑：	贾　勇　王　迪	
责任校对：	石　英	
社　　址：	北京市西城区陶然亭路 53 号（100054）	
网　　站：	http://www.bjyspress.com/	
微　　博：	http://weibo.com/u/2526206071	
电　　话：	01065240430	
传　　真：	01063587071	
印　　刷：	北京九州迅驰传媒文化有限公司	
开　　本：	880×1230　1/32	
字　　数：	132 千字	
印　　张：	6	
版　　次：	2017 年 12 月第 1 版	
印　　次：	2017 年 12 月第 1 次印刷	
定　　价：	32.00 元	
出版发行：	北京燕山出版社　BEIJING YANSHAN PRESS	

版权所有　盗版必究